Louise de Vilmorin

Madame de

suivi de

Julietta

Gallimard

MADAME DE

*Madame de , obligée de payer quelques dettes,
vend une paire de boucles d'oreilles faites de deux
brillants taillés en forme de cœur et prétend les avoir
perdues. C'était un bijou que Monsieur de , lui
avait donné au lendemain de leur mariage. On parle
de vol et le bijoutier, inquiété par ces rumeurs, vient
trouver Monsieur de , qui rachète en secret ce bijou
et en fait cadeau à sa belle maîtresse, une Espagnole
qui part pour l'Amérique du Sud.*

*« Comment le bijou reviendra, comment Mon-
sieur de , le rachètera une deuxième fois, une troisième fois, au même joaillier ; — comment le premier
mensonge de Madame de en entraînera un second,
puis un troisième, et quelles funestes conséquences
en découleront pour elle et pour un séduisant ambassadeur, c'est toute l'histoire de Madame de , qu'on
ne saurait conter plus avant sans la déflorer, ce qui
serait, certes, grand dommage », voilà ce qu'en a écrit
un critique.*

JULIETTA

*Julietta, qui est presque encore une enfant, va
avec sa mère rejoindre à Paris le prince d'Alpen
qui veut l'épouser. Mais le prince a cinquante ans*

*et il a commis l'erreur de donner une fois à Julietta
un baiser qui lui a fait peur. Le train roule. Un
jeune homme lit des papiers avec attention. Une
gare ; il descend, mais n'a-t-il pas oublié sur la banquette son étui à cigarettes ? Julietta court derrière
lui : elle le rattrape ; le train se remet en route. Voilà
Julietta dans une ville inconnue, au bras d'un inconnu. Entre Julietta et ce jeune homme va naître
l'amour le plus singulier et le plus romanesque, un
amour qui, en moins d'une semaine, va modifier
profondément six existences.*

*En grand écrivain, Louise de Vilmorin a mis
dans ce roman l'exacte mesure de grâce, de virtuosité
et de poésie qui en font un ouvrage accompli, une
ravissante et parfaite œuvre d'art.*

Louise de Vilmorin est née à Verrières-le-Buisson
(Essonne) d'une très ancienne famille lorraine par son père,
charolaise et provençale par sa mère. De santé délicate,
elle ne fréquenta aucune école et eut une enfance rêveuse
et solitaire. Elle aimait les poètes autant que la nature
et sur les conseils de Malraux elle commença à écrire en
1933. Dès 1934 elle publie un premier roman : *Sainte-Unefois*.
Son œuvre comporte des poèmes, des récits, des romans
dont trois furent portés à l'écran : *Le Lit à colonnes, Julietta,
Madame de...*

En 1955 le Grand Prix Littéraire du Prince Pierre
de Monaco lui fut attribué.

Grande voyageuse, Louise de Vilmorin vécut sept ans en
Hongrie et en Slovaquie. Elle mourut à Verrières, en 1969,
le lendemain de Noël.

Madame de

L'amour, en traversant les âges, marque d'actualité les événements qu'il touche.

Dans un monde où le succès et le renom d'une femme dépendent moins de sa beauté que de son élégance, Mᵐᵉ de était, avec beaucoup de grâce, la plus élégante des femmes. Elle donnait le ton à toute une société et comme les hommes la disaient inimitable, les femmes réfléchies s'efforçaient de la copier, de s'apparenter à elle par un peu de ressemblance qui leur rapportait l'écho des compliments qu'on ne cessait de lui adresser. Tout ce qu'elle choisissait prenait un sens nouveau ou une nouvelle importance ; elle avait de l'invention, elle éclairait l'inaperçu, elle déconcertait.

M. de avait une belle fortune, il était fier de sa femme et ne lui refusait rien. Jamais il ne lui posait de questions au sujet de ses dépenses, elle n'avait aucune raison de craindre des reproches et pourtant, par une sorte de faiblesse teintée de vantardise, commune à bien des gens, elle ne pouvait s'empêcher, quand il admirait un objet qu'elle venait d'acheter ou une robe qu'elle portait pour la première fois, de diminuer de moitié le prix qu'on lui en avait demandé. Mᵐᵉ de cachait ainsi à

M. de   le montant des factures qu'elle s'engageait
à payer. Après quelques années de ce jeu elle fut
mise en face de grandes dettes qui lui causèrent
d'abord du souci, puis de l'angoisse et, enfin, du
désespoir. Elle osa d'autant moins en parler à son
mari qu'elle lui mentait depuis plus longtemps
et qu'il avait toujours été fort généreux envers
elle. Ne voulant perdre ni le prestige qu'elle avait
à ses yeux, ni la confiance dont il la croyait digne,
elle estima que seule la vente secrète d'un bijou
pourrait mettre un terme à sa situation. Elle ouvrit
ses coffrets et, trouvant imprudent de se défaire
d'un bijou de famille ou d'une quantité de bijoux
de moindre valeur dont la disparition serait inex-
plicable, elle décida de vendre une paire de boucles
d'oreilles faite de deux beaux brillants taillés en
forme de cœur. C'était un superbe cadeau qu'elle
avait reçu de M. de au lendemain de leur mariage.
Elle se rendit chez le bijoutier, homme de confiance,
ami et joaillier des meilleures familles, lui fit jurer
le secret et lui parla de telle sorte qu'il crut M. de
averti de la démarche de sa femme. Il en conclut
que M. de avait de secrètes difficultés d'argent,
et désireux de lui rendre service sans laisser entendre
à Mme de qu'il soupçonnait son mari d'être de
connivence, il lui demanda, avec beaucoup de tact :
— Mais, madame, que direz-vous à M. de ?
— Oh! fit-elle, je lui dirai que j'ai perdu ce
bijou.
— Il est vrai que vous avez tant de charme
qu'on est toujours prêt à vous croire, répondit
le bijoutier, et il acheta les boucles d'oreilles.
Mme de   paya ses dettes et sa beauté s'en accrut.

Une semaine plus tard, pendant un bal, Mme de
porta soudain ses mains à ses oreilles et, l'air égaré,
s'écria :

— Ciel! Je n'ai plus mes boucles d'oreilles! Elles ont dû tomber pendant la valse.

— Non, non, vous n'en aviez pas ce soir, lui affirmèrent toutes les personnes qui l'entouraient alors.

— Si, je les avais, je les avais, j'en suis sûre, dit-elle et, cachant toujours ses oreilles dans ses paumes, elle courut à son mari :

— Mes boucles d'oreilles! Mes deux cœurs! Je les ai perdus, ils sont tombés! Voyez, voyez, fit-elle en écartant ses mains.

— Vous ne portiez pas de boucles d'oreilles ce soir, répondit M. de   , j'en suis absolument certain. Je l'ai remarqué quand nous sommes sortis et, comme nous étions déjà fort en retard, je me suis gardé de vous le dire de peur que vous ne vous attardiez davantage à vous en faire apporter.

— Vous vous trompez, je le sais, dit-elle, j'ai même hésité entre mes cœurs et mes émeraudes et ce sont mes cœurs que j'ai choisis.

— Alors, vous avez dû les laisser sur votre coiffeuse ; je vous pressais et vous avez eu un moment de distraction, répondit M. de . Mais, reprit-il après un court silence, êtes-vous sûre que vous ne les teniez pas dans le creux de votre main avec l'intention de les mettre en voiture comme il vous arrive parfois de le faire?

— En voiture? Elles seraient tombées dans la voiture? C'est possible, fit-elle, mais je ne le crois pas.

Elle semblait être au comble de l'inquiétude. M. de lui demanda de patienter un instant et anxieux de la rassurer il sortit, fit apporter plusieurs lanternes, prit soin de regarder lui-même dans tous les recoins de la voiture, puis il se fit conduire chez lui, ouvrit les coffrets de sa femme et n'y trouva pas le bijou qu'il cherchait. Il sonna, éveilla les gens de service et questionna la femme de chambre.

— Je ne me rappelle pas au juste, répondit celle-ci, mais je n'ai jamais vu Madame sortir le soir sans boucles d'oreilles.

Puisque les boucles d'oreilles n'étaient pas chez Mme de   , c'était donc qu'elle les avait emportées. M. de   ne pouvait raisonner autrement et, le visage soucieux, il revint au bal les mains vides. Un sentiment de consternation, de gêne, de doute s'appesantit sur l'assistance, on chuchota bien des choses, plus personne n'osa danser, l'orchestre se tut et la soirée prit fin.

Le lendemain, des articles dans les gazettes du matin commentaient l'incident de la veille en laissant entendre qu'il s'agissait d'un vol et le bijoutier s'éveilla dans la position désagréable de ne pouvoir divulguer publiquement le secret qui faisait de lui l'honnête détenteur d'un bijou que l'on disait volé. Au bout d'une heure de réflexion il plaça les boucles d'oreilles dans un écrin et s'annonça chez M. de   qui le reçut aussitôt.

— Sans doute venez-vous me tenter? lui dit M. de   en l'accueillant.

— Non, cher monsieur, et je le regrette, mais ce n'est pas cela, répondit le bijoutier. Je n'ai de ma vie été aussi contrarié qu'aujourd'hui et avant de vous importuner, de vous blesser peut-être, je dois faire appel à votre discrétion.

— Un secret? demanda M. de   .

— Un secret et un cas de conscience, lui dit le bijoutier.

M. de   le regarda dans les yeux.

— Je serai discret, je vous le promets, parlez, répondit-il, je vous écoute.

Le bijoutier, alors, lui raconta comment il avait reçu la visite de Mme de   , comment elle lui avait apporté les cœurs de diamant et comment, ne pouvant croire qu'elle vendît à l'insu de son mari un bijou d'une telle valeur, il avait cru leur rendre service à tous deux en l'achetant. A ces mots il sortit l'écrin de sa poche puis il l'ouvrit et ajouta :

— Vous comprendrez mon embarras quand j'ai lu ce matin, dans les gazettes, qu'on soupçonnait ce bijou d'avoir été volé.

Bien qu'il fût triste d'apprendre que sa femme lui mentait depuis longtemps, qu'elle lui cachait des dettes et faisait ainsi du tort à son crédit et à sa réputation ; bien qu'il fût révolté par le cynisme du mensonge qu'elle lui avait fait, la veille au bal ; par le silence qu'elle opposait aux bruits courant la ville et par l'impudence de ses airs de victime, M. de   ne montra rien des sentiments qui l'occupaient et remercia le bijoutier d'être venu le voir. Avec assez d'allégresse masculine ils échangèrent ensuite quelques propos sur la légèreté des femmes les plus sérieuses, après quoi M. de racheta les boucles d'oreilles.

— Je suis désolé de vous les vendre pour la seconde fois, lui dit le bijoutier.

M. de   se mit à rire :

— Ne vous excusez pas, répondit-il, je suis enchanté de les avoir retrouvées.

M. de   avait une maîtresse, une belle Espagnole qu'il commençait à désaimer et qui partait le jour même pour l'Amérique du Sud et puisqu'en vendant ses cœurs de diamant Mme de   venait de lui prouver qu'elle n'y tenait guère, il trouva opportun d'en faire cadeau à cette belle maîtresse comme pour la remercier de s'en aller avant de l'avoir contraint aux ennuis d'une rupture. La façon naturelle dont elle accepta ce cadeau flatta la vanité de M. de   . Il l'accompagna à la gare, l'installa dans son compartiment, il descendit sur le quai, elle se pencha à la fenêtre et lorsque le train partit il répondit à ses gestes d'adieu en portant ses gants à ses lèvres et en les agitant vers elle comme pour en faire s'envoler des baisers, puis il rentra chez lui.

Mᵐᵉ de   était seule dans son petit salon où M. de la trouva environnée d'un doux parfum et prenant le thé tout en lisant les gazettes du soir.

— Ne trouvez-vous pas, lui demanda-t-il, qu'on donne trop d'importance à un incident, certes très regrettable, mais qui n'intéresse que nous ?

— Si, je suis de votre avis, c'est indiscret, répondit-elle.

— Vous ne soupçonnez personne ? demanda encore M. de .

— Non, personne, personne, fit-elle, et plus je considère les choses, plus je suis prête à vous donner raison. Mais, croyez-moi, j'aurais été moins distraite si, hier soir, au moment de sortir, vous m'aviez fait remarquer que je ne portais pas de boucles d'oreilles. J'étais en retard et je devais les tenir dans ma main pour les mettre en voiture. Et puis je n'y ai plus pensé. Vous me parliez, n'est-ce pas ? et elles ont dû tomber lorsque j'ai mis mes gants ou bien, si elles se sont accrochées à mon châle de dentelle, il est possible qu'elles aient roulé à terre et qu'un passant, les ayant vues, les ait ramassées. Quoi qu'il en soit c'est de ma faute, j'ai commis une maladresse qui vous peine et me navre et je vous demande pardon.

— Pardon ? fit M. de .

— Pardon, dit-elle.

— Répétez-encore, fit-il.

Elle prit cette insistance pour un début de surdité, et cria :

— Pardon ! Pardon !

M. de répondit qu'il allait réfléchir et ils se regardèrent. Les regards, porteurs des plus profonds silences, font naître parfois une sorte d'inertie d'où l'on ne parvient que lentement à sortir. M. et Mᵐᵉ de ne bougeaient plus ; ils se fixaient l'un l'autre et semblaient même avoir perdu le souffle. L'entrée d'un valet de pied venant mettre des bûches dans le feu les ranima tout à coup et M. de eut un mouvement d'impatience :

— Eh bien! s'écria-t-il, si vous ne soupçonnez personne, faites taire les bavards, faites cesser les recherches et les rumeurs de vol.

— Mais comment faire? demanda Mme de .

— Êtes-vous certaine d'avoir perdu ce bijou?

— Oui, dit-elle.

— Eh bien! conclut M. de , vous déclarerez alors que vous l'avez retrouvé.

Fort ennuyée par les conséquences de son mensonge et prête à dire n'importe quoi pour qu'on n'en parlât plus, Mme de écrivit aussitôt, sous la dictée de son mari, une déclaration que devaient reproduire les gazettes.

— Je vous conseille, lui dit encore M. de , d'aller dès à présent vous excuser auprès de nos hôtes d'hier de l'incident que vous avez créé pendant leur bal.

— Oui, vous avez raison, je vais y aller tout de suite, répondit Mme de , et elle sortit.

Quelques personnes prenaient le thé lorsqu'un peu plus tard elle entra, inattendue, chez ses hôtes de la veille.

— Ne me regardez pas, s'écria-t-elle, je n'ose me montrer, et tandis que les maîtres de maison allaient à sa rencontre, elle se cacha le visage dans les mains.

— Vous souriez et moi je suis au désespoir, continua Mme de . J'ai gâté votre soirée par une distraction que je ne me pardonne pas. Ma femme de chambre vient de trouver mes boucles d'oreilles accrochées aux volants de ma coiffeuse. Je devrais en être contente et j'en suis désolée. Je les avais sans doute posées sur ma table de toilette et puis un geste inconscient, une boîte que j'ai dû déplacer,

les aura fait glisser et tomber dans leur cachette.
Nous étions en retard, mon mari s'impatientait et
c'est un peu de ma faute si j'ai été distraite. Je
suis impardonnable, je le sais, mais il n'y a que
l'impardonnable que l'on souhaite se faire pardonner.

Les maîtres de maison la rassurèrent. Il leur
était arrivé, comme à toutes les personnes présentes,
d'égarer, puis de retrouver un objet, par l'effet
d'étourderies et de hasards plus curieux encore
et les paroles qu'ils venaient d'entendre ne furent
pas mises en doute. La maîtresse de maison pourtant ne put s'empêcher de faire une remarque :

— Je te pardonne, dit-elle, mais la prochaine
fois réfléchis plus longtemps avant de laisser crier :
« Au voleur. »

Mme de   rougit et se troubla :

— Il n'y aura pas de prochaine fois, si Dieu
m'en garde, dit-elle.

Les écrins de Mme de   renfermaient un grand
nombre de bijoux et elle pouvait changer de parure
à son gré. Elle porta le soir même d'autres diamants
qui lui venaient de famille et qui, par leur éclat
et leur importance, étaient comparables aux pierres
qu'on avait cru perdues.

— Ne me parlez jamais de tout cela. Je suis
prête à me fâcher avec quiconque osera me rappeler
un souvenir que je déteste, répondit-elle à tous
ceux qui la félicitaient d'avoir retrouvé des diamants qu'elle ne possédait plus mais que nul n'aurait été surpris de voir briller à ses oreilles.

M. de   la remercia de l'empressement qu'elle
avait mis à faire cesser des rumeurs qu'il jugeait
dangereuses ; plus personne n'en parla et l'incident
fut oublié.

A quelque temps de là, la belle Espagnole débar-
quait en Amérique du Sud. Elle s'était, pendant
la traversée, sagement écartée des jeunes gens
sincères, mais de fortune incertaine, dont les cœurs
avaient flambé au feu de ses yeux noirs et le voyage
s'était achevé sans qu'un homme d'importance
soit venu prendre dans sa vie la place naguère
occupée par M. de . La solitude, dans une grande
ville, lui prêta des langueurs d'amoureuse, elle se
mit à aimer le souvenir d'un homme qu'elle n'avait
pas aimé et le soir, d'une main dolente, jetait sur
les tables de jeu les louis d'or qu'il lui avait donnés.
Elle gagna une fortune, resta de nombreuses nuits
tête à tête avec la chance, mais la chance changea
d'humeur et ne vint plus qu'une nuit sur deux,
puis qu'une nuit par semaine, puis ne vint plus
du tout. La belle Espagnole la chercha de table
en table et de casinos en casinos ; elle perdit chacun
de ses louis d'or avant de l'avoir retrouvée et se
vit contrainte, afin de pouvoir continuer sa poursuite, à vendre les boucles d'oreilles qu'elle tenait
de M. de .

Les cœurs de diamant ne brillèrent qu'une heure
à peine à la devanture d'un orfèvre de cette ville.
Un riche diplomate d'Europe, qui venait d'être
nommé ambassadeur dans un pays voisin de sa

patrie, les acheta pour leur beauté et s'embarqua
le lendemain. C'était un homme que des raisons
de famille, d'esprit et de fortune mettaient en
évidence. Il rejoignit son poste avec beaucoup
d'éclat et au premier dîner que l'un de ses collègues
offrit en son honneur, il se trouva placé à côté de
Mme de . Il l'admira, il ne s'ennuya pas, elle
savait émouvoir, il s'éprit d'elle et le montra.
Mme de n'était pas insensible ; elle ressentait
violemment le plaisir de plaire, elle aimait à prolonger ce plaisir jusqu'aux limites de l'impatience
et l'ambassadeur, dès ce premier soir, lui en donna
l'occasion et toucha sa vanité. Elle sut le distraire
de toutes les autres femmes ; chacun dut bientôt
reconnaître qu'il ne regardait qu'elle, et tout le
monde les regarda. Appartenant l'un et l'autre
à la même coterie dans la même société, ils eurent
d'incessantes occasions de se voir à des dîners, à
des bals ou à des réceptions et chaque fois qu'ils
se retrouvaient, mais sans jamais offenser les convenances en prolongeant d'une minute la durée de
leurs apartés, ils se mettaient à l'écart et l'on aurait
dit alors qu'ils avaient quelque chose d'important
et d'urgent à se confier.

Mme de recevait tous les matins un petit billet
de l'ambassadeur, tous les jours à la fin de l'après-
midi il s'annonçait chez elle et, bien qu'elle fît
grand cas de ces marques d'attention, elle n'en
resta pas moins un certain temps dans l'ignorance
des sentiments qu'elle éprouvait pour lui. Mais
un soir, l'ambassadeur s'étant excusé de ne pouvoir
venir, elle ressentit un vif désappointement qu'elle
ne voulut pas admettre et qui pourtant l'éclaira
à demi. A partir de ce jour, lorsque Mme de se
sentait prise de faiblesse devant la constance d'un
sentiment qu'elle partageait peut-être, à force de
l'avoir inspiré, elle se prétendait souffrante, fermait sa porte, allait chez elle à la campagne ou

bien faisait, accompagnée de M. de   , un très court
séjour sur un rivage ensoleillé. Fantasque ou ver-
tueuse, cette conduite ne fit qu'accroître l'amour
de l'ambassadeur, d'autant plus que, pendant ces
absences, Mme de   , sans lui parler d'amour, lui
écrivait des lettres qui ne parlaient que de cela.
Ces lettres porteuses de violettes, de fleurs de mimosa ou de grains de sable lui prouvaient qu'elle
pensait à lui pendant ses promenades et le mêlait
à chaque instant de ses journées d'exil. M. de
taquinait volontiers sa femme au sujet de cette
amitié. « Votre soupirant », lui disait-il lorsqu'il   *sighing*
lui parlait de l'ambassadeur et Mme de   souriait.
La sachant incapable de faire un faux pas, incapable aussi d'éprouver de la passion, il la regardait
jouer ce qu'il croyait être un jeu de coquetterie
dont la cruauté même l'empêchait d'être jaloux.
L'ambassadeur fermait les yeux entre chacune
des phrases qu'écrivait Mme de   et ses lettres l'em-
plissaient de si profonds soupirs qu'il ne pouvait
les lire sans ouvrir son gilet.

M. de   , pendant l'été, invita plusieurs fois
l'ambassadeur à passer quelques jours chez lui,
à la campagne. Ils chassèrent ensemble et quand
ils ne chassaient pas, Mme de   allait avec l'ambassadeur se promener à cheval dans les belles
forêts.

la vraie passion n'existe pas

Pourtant Mme de , sans le vouloir, devait l'hiver suivant renoncer à se cacher à elle-même les sentiments qu'elle éprouvait. Elle venait d'arriver au bord de la mer. M. de , cette fois-ci, ne l'avait pas accompagnée, elle ne savait pas au juste pourquoi elle s'ennuyait et malgré la nuit elle voulut sortir seule. Enveloppée d'un grand manteau, la tête protégée par une mousseline sombre et les bras enfouis jusqu'aux coudes dans un manchon de fourrure, elle était assise au bord d'un mur bas qui surplombait la plage et regardait devant elle les vagues et l'horizon qu'un phare illuminait de ses éclats réguliers. Tout à coup elle eut l'impression de n'avoir plus d'importance ; elle se demanda ce qu'elle faisait sur terre et pourquoi elle vivait ; elle se sentit perdue dans un univers qui n'en finit pas d'être ; elle chercha sa raison de vivre et ne trouva en sa pensée qu'un visage. Son cœur s'alourdit du double poids de la présence et de l'absence et elle éprouva le plus violent désir d'être rassurée par un homme dont elle savait à présent ne plus pouvoir se passer. La force de ce désir et de son désir d'abandon, la subite violence aussi des aveux qu'elle se fit, emportèrent ses raisonnements et décomposèrent son personnage. Elle courut à l'hôtel, dit à sa femme de chambre

de préparer ses malles et, la nuit même, reprit le
train.

Mme de   arriva chez elle sans y être attendue,
M. de   n'était pas à la maison. Elle écrivit à l'ambassadeur, il accourut aussitôt et elle tomba dans
ses bras. C'était en décembre. Il y avait juste un
an qu'ils s'étaient rencontrés pour la première fois
et l'ambassadeur, à sept heures du soir, ce jour-là,
appuya ses lèvres glacées par le vent et la neige
sur les tendres lèvres que Mme de lui donna. Il
leur sembla, tant ils s'aimaient, ne pouvoir plus
jamais se séparer l'un de l'autre. La ferveur et
le recueillement les transportèrent dans un monde
que leur amour avait créé pour eux et qu'un baiser
venait de leur ouvrir. Ils n'avaient plus que le
sentiment d'eux-mêmes, leur vie passée agonisait
et Mme de expira une plainte en entendant tinter
la demie de sept heures.

— Allons jeudi à la campagne, dit-elle.

— Jeudi? dans trois jours? Oh! que c'est loin,
c'est bien trop loin, répondait l'ambassadeur lorsque
M. de entra en se frottant les mains.

M. de avait toujours mille choses à raconter.
Il parla du théâtre, de l'Opéra, d'une nouvelle
cantatrice dont on disait grand bien, puis, remarquant l'air soucieux de l'ambassadeur, il l'invita
à chasser.

— Venez donc jeudi tirer le sanglier, cela vous
reposera, dit-il.

— Je vous remercie, mais je ne puis, répondit
l'ambassadeur, jeudi je ne suis pas libre, j'ai déjà
accepté une autre invitation.

Ils discutèrent un instant de chasse et de chas-
seurs, puis l'ambassadeur baisa la main de Mme de
et se retira sans oser la regarder.

Mme de   passa la nuit dans un état de langueur

angoissée qui la privait à la fois de bonheur et de remords. De toute la journée du lendemain elle ne sortit de chez elle et, désœuvrée par l'amour, resta seule dans son petit salon à revivre les événements de la veille en doutant de leur réalité. A la fin de l'après-midi, quand arriva l'ambassadeur, elle aurait voulu le recevoir dans cette pièce qu'il ne connaissait pas, mais, sachant que ce genre de réception trop intime déplairait à M. de , elle descendit au rez-de-chaussée où l'ambassadeur l'attendait dans un salon voisin de la bibliothèque.

— Venez, lui dit-elle, allons nous asseoir à côté.

— Pourquoi? demanda-t-il. M'auriez-vous vu trop souvent dans cette pièce-ci? Je n'en connais pas de plus vraie. J'en aime la lumière, la gravité, le dépaysement. J'y vois votre main partout, j'y entends votre rire. Tous ces objets illustrent une parcelle de vous-même et une personne de talent en se penchant tour à tour sur chacun d'eux, pourrait, je crois, décrire votre âme et faire votre portrait. Dites-moi, pourquoi voulez-vous aller à la bibliothèque?

— Ce sera notre premier voyage, répondit-elle.

Il la suivit et ils s'assirent côte à côte dans des fauteuils placés devant une table ronde sur laquelle s'étalaient des plans de batailles que M. de aimait à étudier.

— Mon amour, mon adorable amour, dit alors l'ambassadeur, depuis des mois déjà je souhaite vous donner un objet que je possède, un bijou qui vous ressemble et semble avoir été créé pour vous. Le jour de Noël vous recevrez de moi un de ces petits souvenirs, un de ces petits cadeaux, apparemment sans importance, qu'un mari peut permettre à sa femme de recevoir d'un ami. Mais ce cadeau que je vous apporte à présent est un gage de notre amour et c'est pourquoi il est très pur, très beau et doit rester secret.

voici le symbole de (l'union est
notre union   interdite → cadeau = secret

Tout en parlant il avait tiré de sa poche un écrin
qu'il ouvrit :

— Voyez ces deux cœurs, continua-t-il, ce sont
les nôtres. Gardez-les, cachez-les, confondez-les
surtout et sachez que je suis heureux de vous
donner un bijou que vous ne pourrez porter que
lorsque nous serons seuls.

Mme de ne put croire à ce qu'elle regardait,
elle en perdit un moment la parole et toutes sortes
de pensées lui traversèrent l'esprit.

— Oh ! ce n'est pas possible, dit-elle enfin, oh !
ce n'est pas possible.

Elle jeta ses bras autour du cou de l'ambassadeur,
elle lui donna des baisers et répéta : « Mon amour,
mon cher amour », avec tant de sincérité qu'il en
eut les larmes aux yeux. Puis elle se leva, courut
à un miroir et approcha de ses oreilles les diamants
qu'elle tenait entre la pointe de l'index et celle du
pouce.

— Non, fit-elle, je ne veux être privée ni de
la fierté de porter ce bijou devant la terre entière,
ni de l'émotion d'entendre sans cesse nos deux
cœurs me parler de vous à l'oreille. Permettez-
moi de faire un mensonge puisque vous saurez la
vérité.

— Un mensonge ? dit-il en souriant à l'idée qu'un
sentiment de coquetterie se mêlait au désir qu'elle
venait d'exprimer. Quel mensonge voulez-vous
donc faire ?

— Un mensonge facile à croire, répondit-elle.
Une amie, une cousine de ma mère, une vieille
dame qui n'aime que moi dans la famille, m'a déjà
donné la moitié de ses bijoux, de ses bijoux qui
sont fort beaux. Personne ne s'étonnerait qu'elle
m'ait envoyé celui-ci, justement à présent, en fin
d'année, pour que je le porte aux fêtes de ces prochains soirs. Je vous répète qu'elle n'aime que moi
dans notre famille. Elle déteste mon mari, il s'en-

tend mal avec elle et jamais ne lui fait de visite.
Du reste elle ne reçoit personne, j'irai la voir demain
matin, j'irai avant midi, je vous le promets. Elle
a été si malheureuse qu'elle me comprendra.

— Le bonheur rend la vie malheureuse par l'inquiétude qu'il apporte, dit alors l'ambassadeur.
Je vous en prie, réfléchissez un peu, attendez quelques jours. Vous me faites trembler.

— Non, non, répondit-elle, ne craignez rien,
ayez confiance en moi. Ma cousine sera contente
de partager notre secret et moi je serai bien aise
d'avoir une confidente.

— Une confidente! s'écria l'ambassadeur, on
dirait que sans confidente une femme doute à la
fois de son amour et de son amant.

— Nous dînons chez vous ce soir, reprit
Mme de , et, quand vous me verrez entrer, nos
deux cœurs à mes oreilles vous diront que nous
sommes unis et que je suis à vous.

Mais il était inquiet.

— Ne vaut-il pas mieux que vous alliez chez
votre cousine dès maintenant? dit-il.

— En ai-je le temps? Il est vrai qu'elle habite
à deux pas. Je vais mettre mon chapeau, commander ma voiture et partir tout de suite. Oui, vous
avez raison, cela vaut mieux, je le crois, répondit
Mme de .

L'ambassadeur lui recommanda d'être prudente
et la quitta ému d'avoir découvert une enfant sous
les traits d'une belle femme.

Dès que l'ambassadeur fut sorti, Mme de glissa
les boucles d'oreilles dans son corsage et jeta dans
le foyer du grand poêle de faïence l'écrin où se
lisait le nom d'un bijoutier d'Amérique du Sud;
après quoi elle monta chez elle, ouvrit une des armoires de sa garde-robe, contempla ses nombreuses
piles de gants du soir et cacha les cœurs de diamant
parmi des gants dont elle s'était lassée et qu'elle

ne portait plus. Elle se mit bientôt à sa toilette, refit trois fois sa coiffure, hésita entre plusieurs robes et s'attarda au point que M. de , las d'arpenter le salon, vint la chercher à sa chambre et tapa du pied dans l'embrasure de la porte.

— Ne vous impatientez pas, je suis prête, me voici, dit-elle.

Sa femme de chambre lui tendit d'une main son petit sac en mailles d'or, et de l'autre ses gants, mais elle les repoussa, fit une moue et dit :

— Oh! non, je ne veux pas de ces gants-là, ils sont tristes.

— Qu'importe, répliqua M. de , nous sommes déjà très en retard, vous êtes très belle ainsi, vous serez certainement la plus belle, cela suffit, venez.

Mais elle ne l'écouta pas et courut à sa garderobe. M. de se fâcha, il la suivit et la prit par le bras pour l'entraîner.

— Laissez-moi, je vous en prie, fit-elle, et, tout en se dégageant, elle tira vivement de l'armoire une poignée de gants qui entraîna la chute des boucles d'oreilles : « Oh! mes cœurs, s'écria-t-elle, voyez mes boucles d'oreilles! Quelle chance! Quelle chance! C'est incroyable! Mais je comprends tout. Je me rappelle, à présent, que l'an dernier, le soir de ce bal, je suis venue, comme ce soir, choisir moi-même une paire de gants. Vous me pressiez et, dans ma hâte, j'ai dû laisser mes boucles d'oreilles parmi ces gants-là que je ne porte plus. »

La femme de chambre avait ramassé les diamants et regardait tour à tour M. et Mᵐᵉ de .

— Donnez-moi ces bijoux, dit-il à la femme de chambre et il les mit dans sa poche.

— Qu'avez-vous? lui demanda Mᵐᵉ de.

— Des diamants que vous ne pouvez porter, répondit-il. Maintenant partons.

Tout en descendant vers le vestibule, elle insista :

— Rendez-moi mes boucles d'oreilles. Pourquoi ne puis-je les porter?

— Si vous avez vos secrets, j'ai les miens, répondit-il.

Elle n'osa en demander davantage, ils montèrent en voiture et arrivèrent à leur dîner sans avoir échangé un mot de plus.

Un regard que l'ambassadeur adressa à Mme de   et que M. de   , qui, certes, ne les épiait pas, remarqua donc sans le vouloir, confirma pour lui la justesse d'un raisonnement qu'il s'était fait en chemin. Se rappelant que l'ambassadeur arrivait un an auparavant de la ville même d'Amérique du Sud où habitait, depuis lors, son ancienne maîtresse; ayant reçu d'elle, au cours des mois derniers, plusieurs demandes d'argent, il trouva naturel qu'elle ait vendu un bijou de valeur et ne trouva pas étonnant que l'ambassadeur l'ait acheté. Sa nature ne le poussait pas aux amitiés amoureuses, mais il les comprenait et savait qu'une femme a toujours de petits secrets et de petits regrets, quelque remords ou quelque plainte qu'elle exprime plus volontiers à un ami qu'à un époux. « Après un certain temps les époux s'intimident », disait-il. L'amitié amoureuse qui s'était établie entre l'ambassadeur et Mme de   était de ces sentiments qu'un mari, aussi ombrageux soit-il, peut considérer avec indulgence et M. de   ne fut pas surpris que sa femme ait fait à l'ambassadeur l'aveu du geste qui l'avait privée d'un bijou qu'elle aimait. Il ne trouva rien à redire à cela; elle était innocente et ne pouvait, en tout cas, se douter que son confident possédait cet objet. « Le hasard, disait souvent M. de   , a ceci d'extraordinaire, c'est qu'il est naturel. On ne peut que s'en étonner. » Il avait du bon sens; sa façon de considérer les choses l'empêcha de s'en offenser; il sut faire la différence entre le geste d'un ami et le geste d'un imperti-

nent ; il se dit que loin d'avoir osé faire à Mme de
un cadeau qu'elle n'aurait pu accepter, l'ambassadeur n'avait voulu que l'aider à réparer un mensonge dont son mari, pensait-elle, n'était pas averti ;
il devina les termes de leur petit complot et
il imagina la surprise de sa femme en revoyant
les boucles d'oreilles qu'elle croyait à jamais perdues. Néanmoins, comme son honneur lui interdisait d'admettre que sa femme reçût, d'un autre
homme que lui, un cadeau de si grande importance,
il prit l'ambassadeur à part dès la fin du dîner et
l'entraîna dans un petit salon.

— Cher ami, lui dit-il, vous ne pouviez agir
avec plus de discrétion, mais voyez-vous, j'ai de
bonnes raisons pour savoir que ma femme n'a pas
retrouvé, ce soir, ses boucles d'oreilles parmi des
paires de gants. J'aurais pu le croire, mais hélas !
je ne puis. Vous êtes son confident et je comprends
que vous ayez été séduit par le hasard qui allait
lui permettre d'effacer, grâce à vous, le chagrin
qu'elle m'a fait en vendant un bijou que je lui
avais donné au lendemain de nos noces. Elle croit
que j'ignore son geste, elle m'a menti, elle a pré-
tendu avoir perdu ces diamants et si je ne lui en
ai jamais parlé c'est parce que, à mon avis, certaines
explications peuvent devenir, entre époux, la
source d'une gêne qui ne se dissipe pas. Nul ne
s'étonnerait de voir ma femme porter un bijou que
tout le monde lui connaît, nul ne soupçonnerait
votre main, mais moi je la verrais sans cesse et
vous comprendrez, cher ami, qu'il me soit impossible de jouer les innocents et de fermer les yeux.
Je suis très désireux de reprendre possession de
ces boucles d'oreilles, je vous l'avoue, et pour donner
à notre entretien la conclusion la plus simple et
la plus amicale, je vous suggère, si vous le voulez
bien, de les remettre à mon bijoutier et de lui dire
ce qu'il devra m'en demander.

L'ambassadeur qui avait écouté M. de sans l'interrompre et sans paraître ni surpris, ni gêné, le remercia d'abord de sa largesse d'esprit, puis de sa confiance et enfin s'excusa d'avoir pris part à un complot dont l'innocente intention était basée sur l'amitié. M. de lui rendit les boucles d'oreilles, il lui donna l'adresse de son bijoutier et ils parlèrent et rirent un moment de la coquetterie, parfois sournoise, des femmes, de leurs impulsions et des illusions qu'elles se font sur la naïveté des hommes. Puis ils allèrent prendre leur café au salon où tout le monde se plaignait de leur absence, surtout les dames qui se voyaient dédaignées. L'ambassadeur se joignit au groupe dont Mme de était le centre, mais la soirée se termina sans qu'il recherchât l'occasion de lui parler seul à seule.

Si l'ambassadeur admirait la façon dont M. de , avec beaucoup de grandeur et beaucoup de courtoisie, avait su éviter un incident désagréable, il ressentit une vive douleur et beaucoup d'amertume de la manière dont Mme de s'était comportée envers lui. Non seulement il lui en voulait de ses paroles : « Permettez-moi de faire un mensonge puisque vous saurez la vérité », mais encore et surtout il ne lui pardonnait pas d'avoir accepté de lui, en gage de sa ferveur, un bijou qu'elle avait autrefois reçu de son mari, un bijou qui devait lui rapporter l'écho de ses premières amours, des premières faveurs qu'elle avait accordées et des premiers secrets de sa vie conjugale. Il éprouva le ridicule de sa situation ; il y vit une insulte et de la moquerie et il sentit son cœur se vider de tout amour à la certitude que Mme de n'aurait pas répugné à mêler leurs souvenirs à eux, à d'autres souvenirs dont la pensée le blessait. Anxieux de se défaire au plus vite d'un bijou dont le sort s'était servi pour l'offenser, il se rendit chez le bijoutier dès le matin suivant et le pria de tenir cet objet à la disposition de M. de .

L'ambassadeur reçut vers midi une lettre de Mᵐᵉ de . Elle se plaignait de la soirée de la veille : « Je déteste le monde ; je voudrais ne plus être regardée que par vous. J'ai peur, je me sens mal dès que vous parlez à une autre que moi » et elle lui demandait de venir la voir de bonne heure. Il lui répondit qu'à son grand regret il ne pourrait le faire : « Je souffre d'être privé de vous, écrivait-il, mais une dépêche m'appelle dans mon pays, et je suis obligé de partir à l'instant. A quoi bon vous parlerais-je d'autres sentiments, alors que les regrets que j'éprouve à vous quitter sont encore plus obsédants que l'amour que vous m'avez inspiré. » Mᵐᵉ de pleura. L'ambassadeur partit en voyage et le bijoutier s'annonça chez M. de .

— Me croirez-vous, cher monsieur, commença-t-il.

— Oui, mon cher, je vous croirai, interrompit M. de avec bonne humeur, je suis au courant de ce qui vous amène. Dites-moi seulement le prix de ce que vous m'apportez.

— Monsieur, répondit le bijoutier, je voudrais que ce bijou soit d'autant moins cher que j'ai l'avantage et le regret de vous le vendre pour la troisième fois. — Et il ajouta : J'ai été bien étonné, je vous assure, de voir ces diamants réapparaître chez moi.

— Les bons objets, comme les gens de goût, connaissent les bonnes maisons, répliqua M. de .

— Mais quel hasard, n'est-ce pas, cher monsieur ? Quel hasard, convenez-en, dit encore le bijoutier.

— Oh! répondit M. de , à force de constater que la vérité est invraisemblable et que l'invraisemblable est vrai, je ne m'étonne plus de rien.

Et, pour la troisième fois, il acheta les boucles d'oreilles.

Sitôt que le bijoutier eut pris congé de lui, M. de sonna un valet de pied et lui demanda si Mme de était à la maison. Il apprit qu'elle s'était retirée dans sa chambre, qu'elle avait le visage fort rouge et que se plaignant d'être glacée elle s'était mise au lit.

M. de frappait toujours à la porte de sa femme, mais il entrait chez elle sans attendre de réponse.

— Vous reposiez ? lui demanda-t-il.

— Non, fit-elle, et je n'ai dans le cœur ni fatigue ni repos.

Il comprit à ces mots qu'elle était amoureuse et il ne se trompait pas. Elle aimait et souffrait d'amour pour la première fois de sa vie et M. de , la voyant là, étendue, belle, pitoyable et inquiète, le regard brillant de larmes dans le halo rosé de ses paupières, en prit avantage pour lui donner une leçon.

— Que dites-vous de cela ? fit-il en ouvrant et posant devant elle sur le lit l'écrin contenant les cœurs de diamant.

Mme de ne répondit pas, elle avança les mains, prit les bijoux et les porta lentement à ses oreilles comme si elle y eût porté deux de ces baisers dont elle avait le souvenir et qui font fermer les yeux.

— Je regrette, lui dit M. de , nous avons à parler ; peut-être voudrez-vous m'écouter un ins-

tant sans répondre. Vous avez, par vos mensonges,
transformé ce bijou en source de dépit ; j'en éprouve
de la colère et vous serez punie. La femme de mon
neveu, vous le savez, vient d'accoucher d'un fils.
Notre famille est, hélas! privée de toute autre
descendance et j'ai décidé que nous irions demain
voir la jeune accouchée et que vous lui feriez cadeau
de ces boucles d'oreilles qui ne sont plus à vous.

Étouffée de chagrin, de honte et d'amour,
Mme de se vit en face d'une de ces épreuves que
le ciel demande aux saintes de traverser. Elle
comprit qu'elle devait se soumettre au courage
et que sa faiblesse l'y aiderait et, sans rien dire,
elle remit les diamants à leur place et referma
l'écrin. M. de appuya sa paume sur le couvercle.

— Voilà, c'est fait, dit-il, vous n'y toucherez
plus.

Le frère aîné de M. de n'avait qu'un fils qui,
sans égard pour les traditions de sa famille et sans
souci de la peine qu'il causait à ses parents, avait
épousé une très belle jeune fille, plus intelligente
que lui, mais assez exaltée et fort aventureuse.
On lui reprochait d'être la fille d'un homme de
mauvaise réputation, un homme d'argent, qui
n'en avait jamais assez pour mener clairement
ses affaires et que d'incessantes et obscures spéculations avaient plusieurs fois contraint à la faillite. Néanmoins la jeune épouse avait montré tant
de qualités, tant d'amour de son foyer et tant de
soumission que sa belle-famille lui avait pardonné,
peu à peu, de n'être que ce qu'elle était et la portait aux nues depuis qu'elle avait mis au monde
un héritier de leur nom.

Mme de ne put faire autrement que d'obéir
à son mari et, le lendemain, ils allèrent ensemble
faire une visite à la nouvelle accouchée. Ils la trouvèrent étendue, entourée de ses parents et beaux-
parents, dans une chambre très noble et un peu

triste, qu'un berceau de dentelles et de grands
bouquets de fleurs ne parvenaient pas à égayer.
Leur entrée fut saluée par des murmures affec-
tueux ; il y eut des baise-mains répétés, des échanges
de baisers entre les dames, on admira le nouveau-
né, puis Mme de   s'inclina vers sa nièce, lui parla
à l'oreille et lui glissa dans la main le cadeau qu'elle
apportait. La jeune mère ouvrit l'écrin, elle poussa
un cri de surprise et de joie et toute l'assistance,
ronronnant des compliments et des remerciements,
se pencha sur les diamants qui devenaient, en ce
jour, un bijou de famille. Mme de   s'était mise
à l'écart. Le cœur désolé elle ne put retenir un san-
glot, un gémissement s'échappa de ses lèvres, toutes
les têtes se tournèrent de son côté et sa nièce s'écria :

— Oh ! ma chère tante.

— Ce n'est rien, ce n'est rien, répondit-elle,
c'est ce nouveau-né, c'est la vision de l'avenir
quand je regarde le passé.

Ces paroles venant d'une femme qu'on trouvait
à la fois trop froide et trop frivole étonnèrent tout
le monde. Les hommes protestèrent :

— Le passé ! le passé ! Vous, la beauté, vous la
jeunesse même ! Voyons, ne parlez pas de ce
que vous ignorez ; et les dames regardèrent
M. de   .

Il s'approcha lentement de sa femme et lui tendit
son mouchoir.

— Le passé existe dès qu'on est malheureux,
lui dit-elle à voix basse.

— C'est possible, répondit-il, mais le malheur
s'invente.

Tant de froideur calma l'émotion de Mme de   ,
elle se tourna vers la fenêtre, parut contempler
les tourbillons de neige comme des danseurs fantômes tournant le coin des rues, et resta le dos
tourné jusqu'au moment où sa belle-sœur lui enlaça
les épaules et la conduisit à un miroir.

— C'est curieux, remarqua Mme de   , rien ne
décoiffe autant que de pleurer.

Tout le monde se mit à rire et M. de   dit à son
frère :

— Elle a des idées comme personne.

— Je la plains, répondit celui-ci.

Mari d'une femme provinciale et austère il aimait
sa belle-sœur ; elle le charmait de mille manières
et par sa coquetterie surtout.

— C'est plutôt moi que tu devrais plaindre,
répliqua M. de   , ce qui prolongea les rires et assura
le succès d'une visite dont on aurait pu craindre,
un moment, qu'elle allait mal tourner.

Mme de   , avant de partir, déplora l'absence
de son neveu.

— Je suis triste de n'avoir pas vu votre mari,
dit-elle à sa nièce, j'espérais le trouver auprès de
vous.

— Ses rendez-vous d'affaires commencent à
l'aube et ne finissent souvent qu'après dîner, répondit-elle. Je crois qu'il n'a pas encore vu son fils
à la lumière du jour.

M. de   aurait bien voulu poser à sa nièce quelques questions concernant les occupations de son
mari mais Mme de   déjà se tenait devant la porte,
elle attendait et ils partirent.

L'ambassadeur revint à la veille de Noël et Mme de   reçut de lui un panier de bambou contenant des violettes et des branches de mimosa. Son mari était avec elle, dans la bibliothèque, lorsqu'elle reçut ces fleurs, il vit son émotion et sortit.

Mme de   , sans nouvelles depuis quinze jours d'un homme qui l'avait dépossédée d'elle-même, n'osa d'abord toucher à cet envoi de peur qu'aucune lettre ne s'y trouvât cachée. Puis elle chercha parmi les bouquets et les branches et se mit à pleurer. Alors elle renversa le panier, les fleurs tombèrent à terre, elle prit un bouquet de violettes, le pressa contre ses lèvres, contre ses yeux et, les mains jointes, alla s'étendre sur un sofa comme si elle allait se mettre au tombeau, et ne bougea plus.

Soudain la porte s'ouvrit et M. de   entra.

— Vous allez avoir une bonne surprise, lui dit-il, allons, éveillez-vous, prenez la peine de regarder.

Mais elle avait l'esprit perdu dans les régions du cœur et, avant qu'elle n'ait compris ce qu'elle venait d'entendre deux lèvres glacées et un peu de neige, se détachant d'une moustache, se posaient sur sa main.

— Je prends la peine, murmura-t-elle en souriant à l'ambassadeur dont le visage frôlait presque le sien.

Il regarda les fleurs éparses sur le tapis.

— Oh! mes fleurs, dit-il, voilà ce que vous en faites?

— J'en ai fait un jardin, répondit-elle.

Puis ils restèrent un moment à causer tous les trois et ne se dirent au revoir que pour se retrouver quelques heures plus tard chez des amis au même dîner.

Mme de fut ce soir-là d'une beauté extrême à laquelle s'ajoutait un calme et un accent de gravité que chacun remarqua. L'ambassadeur ne l'évita pas, il lui parla du voyage qu'il venait de faire et voulut savoir tout ce qui s'était passé en son absence. Elle lui répondit par des mots que sa pensée n'avait pas réfléchis, elle n'osa qu'à peine lever son regard vers les beaux yeux placides qui la regardaient et la soirée s'écoula sans que l'ambassadeur vînt par un signe familier apaiser les tortures qu'endurait Mme de .

L'ambassadeur prit si grand soin de ne pas froisser en public la vanité de Mme de que personne ne se douta de son changement de sentiments. Il semblait toujours heureux de se trouver à côté d'elle. Au théâtre, ou à l'Opéra, quand ils étaient dans la même loge et qu'il se tenait debout derrière la place qu'elle occupait, il se penchait encore sur son épaule pour lui faire une remarque sur le spectacle ou la musique. Alors elle tournait un peu la tête et il lui semblait que la pénombre portât sur le visage de celui qu'elle regardait le reflet d'une tendresse qui ne s'y montrait plus.

Cependant Mme de souffrait presque autant de se savoir délaissée que de ne pas comprendre pourquoi l'ambassadeur, plutôt que de s'expliquer, s'écartait, après l'avoir conquise, d'une femme qu'il avait si longtemps poursuivie. Oppressée

par des aveux auxquels une année de silence avait
donné tant de poids, elle ne vivait plus, elle ne
dormait plus, et condamnée à se taire, se sentant
refusée, elle se mit à languir. On porta sa pâleur
sur le compte d'un excès de fatigue causée par les
bals et les longues soirées et si M. de ne fut pas
le premier à comprendre ce dont elle souffrait, il
fut le premier à s'en inquiéter. Il était aussi le seul
à savoir que l'ambassadeur ne venait plus quo-
tidiennement, en fin d'après-midi, faire sa cour
à Mme de .

M. de était généreux sans être débonnaire.
Il trouvait naturel que sa femme, après avoir
secrètement vendu ses boucles d'oreilles, ait cherché à lui faire croire qu'elle les avait retrouvées,
mais il lui gardait rancune d'avoir voulu, sous le
masque de l'innocence, se parer d'un bijou dont,
pensait-elle, il pouvait être sûr qu'elle le tenait de
lui alors qu'elle venait de l'accepter d'un autre.
Dès lors, ne croyant plus en elle, il l'épiait avec
méfiance. En outre, si son honneur lui permettait
d'admettre que tout le monde vît l'ambassadeur
mourir d'amour aux pieds de Mme de , il ne pouvait tolérer qu'elle montrât devant quiconque
le plus petit indice de dépit amoureux. C'est pourquoi il lui conseilla d'aller se reposer au bord de la
mer, sur ces rivages ensoleillés qu'elle aimait. Mais
elle s'y refusa :

— Non, dit-elle, je n'ai pas envie de partir, le
soleil me fatiguerait et la solitude ne me reposerait
pas.

— Alors, faites effort sur vous-même, lui dit-il,
et puisque vous savez mentir, sachez aussi dissi-
muler. Du reste, de quoi souffrez-vous?

— D'humiliation, répondit Mme de

Cette réponse eut le pouvoir d'étonner M. de
et de changer, tout à coup, les conclusions qu'il
tirait de l'attitude de sa femme.

— Vous souffrez d'avoir été démasquée ? lui dit-il.

— C'est cela même, répondit-elle.

Il avait une fois souffert de cette sorte d'humiliation et savait qu'il est presque impossible d'en guérir.

— Lorsque j'étais enfant, dit-il, il m'est arrivé de mentir à mon précepteur, un homme, un ami qui avait confiance en moi. Il me prouva que je l'avais trompé ; je dus en convenir et la honte me rendit le plus malheureux des enfants. Je l'aimais sans oser le regarder en face, je l'évitais, je dépéris, je voulus fuir la maison et je suppliai mes parents de me mettre au collège.

M. de crut qu'il avait fait erreur et que sa femme ne souffrait pas d'une peine d'amour mais d'avoir été démasquée à la fois par un ami et par un mari et contrainte, en conséquence, à se voir privée d'un bijou qu'avec un peu plus de chance elle aurait pu garder.

— Je compatis à votre gêne, lui dit-il, mais soyez sûre que la franchise et le temps effaceront cela. Quant à l'ambassadeur vous avez abusé de son amitié pour faire de lui votre complice ; c'était injuste et dangereux et cela reste regrettable. Son expérience des femmes lui donne, heureusement, beaucoup de bon sens, nous nous sommes expliqués, il ne vous en veut pas, mais je comprends que vous l'évitiez. Calmez-vous et ne parlons plus jamais de tout cela.

A la fin de cet entretien, M. de fut donc persuadé que ce n'était pas l'ambassadeur qui fuyait Mme de , mais que c'était elle qui s'écartait de lui.

Comme tous les raisonneurs, M. de , une fois sur deux, se trompait. Il souhaita voir l'ambassadeur reprendre ses visites et Mme de , encouragée par on ne sait quel espoir désespéré, chercha une occasion de s'expliquer et de montrer son cœur à un homme dont la politesse même n'illustrait plus que le dédain. Quelques jours après, il vint dîner chez elle et comme on parlait d'une excursion en traîneau qui devait avoir lieu le jeudi de cette semaine-là, elle lui demanda s'il comptait y prendre part.

— Je n'y manquerai certes pas, répondit-il. Vous serez là aussi, n'est-ce pas? Je l'espère.

— Non, répondit-elle tout bas, la pensée d'un jeudi à la campagne me fait maintenant pleurer. Vous comprenez, n'est-ce pas? Je l'espère.

L'ambassadeur parut ne pas l'entendre et le lendemain, dans la soirée, se présenta chez elle. Mme de   qui ne l'attendait plus le reçut avec beaucoup de timidité et pourtant, sans lui cacher ni son émotion ni sa joie, elle lui tendit ses deux mains qu'il ne retint dans les siennes que le temps de les porter à ses lèvres.

— Ma belle, ma charmante dame, lui dit-il, je ne voudrais pas qu'un malentendu persistât entre nous.

— Un malentendu, quelle horreur! s'écria-t-elle, parlez vite pour que je puisse à mon tour vous parler.

L'ambassadeur était allé s'adosser au poêle de faïence blanche contre lequel sa haute stature se détachait avec autorité.

— Venez, asseyons-nous, lui dit-elle.

— Non, fit-il, je resterai debout, si vous le permettez.

Inquiète, décontenancée, elle lui offrit une tasse de thé, qu'il accepta et ils se tinrent debout, l'un devant l'autre, faisant tourner sans bruit leurs petites cuillers dans leurs tasses.

— Vous ne dites rien, dit alors Mme de   , mais vous êtes ici, je n'en demande pas davantage. C'est quand on a trop à se dire qu'on se tait. Ne parlez pas. Regardons-nous. Je crois que j'ai compris.

— Je cherchais à être bref, répondit l'ambassadeur. Madame, en me décevant, vous avez atteint en moi un sentiment que vous aviez fait naître et que vous gouverniez. Vous l'avez réduit à prendre sa retraite : ne comptez plus sur lui. Le rappel de certains souvenirs l'enflamme et le consume, le rappel d'autres souvenirs le glace et il en meurt.

— Je ne vous comprends pas tout à fait, répondit Mᵐᵉ de .

— N'avez-vous pas accepté de moi, sans frayeur, un cadeau qui pour vous n'était pas libre de tout passé ? lui dit-il.

— Mais, s'écria-t-elle, je n'avais plus de passé ! Je ne tenais qu'à vous ! Et ce bijou ne l'avais-je pas vendu ?

— Qu'importe, répondit-il, vous ne l'avez pas refusé et à peine le teniez-vous de moi que vous vous en serviez pour me tromper en voulant faire croire à votre mari que vous le teniez de lui. Vous nous abusiez l'un et l'autre sans plus d'égards pour notre honneur que pour mes sentiments.

— L'amour vit de repentirs et d'indulgence. Pardonnez-moi, je vous en prie, dit alors Mᵐᵉ de , j'avais perdu la tête. J'ai été imprudente.

— Imprudente ! Oh ! quel aveu ! s'écria-t-il. Non, non, vous avez fort vite et fort bien réfléchi. Je vous entends me dire : « Permettez-moi de faire un mensonge puisque vous saurez la vérité. »

Il lui rappela toute leur conversation d'alors et, tristement, continua :

— Oui, oui, vous m'avez menti, vous avez inventé l'histoire d'une parente, oui, vous m'avez trompé, blessé, réduit au ridicule. Un homme n'en demande pas tant pour désaimer. Votre mari ne connaîtra jamais la vérité. Il continuera de croire que j'étais votre complice alors que je suis votre victime. En vous mettant dans une position trompeuse, vous m'avez mis dans une position grotesque et vous m'avez prouvé que vous ne m'aimiez pas.

— Ne croyez pas cela, supplia Mme de   , j'ai eu tort, j'ai honte, je vous comprends, mais je vous... je vous...

L'ambassadeur ne la laissa pas conclure et, comme pour la distraire de ce qu'elle voulait dire, il s'inclina, lui prit des mains sa tasse vide et la remit avec la sienne sur le plateau du thé.

Il s'ensuivit un silence malheureux, une gêne, et des regards qui ne savaient où se poser. Mme de s'approcha d'un bouquet et déplaça une tige. Elle dit que les serres étaient des couvents d'où sortaient des fleurs plus sages, plus froides, plus dociles aussi que les fleurs qui s'ouvrent au plein air des saisons. L'ambassadeur l'écouta sans répondre.

— Parlons, ne partez pas encore, dit-elle.

— Hélas! fit-il, je ne puis.

Mme de   , à ces mots, oublia toute réserve et se jeta vers lui qui, d'un geste très doux, l'écarta et la tint à distance.

— Vous partez? Vous partez pour toujours? cria-t-elle.

— Hélas! répondit-il, et il sortit.

L'ambassadeur allait prendre sa voiture lorsque celle de M. de   s'arrêta devant la porte. En dépit de la neige tombant à gros flocons ils échangèrent sur le trottoir des propos de politesse :

— Je sors du cercle, on y étouffe, déclara M. de   . Je voudrais tant que le bien-être ne devînt pas une torture.

— Ah! le cercle, répondit l'ambassadeur, l'été on y prend froid ; c'est le nid des courants d'air de votre charmante ville.

Après quoi, saupoudrés de neige, ils se saluèrent ; l'ambassadeur monta en voiture et M. de   rentra chez lui.

Mme de était dans sa chambre et se mettait
au lit lorsque M. de frappa à sa porte et entra :

— Je viens de rencontrer votre soupirant, lui
dit-il.

Elle essaya de sourire :

— Oh! mon soupirant, fit-elle, oui, il est venu
me voir mais j'étais si lasse que je n'ai guère profité de ses soupirs. Vous voyez, je me couche.

M. de était préoccupé. Il avait eu au cercle
une vive discussion au sujet d'une date. Il n'en
dit qu'un mot à sa femme et, pressé d'aller consulter
un livre d'histoire à la bibliothèque, il s'excusa
de la laisser si vite.

— Est-ce cette date qui vous inquiète? lui
demanda-t-elle.

— Non, répondit-il, c'est autre chose. Maintenant reposez-vous et puisque nous ne sortons pas
ce soir, je vous parlerai tranquillement, tout à
l'heure, pendant le dîner.

Mme de sonna sa femme de chambre, elle se
fit apporter de quoi écrire et écrivit quinze lettres
fort aimables et à peu près semblables par lesquelles
elle exprimait ses regrets de ne pouvoir se rendre
à quinze invitations qu'elle avait acceptées. Pendant qu'elle écrivait, deux valets de pied mettaient
à son chevet le couvert du dîner et M. de revint
chez elle au moment même où l'un d'eux apportait
le consommé. Mme de cachetait alors une dernière
enveloppe qu'elle remit avec toutes les autres à
l'un de ces valets de pied en lui disant :

— Tenez, prenez, c'est urgent, je voudrais que
ceci soit porté dès ce soir, puis regardant M. de ,
elle ajouta :

— Ne vous fâchez pas, je vous en prie, la moindre
colère, la moindre brusquerie pourrait me rendre
folle. Permettez-moi de me reposer. Ayez la bonté
de me comprendre et la sagesse de sortir, ces jours
prochains, sans moi. Je n'ai pas la force de voir du

monde, j'ai besoin d'un temps de silence, j'ai besoin d'oublier.

— Il est vrai, répondit M. de   , que vous avez eu beaucoup de soucis. Je vous trouve très sage de ne pas vouloir aller au-delà de vos forces, et je m'en voudrais de vous contrarier.

— Avez-vous trouvé la date que vous cherchiez ? lui demanda-t-elle.

— Oui, fit-il, je n'ai fait, à vrai dire, que vérifier une certitude, mais je me sens quand même l'esprit plus libre pour vous parler à présent d'une question de famille. Imaginez-vous que mon frère s'inquiète au sujet de son fils. Ce garçon qui, vous le savez, a autant de probité que de naïveté, se laisse complètement dominer par sa femme, une femme charmante, j'en conviens, mais qui n'en est pas moins la fille d'un homme peu recommandable et mon frère craint qu'elle n'ait entraîné notre neveu dans quelques affaires dangereuses pour sa fortune et sa réputation. Mon frère ne sait rien de précis ; ce n'est en sa pensée qu'un soupçon, qu'un doute qui le tourmente et ne voulant pas fâcher son fils, en ayant l'air de le surveiller, il m'a demandé de le voir et de le questionner habilement. Je l'aurais fait aujourd'hui même si j'avais pu le trouver, je l'ai cherché partout, je suis passé deux fois chez lui et, ce soir, avant d'aller au cercle, j'ai longuement causé avec sa femme mais sans jamais pouvoir mener la conversation à ma guise. Elle ne m'a laissé lui poser aucune question concernant les affaires de son mari et je l'ai quittée aussi mal informé que je l'étais en arrivant, avec l'impression désagréable qu'il était dans la pièce à côté et qu'il avait écouté les propos que nous échangions. Elle est levée depuis deux jours et je dois dire qu'elle est très belle, plus belle encore qu'étant jeune fille, comme si la naissance de son enfant lui avait donné une nouvelle âme. Peut-être me jouait-elle la comédie, mais elle m'a paru paisible, heureuse, uniquement occupée de son ménage et de son nouveau-né. Elle viendra vous voir dès qu'elle pourra sortir ; elle semble en avoir grande envie.

M. de fit ensuite quelques remarques très simples sur les dangers que l'on court en ne se mariant pas dans son milieu, puis il parla des ancêtres comme d'une garantie.

— Il me serait impossible à moi-même de savoir qui je suis si je ne connaissais pas mes parents et grands-parents, dit-il.

Mᵐᵉ de n'avait répondu à tout ce qu'elle entendait que par des exclamations, des sourires ou des hochements de tête ; de temps en temps elle fermait les yeux et, sitôt le dîner fini, M. de , attentif à ne pas la fatiguer, lui souhaita bonne nuit, se fit servir le café dans la bibliothèque et se mit à sa correspondance.

Mᵐᵉ de était très attachée à sa nourrice et lui avait donné, dans sa maison, l'emploi de lingère. Elle la faisait souvent venir chez elle le soir à l'heure où, assise à sa coiffeuse, elle achevait sa toilette et lui parlait de modes, de recettes, de personnes disparues ou l'écoutait évoquer des souvenirs d'autrefois. Mᵐᵉ de , ce soir-là, la fit appeler et bien que n'étant pas sujette aux confidences elle lui dit :

— Nourrice, je suis triste, mais plus rien ne m'ennuie. Il me semble que je suis protégée de l'ennui par un maillot empesé de chagrin. Comprends-tu cela ? Il me semble aussi que plus rien ne peut me faire de mal, mais qu'on peut encore me faire du bien. Comprends-tu cela ? La vie prend beaucoup d'intérêt quand on se sent mourir. Qu'en penses-tu ?

— Je pense que tu as toujours eu des idées qui ne sont pas de ton âge, lui répondit sa nourrice. Ton vrai malheur c'est de n'avoir pas d'enfants et au lieu de t'étourdir, tu ferais mieux de prier.

— Mais, fit Mme de   , je ne m'étourdis pas, je suis triste.

— Tu es triste parce que tu es étourdie, répondit la nourrice, et elle lui cita plusieurs pèlerinages qui guérissent les femmes de la stérilité.

Puis elle lui fit boire de la tisane, tapota ses oreillers, ouvrit les fenêtres, agita les rideaux pour changer l'air plus vite et emporta les bouquets de fleurs.

— Dors, dit-elle, et demain cela ira mieux.

Il y avait trois semaines que Mme de   n'avait
été que de son lit à sa chaise longue et de sa chaise
longue à son lit lorsque, à la fin de janvier, elle
reçut la visite de sa nièce et devina tout de suite
qu'un souci d'importance pesait sur sa pensée.
Elles se firent l'une à l'autre toutes sortes de compliments si longs et si nombreux que l'on aurait pu
croire qu'elles n'avaient que cela à se dire et
Mme de   , sentant que sa nièce ne savait comment
aborder le sujet de son tourment, crut bon, pour
l'aider à le faire, de se plaindre de l'indifférence
que lui témoignait son neveu. « Il ne vient jamais
me voir », dit-elle. Le visage de sa nièce s'empour-
pra, elle soupira profondément et après un moment
de silence elle sortit de sa confusion et répondit :

— Ne lui en veuillez pas, ma tante, je vous en
supplie, il vous aime beaucoup et, quant à moi,
sans vous connaître bien, je suis venue vous trouver
comme la seule personne de la famille qui ne me
fasse pas peur et puisse nous aider. Vous m'inspirez
confiance et il me semble que votre beauté vous
permet de tout comprendre.

— Eh bien! qu'y a-t-il donc? demanda
Mme de   .

Sa nièce lui fit alors un récit désolé :

— Nous sommes, lui dit-elle, aux portes d'un

désastre. Mon mari qui est, d'une part sans expérience et d'autre part peu doué pour les affaires, s'est laissé entraîner dans une suite de spéculations dont il était sûr de tirer la fortune et qui ont eu pour résultat de nous ruiner complètement. Il veut se suicider. Nous sommes aujourd'hui à la veille d'un scandale, il n'ose parler à ses parents. Mon père m'a fait cadeau d'une très grosse somme qui n'est pas suffisante et je viens vous demander, ma tante, si vous ne voudriez pas, dans le plus grand secret, m'acheter les boucles d'oreilles que vous m'avez données? Cela nous sauverait.

— Ma pauvre enfant, répondit Mᵐᵉ de   , tout ce que j'entends là est navrant, je donnerais tout au monde pour vous aider, mais hélas! je n'ai d'autre fortune que celle de votre oncle et je n'en dispose pas librement. Mais laissez-moi lui dire un mot de ce malheur ; c'est un homme généreux et moins sévère que vous le supposez.

— Non, non, ma tante, n'en faites rien surtout. Il croirait de son devoir d'en informer mon beau-père, ce serait la honte de mon mari et ma condamnation ; on lui reprocherait encore de m'avoir épousée et cela créerait un drame de famille dont il ne se remettrait pas. Non, nous voulons nous tirer d'affaire sans blesser personne.

Mᵐᵉ de   souhaitait de toute son âme posséder ces deux cœurs de diamant liés au souvenir du seul homme qu'elle eût jamais aimé.

— Si je les achetais je ne pourrais les porter, dit-elle rêveusement, et ce bijou reprendrait le sens de la vérité qu'il n'a que pour moi seule.

Sa nièce fut étonnée par ces paroles qu'elle ne comprit pas mais dont elle se souvint.

— Que faire, ma tante? demanda-t-elle.

Mᵐᵉ de   lui conseilla d'aller trouver leur bijoutier de famille.

— C'est un homme d'une discrétion parfaite.

C'est un ami, un confident et je crois qu'il pourra faire pour vous ce que je regrette tant de ne pouvoir faire moi-même. Mais dites-moi, ma chère nièce, vos beaux-parents ne s'étonneront-ils pas de ne jamais vous voir porter ces boucles d'oreilles ?

— Oh! ils n'auront pas l'occasion de s'en étonner, répondit-elle. Nous avons résolu de nous installer pour toujours à la campagne ; mon mari, à l'avenir, ne s'occupera que de ses terres, ce qui fera le bonheur de ses parents, et lorsque nous serons à la campagne mes diamants seront, dirai-je, dans un coffre-fort en ville et quand nous serons en ville je prétendrai les avoir laissés à la campagne. Cela peut durer des années.

Mme de avait écouté sa nièce avec beaucoup d'émotion.

— Ne doutez pas de mes sentiments, lui dit-elle, je vous plains. Je plains les imprudents. Je voudrais que la certitude de mon affection vous soit de quelque service. Et maintenant, partez, continua-t-elle, ne perdez pas de temps et faites-moi vite savoir que vous avez l'esprit en paix.

Elle sonna, donna l'ordre de faire avancer sa voiture et recommanda à sa nièce de la garder aussi longtemps qu'elle en aurait besoin.

La nièce de M. de n'eut rien à expliquer au bijoutier en ouvrant devant lui l'écrin des diamants.

— Je voudrais vendre ceci, je m'en sépare à regret, c'est un cadeau que j'ai reçu à l'occasion de la naissance de mon fils. Je sais pouvoir compter sur votre discrétion, lui dit-elle.

En homme bien informé, il était averti de la faillite qui menaçait le neveu de M. de et, sachant d'autre part qu'un mariage se préparait dans la société la plus brillante de la ville, il était sûr que ce bijou magnifique ne manquerait pas de tenter un jeune homme riche à l'heure où il est bon d'éblouir une fiancée. Il avait donc le placement de ces boucles d'oreilles, elles arrivaient à point, il les acheta sans hésiter et la voiture de Mme de lui apporta un petit billet de sa nièce : « Merci, écrivait-elle, nous sommes tranquillisés. »

Cependant, le bijoutier s'assit devant une table sur laquelle il appuya ses coudes et, les mains aux tempes, la tête penchée, il regarda les boucles d'oreilles posées devant lui entre la parenthèse de ses bras. Connaissant M. de , il se demanda s'il ne l'accuserait de porter atteinte à son crédit en vendant, à son insu, un bijou dont nul ne savait encore qu'il l'avait donné à sa nièce, et que toute la société avait vu briller aux oreilles de Mme de . Répugnant à commettre une indiscrétion à l'égard d'une jeune femme qu'une situation désespérée avait amenée chez lui, il chercha le moyen qui, sans offenser sa conscience, lui permettrait de faire savoir à M. de que les cœurs de diamant étaient, une fois de plus, sur le marché. Ne trouvant pas de solution à ce problème, il se vit alors contraint soit à les garder pour lui, soit à les mettre en vente chez un de ses collègues d'un autre continent. Mais il réfléchit quelques jours et la somme de ses réflexions le porta à faire de M. de le confident de son embarras.

Monsieur de avait une raison d'être de bonne humeur, mais cette raison ne suffisait pas à le distraire de l'impatience que lui causait l'entêtement de Mme de . Comme elle avait eu l'imprudence de recevoir des visites, le bruit s'était répandu qu'elle n'était pas souffrante mais languissante ; et comme l'ambassadeur allait tantôt au cercle, tantôt voir d'autres dames à l'heure où, pendant un an, et chacun le savait, il avait eu pour habitude de se rendre chez elle, M. de craignant qu'on n'associât l'inconstance de l'ambassadeur à la retraite de sa femme encourageait celle-ci à sortir et s'impatientait de la voir s'y refuser. Croyant qu'elle s'était excusée d'une audace féminine et touchante qui n'avait eu d'autre but que de faire plaisir à son mari, n'oubliant pas comment il avait, lui, illustré le bon sens en pardonnant à un homme de s'être mêlé d'un complot qui aurait pu se terminer en duel, il tenait rigueur à l'ambassadeur d'un changement d'attitude dont le caractère, imperceptible d'abord, évident à présent, atteignait et blessait le prestige de son ménage. Il comprenait, sans l'admettre, que Mme de refusât de se montrer défaite devant des jalouses qui l'avaient enviée. Cet état de choses troublait un peu le plaisir que lui causait un heureux événement survenu dans

sa famille. Son frère aîné lui avait annoncé, trois
jours auparavant, la décision prise par son fils
de quitter le monde des affaires et d'aller vivre
à la campagne. Le frère de M. de   , tout à la joie
de cette surprise, était resté deux heures assis au
pied de la chaise longue de Mme de   qui joua
l'étonnement et demanda des détails.

— Oh! la cachottière, elle ne m'a rien laissé
deviner de tout cela, dit-elle.

M. et Mme de   apprirent ainsi que leurs neveux
étaient partis ce matin-là, emmenant avec eux
le nouveau-né et tout un grand déménagement.

— Je leur ai donné tout ce qu'ils ont voulu,
dit le frère de M. de   , et j'étais d'autant plus
heureux de le faire que j'avais eu grand-peur, et
puis, je l'avoue, le remords d'avoir douté de mon
fils me poussait à la générosité.

— Je comprends cela à merveille, répondit
Mme de   .

— Ils ne veulent plus entendre parler de vivre
en ville, dit encore le frère de M. de   , et ma belle-
fille m'a murmuré à l'oreille : « La campagne pro-
tégera notre bonheur. »

— Ta belle-fille est fort intelligente, déclara
M. de   . Il est naturel qu'au prime abord nous
nous soyons méfiés d'elle ; on ne peut approuver
ce qu'on ne connaît pas, mais la connaissant mieux
je la juge sérieuse et avisée et je suis sûr qu'elle a
sur ton fils la meilleure influence. Sans elle, il n'aurait jamais pris l'heureuse décision qui te rassure
quant à leur avenir.

Le bijoutier trouva donc M. de   fort heureux
dans son affection fraternelle et fort irrité dans
sa fierté d'homme du monde. Néanmoins, il souriait en le recevant et le fit asseoir dans la bibliothèque face à lui, près du feu.

— Cher ami, lui dit-il, que puis-je faire pour
vous ?

— Je viens vous demander conseil, lui répondit le bijoutier. Je me trouve dans une situation délicate qui m'oblige, pour ne pas vous offenser gravement, à commettre une indiscrétion qui meurtrit ma conscience.

M. de s'amusait :

— Parlez, vous me faites peur, parlez, je vous écoute, dit-il.

Le bijoutier tira de sa poche et ouvrit alors l'écrin contenant les boucles d'oreilles, puis il regarda M. de et lui dit :

— Voici, cher monsieur, la raison de mes nuits blanches. Madame votre nièce m'a vendu ces boucles d'oreilles ; la faillite de monsieur votre neveu n'était un secret pour personne parmi les gens d'affaires. Je n'ai posé à madame votre nièce aucune question qui aurait pu la gêner mais j'ai compris qu'elle vendait ce bijou pour sauver son mari qui, du reste, est sauvé. Il se trouve, cher monsieur, que j'ai l'occasion de vendre ces admirables cœurs à l'un de vos jeunes cousins dont les fiançailles doivent être officielles ce soir et...

— Je sais cela, interrompit M. de , je suis le cousin germain du père de ce jeune homme et nous sommes fort liés.

— J'ai craint que vous ne m'en veuillez de me défaire de ces diamants sans vous en prévenir, reprit le bijoutier, j'ignorais moi-même que vous les eussiez donnés à madame votre nièce et je me suis effrayé à l'idée de créer une confusion dans l'esprit de ceux qui, les voyant chez moi, auraient pu croire que des difficultés d'un certain ordre vous avaient contraint à vous en séparer.

— Vous avez parfaitement raisonné, répondit M. de . Je vous en suis reconnaissant et je vais, grâce à vous, pouvoir faire plaisir à ma femme dont la tristesse et la mauvaise santé ne sont pas étrangères au regret qu'elle éprouve d'avoir été depuis plus d'un an séparée de ce bijou.

M. de acheta les boucles d'oreilles, le bijoutier s'excusa de les lui vendre pour la quatrième fois et ils se serrèrent la main en hommes qui, mêlés à la même aventure, sont destinés à se revoir bientôt.

Après le départ du bijoutier M. de reprit sa place près du feu et, la tête appuyée au dossier de son fauteuil, il resta longuement, les yeux fermés, tapotant du bout des doigts le couvercle de l'écrin posé sur ses genoux.

Avant de partir pour le cercle, il entra chez sa femme et se tint un moment devant elle, une main cachée derrière le dos.

— Si je vous faisais un grand plaisir, voudriez-vous, en retour, m'en faire un? lui dit-il.

— Certainement, répondit-elle, si un grand plaisir peut encore me faire grand plaisir.

Il dégagea peu à peu la main qu'il cachait et remit posément les cœurs de diamant entre les mains tremblantes que Mme de lui tendait.

— Sont-ils à moi? Comment sont-ils à moi? s'écria-t-elle sans même penser à le remercier.

M. de lui fit jurer le secret et lui raconta ce qu'il venait d'apprendre.

— Mon neveu s'est conduit comme un fou, sa femme est une folle, ils ont trompé mon frère et je vais dans un instant lui dire la vérité. D'abord parce que mon devoir m'ordonne de le mettre en garde contre un retour possible des folies de son fils et ensuite parce que vous ne pourriez porter ces bijoux sans qu'il soit averti du geste de sa belle-fille.

— Je pense tout autrement, répondit Mme de . Vos neveux, après bien des folies, se sont conduits sagement. Vous connaissez votre frère et vous savez que ses principes sont plus forts que ses bons sentiments. Pourquoi le feriez-vous douter d'un enfant qui, maintenant, mérite sa confiance? Ce qui est fait est fait. Taisons-nous, croyez-moi. Nos neveux ont dû beaucoup souffrir ; ne les replongez pas dans le malheur dont ils se sont évadés.

— Vous avez raison, répondit M. de . Vous êtes bonne et la bonté est parfois plus sage que les principes, mais que dirai-je à mon frère à propos de ce bijou?

— Eh bien! dit-elle, vous lui direz que vous en avez fait faire une réplique! Mais elle se reprit aussitôt et, les mains sur le cœur continua : « Non, non, ne mentez pas, laissez le temps passer et du reste, qui me verra? Personne. Vous savez bien que je ne sors plus. »

— Une réplique, oui, je lui dirai cela, répondit M. de, car vous sortirez, vous sortirez, c'est le plaisir même que je vous demande de me faire en retour à celui que vous venez d'accepter.

— Je ne sors plus, répéta Mme de

— Alors, rendez-moi ce bijou, ordonna M. de

— Non, répondit-elle, jamais, laissez-moi ce souvenir.

— Si vous y tenez tant, pensez à l'avenir, protégez-vous, protégez-moi, ayez un peu de gratitude et promettez-moi que vous m'accompagnerez demain.

— Oui, fit-elle, je vous le promets.

— Soyez raisonnable, continua-t-il et veuillez réfléchir. Voyez dans quelle position vous m'avez mis et voyez quelle position vous avez infligée à un ami qui ne prétendait que vous rendre service. En vous montrant enfin, parée de ce bijou, vous tranquilliserez sa conscience, comme la mienne, vous dissiperez un malaise dont nous souffrons tous les trois et dont vous portez seule la responsabilité.

Mme de connaissait la vérité. Elle savait pourquoi l'ambassadeur s'était détaché d'elle, mais ne pouvant ni détromper son mari ni se priver d'un objet qui contenait pour elle l'éloquence, la récompense et la présence de ses seuls vrais baisers, elle répondit par un signe de tête dont M. de se contenta. M. de se souciait peu de raisonner sa femme, il en était venu à ne rien vouloir d'autre que montrer à l'ambassadeur comment Mme de portait un bijou que seul un mari était en droit de lui donner.

Un mois de réclusion et de profondes douleurs avaient affaibli la santé de Mme de . M. de n'y prit pas garde et sans tenir compte des froids terribles de février, il l'obligea à se rendre à un bal. La mine hautaine et se tenant d'autant plus droite qu'elle se sentait défaillir, Mme de apparut dans sa beauté dernière à la soirée que des cousins de M. de donnaient à l'occasion des fiançailles de leur fils. En arrivant elle souriait, ses diamants brillaient à ses oreilles et elle souriait encore lorsque ses yeux rencontrèrent ceux de l'ambassadeur qui la regardait entrer. Ce sourire et ces diamants, cette fatigue surtout lui prêtaient un air de défi, un air altier auquel il se méprit. Il crut qu'en portant ce bijou elle prétendait effacer le passé et il eut l'idée qu'elle se moquait. Plus tard, en baisant la main qu'elle brûlait de lui tendre, il lui dit :

— Je ne vous pardonnerai jamais, et s'écarta aussitôt, laissant tout le monde s'empresser autour d'elle.

L'orgueil satisfait de M. de l'inclinait à la bonne humeur. Il était prêt à prolonger la soirée jusqu'à l'aube et, bien que fort courtois, il oublia sa femme, la laissa rentrer seule et continua de s'amuser.

Mme de se mit au lit, elle sanglota et renonça

presque sans le savoir à toute vie et toute envie. Elle comprit pourtant qu'ayant perdu la confiance de l'ambassadeur, elle l'avait offensé, certes sans le vouloir, pour ne pas se séparer du seul objet de son souvenir : « Venez, vous ne m'avez pas comprise lui écrivit-elle ; venez, venez me voir et si ma prière peut encore avoir quelque mérite, venez, je vous en prie, écoutez-la. » Elle crut alors que le désespoir l'enfiévrait, chaque mouvement de sa main lui donnait un frisson et chaque frisson lui poignardait le cœur.

Elle attendit longtemps le retour de M. de , elle attendit encore le temps de son coucher, puis portant sa lettre de prière, elle jeta un manteau sur ses épaules et, dédaigneuse des froids de la saison, quitta sa chambre aux premières lueurs de ce jour de février.

Le concierge qui se leva pour lui ouvrir la porte fut le seul être au monde à la voir s'en aller. Il lui cria :

— Madame, madame ! Oh ! Madame, attendez !

— Laissez-moi, répondit-elle, je reviens.

Elle chemina sous la neige. Elle traversa la ville et le temps de cette aube inconnue et s'arrêta, enfin, devant une grande porte sombre. Elle sonna discrètement d'abord, puis avec insistance, puis, sans détacher son doigt du bouton de la sonnette, elle se mit à appeler :

— Eh ! là ! ouvrez, ouvrez donc !

Gelée, tremblante, elle ne se lassa ni de sonner ni d'appeler jusqu'au moment où un homme à moitié endormi et revêtu d'un uniforme austère, ouvrit avec méfiance, lui prit la lettre des mains et lui claqua la porte au nez.

Dès le lendemain Mme de se mourait. Ni sa santé, ni son amour, ni sa raison ne parvenaient

à la convaincre de vivre. Prise par le froid naturel
de ce temps de l'année, son état l'inclinait vers
d'autres températures et elle ne vivait qu'à peine
lorsque trois jours plus tard l'ambassadeur répondit par sa présence à la lettre de prière qu'elle lui
avait adressée.

— Ma femme ne reçoit pas, lui dit alors M. de .

— Elle a bien voulu m'appeler, répondit l'ambassadeur, en froissant un billet qu'il tenait dans
sa main.

L'état désespéré de Mme de   commandait
l'indulgence. M. de , respectueux des dernières
volontés, conduisit l'ambassadeur auprès d'une
femme qui avait désiré le revoir et ne le verrait
plus.

Mme de   gisait aux frontières de sa beauté
prochaine. Les deux hommes restèrent immobiles
face à face, de chaque côté de son lit, les yeux
baissés vers elle qui respirait encore, par à-coups,
faiblement, et bientôt l'ambassadeur, se sentant
importun, allait se retirer lorsque Mme de , dans
un mouvement d'agonie, allongea ses longs bras
sur le drap, poussa un soupir et mourut.

Ses mains s'entrouvrirent montrant dans leurs
paumes deux cœurs de diamant, comme si elle eût
voulu donner deux cœurs à l'inconnu.

L'ambassadeur et M. de   échangèrent un
regard :

— Elle est morte, prenez ce cœur qu'elle vous
donne, dit M. de à l'ambassadeur, l'autre est le
sien, j'en disposerai.

L'ambassadeur prit le cœur que Mme de lui
tendait. Il baisa la main de cette morte, puis sortit
brusquement de la chambre et se fit conduire chez
le bijoutier.

— Scellez ce cœur à une chaîne d'or, dit-il, et
scellez cette chaîne à mon cou. Je ne veux pas
attendre.

Un instant plus tard il rentrait chez lui, donnait des ordres, faisait préparer ses bagages, envoyait des dépêches et quittait la ville.

Cependant M. de   plaça l'autre cœur sur le cœur de sa femme, puis il appela la nourrice et la chambre s'emplit aussitôt d'une rumeur de jupons et de plaintes. Les chandelles des dîners brillèrent d'une lueur funèbre. M. de   fit venir son tailleur et sans lui donner de raison lui commanda des vêtements de deuil.

Sélestat (Bas-Rhin),
Octobre 1950.

Julietta

A MES FILLES
JESSIE, ALEXANDRA, ELENA

Le 15 septembre, vers midi, le prince d'Alpen et Mme Facibey sortaient du magasin d'un grand bijoutier à Paris. Leur élégance, apanage d'une certaine société internationale, avait un je ne sais quoi d'inimitable, de désinvolte et de précis qui les distinguait du commun des mortels et faisait d'eux un couple remarqué des passants. S'il y avait dans le regard de Mme Facibey une pointe de taquinerie qui s'adressait au prince, sur ses lèvres un sourire sans malice illustrait le seul bonheur qu'un amour encore vif lui faisait éprouver. Le prince souriait aussi mais une ombre sur son front exprimait l'inquiétude. Les deux amis s'arrêtèrent à la porte du bijoutier pour causer un instant. Mme Facibey félicita le prince, elle lui demanda quand arriverait sa fiancée et, les yeux fixés sur un petit paquet qu'il tenait à la main, elle ajouta : « La bague est ravissante, Hector, j'espère qu'elle lui plaira. » Il répondit que sa fiancée arriverait à Paris le soir même et remercia Mme Facibey de l'avoir aidé à choisir cette bague :

— Merci de vos bons conseils, belle Rosie, lui dit-il.

— J'espère qu'ils vous porteront bonheur, répondit-elle.

Le prince lui baisa la main :

— Je ne suis pas en faveur de vos amours, croyez-moi, ce n'est pas un homme pour vous, dit-il, et vous reviendrez bientôt, j'en suis sûr.

— Si vous connaissiez André vous ne parleriez pas comme cela, répondit-elle. J'ai trop de chance, voilà tout. Au revoir, Hector, soyez heureux et amusez-vous bien.

La belle démarche, l'allure gracieuse de Rosie retinrent un instant les pensées du prince. Tout en la regardant s'éloigner il frappa du plat de la main sur l'écrin qu'il avait mis dans sa poche, puis il fit demi-tour et monta en voiture.

Le prince d'Alpen, bel homme séduisant et riche, avait beaucoup usé du pouvoir de plaire. Las de se coucher à l'aube, las des palaces, des villas et des gondoles où la vie, semble-t-il, ne peut prendre racine, il voulait se fixer dans son pays de montagnes, habiter son château, avoir quelques enfants d'une jeune femme innocente dont il serait jaloux et, parfois, voyager. Il connaissait la chaleur de toutes les flammes, il savait tout ce qui se dit, ce qui se fait, le prix des bouquets, la conclusion des soirs et, sachant jusqu'où l'on peut aller, sachant aussi ce qu'on attendait de lui, il donnait beaucoup et inquiétait toujours. Guidé par un instinct plus puissant que le cœur, le séducteur exerce un don fatal qui le pousse à conquérir sans discernement et à se lasser de ce qu'ensuite il découvre. Victime, il ne fait que des victimes : il agit par contagion. Le prince d'Alpen était de ces hommes-là et ses victimes étaient d'autant plus nombreuses qu'il avait de l'intelligence, de la fantaisie, de l'argent et une certaine moralité qui lui ajoutait du mystère. A cinquante ans, il allait épouser une jeune fille de dix-huit ans, enfant de la bourgeoisie, rencontrée sur une plage. C'était un mariage d'amour et c'était aussi un mariage de raison.

Le même 15 septembre, vers cinq heures du soir, Mme Valendor et sa fille Julietta montaient à Bordeaux dans le train de Paris. Mme Valendor, belle, blonde, ronde et soignée, était une fleur de quarante ans à qui un heureux veuvage avait permis de conserver sa fraîcheur en la laissant respirer, sans contrainte, l'air de la liberté. Sa vie intime avait été une succession de petits secrets, mais, attachée aux apparences comme aux convenances, ennemie du scandale, du désordre, des rêveurs, et de l'impossible, elle avait donné à sa fille une éducation sérieuse dont ses amies la louaient. Julietta était bien élevée mais elle était rêveuse, fantasque, inconstante, sauf dans la fantaisie, et sa fantaisie la conduisait hors de la réalité dans un vaste domaine où elle inventait sa vie. On ne peut dire si elle aima le prince d'Alpen mais il est certain qu'elle fut sensible à la cour qu'il lui fit. Elle s'amusa de voir les jeunes gens et les jeunes filles de son âge manifester leur jalousie devant l'attention qu'elle encourageait et que lui prodiguait un bel homme de cinquante ans réputé pour son charme, son élégance et son bon goût. Elle ne s'amusa pas moins en épiant la rancœur mal cachée des femmes qui, se voyant dédaignées, lui en voulaient de les priver d'un homme dont la

compagnie, plus flatteuse que toute autre, les eût
mises en évidence. Julietta prit plaisir à triompher
de tout ce monde. La vanité satisfaite peut faire
croire à l'amour, elle en ouvre parfois les chemins
et parfois engourdit l'exigence véritable du cœur.
La mer, le soir, le vent soudain trop chaud, soudain
frais de septembre, mêlaient leurs accents aux promenades du prince et de Julietta et les tourbillons
de sable sur les dunes, un coquillage, un premier
châle, un premier feu, un bouquet fait à deux aux
lisières de la nuit paraient leurs souvenirs d'émotions enlacées. Bientôt ils préférèrent les harmonies
de la nature à celles des orchestres, alors le prince
se crut artiste et Julietta se crut Ève. Il lui parlait
de son pays comme d'un long soir dont elle
pourrait être la douceur et l'étoile et, en l'écoutant,
elle voyait des forêts et dans ces forêts, des
fourrures se promener en liberté. Le prince aimait
Julietta, mais sa jeunesse, sa grâce encore enfan-
tine le poussèrent à réfléchir. Puis il fit des compa-
raisons qui, en établissant des distances comme des
rapprochements, illustrèrent des différences ; il
contempla son passé, plaça Julietta sur le sommet
d'une montagne au centre de son avenir et décida
de l'épouser.

Les déclarations du prince la transportèrent
dans l'inconnu, elle confondit les effets bouleversants de la surprise avec les effets bouleversants du
bonheur ; l'enivrement d'une si belle conquête lui
masqua l'homme qu'elle avait conquis, elle tourna
vers lui ses grands yeux et murmura : « Je veux
bien, oui, oui, je veux. » Ils étaient assis sur la
plage, elle tendit aux lèvres du prince ses mains
saupoudrées de sable, ce qui le fit éternuer sans
pour cela lui faire perdre contenance. Il sortit
aussitôt son mouchoir de sa poche et s'en épous-
seta la moustache et la bouche avec beaucoup de
naturel ; puis il prit Julietta dans ses bras, la serra

contre sa poitrine et lui donna un long baiser dont elle ressentit de l'effroi.

« J'inventerai ma vie », avait dit Julietta à sa mère en lui annonçant ses fiançailles. Indifférente à ce que sa fille inventerait ou n'inventerait pas, Mme Valendor avait cru bon d'attirer son attention sur la réalité et de lui rappeler l'âge du prince. « A son âge on ne change plus », lui avait alors répondu Julietta. Certes, Mme Valendor se garda d'influencer sa fille, elle convint que le prince, qui du reste ne portait pas son âge, était un beau parti et serait un mari plein d'expérience, « un homme de poids », disait-elle, et, comme elle était en faveur des situations nettes et que l'attitude du prince à l'égard de Julietta avait donné lieu à de nombreux commérages, elle voulut que les fiançailles fussent annoncées tout de suite. Elle se réjouissait de faire taire les mauvaises langues et tous ceux qui, en comparant la simplicité de Julietta aux grands airs du prince, avaient trouvé bon de dire : « Elle a visé trop haut. »

Trois jours plus tard, sur la plage, on ne parla plus que du mariage de Julietta. Les jalouses vinrent lui faire la cour ; les jeunes gens la félicitèrent tristement. Le prince ne la quittait pas, il la dominait et la regardait comme un homme dépensier mais attentif à la qualité contemple une nouvelle acquisition, une jolie bête ou quelque objet de prix dont l'habitude n'a pas encore tempéré les attraits. Tout le monde complimentait Mme Valendor, on l'appelait : « Heureuse mère », et il est vrai qu'une semaine ne s'était pas écoulée depuis l'annonce des fiançailles que déjà elle donnait à tous l'impression d'être plus heureuse que sa fille. En effet, Julietta ne parlait plus de l'avenir, elle ne disait plus : « J'inventerai ma vie », elle évitait les occasions de rester seule avec le prince ; elle boudait. Habitué aux caprices des femmes, attentif à ceux d'une enfant dont il était amoureux, le prince ne se formalisa pas de ce changement d'humeur. Il en conclut que Julietta avait besoin de repos pour se remettre des émotions de ces derniers jours et lui fit part de son intention d'aller l'attendre à Paris. Mme Valendor apprécia le geste du prince : « Il n'a pas seulement du charme, dit-elle à sa fille, il a aussi du bon sens » et, avant son départ, elle eut avec lui une conversation sérieuse au cours de laquelle il fut question d'argent, de bijoux et de trousseau, puis du caractère de Julietta, puis de la date du mariage.

— N'attendons pas trop longtemps, dit le prince, l'automne est la saison du cœur et il y a de la noblesse dans la lumière d'octobre ; que penseriez-vous du 28, par exemple ?

Mme Valendor lui répondit que cette date lui convenait :

— Nous resterons ici pendant une semaine encore, dit-elle, et dès le 15 septembre nous irons vous rejoindre à Paris.

En rapportant à Julietta cette conversation, pourtant intéressante, elle ne remarqua sur les traits de la future épouse que lassitude et dépit. Son fiancé en lui disant au revoir ne lui cacha ni les regrets qu'il éprouvait à la quitter, ni le désir qu'il avait de la revoir bientôt ; puis il évoqua quelques souvenirs auxquels elle répondit par des murmures, des demi-sourires, des soupirs et des regards furtifs où il vit une preuve de soudaine et touchante timidité.

Après le départ du prince d'Alpen, Mme Valendor décida d'explorer la pensée de Julietta. « Tu boudes, lui dit-elle, dis-moi pourquoi tu boudes ? » Julietta serra les lèvres et ne répondit pas. Sa mère alors l'accusa de manquer de cœur : « Tu prends plaisir à m'inquiéter, tu veux me rendre folle, prends garde, Julietta, tu cours à ton malheur... »

— C'est bien mon impression, répondit Julietta.

Cette réponse coupa le souffle à Mme Valendor. Elle se tut un moment. « Quoi ? Que dis-tu ? » reprit-elle bientôt.

— Je dis comme toi, répondit Julietta. Tu viens de me prévenir, tu me dis : « Prends garde, tu cours à ton malheur », eh bien ! maman, je suis de ton avis.

— Alors, si je comprends, tu as changé d'avis, de sentiments, de projets ? Ah ! gronda Mme Valendor, Julietta, tu me fais peur : tu me rappelles ton père. Vois jusqu'où ses hésitations et ses fantaisies l'ont mené. La mort, mon enfant, la mort, répète-toi ce mot.

— J'avoue, répondit Julietta, que je pense à la mort.

— Ah ! tu veux mourir ? Tu veux amuser tout le monde et faire rire de toi ? Tu tiens à donner raison à ceux qui trouvaient bon de dire : « Elle a visé trop haut » ? On croira que le prince t'avait abandonnée et l'on verra dans cet affront la cause de ton suicide.

— Je n'aime pas Hector, fit calmement Julietta.

— Qu'en sais-tu ? lui répondit sa mère. Eh bien ! si tu ne fais pas un mariage d'amour tu feras alors un mariage de raison. Ce sont souvent les meilleurs et toujours les plus durables. Elle lui en cita plusieurs exemples et reprit : « Tu as beaucoup de chance de n'être pas amoureuse. Crois-moi, mon enfant, c'est une garantie de bonheur. »

Julietta soupira : « Je veux bien te croire, mais devant le dégoût je manque de courage. »

— Le dégoût ? Quel grand mot ! Sais-tu même ce que c'est ? demanda Mme Valendor. Ce terme dans ta bouche est, pour le moins, déplacé. Sois convenable, je t'en prie.

Et elle se mit à faire du prince un portrait si flatteur que d'agréables perspectives s'ouvrirent aux vœux de Julietta.

— Tout ce que tu dis est vrai, approuva-t-elle, Hector a tout pour lui ; et regardant sa mère bien en face, elle ajouta : Tu devrais l'épouser, toi.

L'audace de ce propos fit comprendre à Mme Valendor que sa fille avait perdu l'esprit. Elle la persuada d'aller se mettre au lit, s'assit à son chevet et lui parla longuement. Julietta ne trouva pas de raison de contredire sa mère, et son désarroi s'en accrut. « Allons, conclut Mme Valendor, sois raisonnable ; fais-moi confiance et fais confiance à l'instinct qui t'a poussée vers un homme comme on en rencontre peu. C'est lorsque tu raisonnes que tu embrouilles tout. Raisonner n'est pas de ton âge, laisse-toi emporter. Hier encore tu disais : " J'inventerai ma vie ", eh bien! ma chérie, je te demande qui, mieux que le prince, pourrait te permettre de le faire? C'est un luxe que, de nos jours, la plupart des jeunes gens ne pourraient pas t'offrir. »

Pour Julietta, inventer sa vie c'était arranger une maison à son goût, n'être entourée que d'objets protecteurs, avoir des volières remplies d'oiseaux savants, voyager sur la mer, se baigner dans des lacs où dansent, la nuit, les grands poissons qui ont avalé les bagues tombées du doigt des reines. Inventer sa vie, c'était porter des manteaux blancs pour se promener en voiture dans la forêt, c'était dire : « A droite, à gauche », à un cocher nourrice muet et souriant ; c'était rentrer à la maison en suivant le sillage du premier souffle frais et trouver devant sa porte les empreintes de l'automne. D'une fenêtre, un enfant crierait : « L'automne est arrivé » et vivement refermerait la fenêtre. Alors Julietta s'étendrait sur une chaise longue et tirerait de son corsage un petit bouquet de feuilles qu'elle presserait sur ses lèvres en fermant à demi les yeux. L'enfant de tout à l'heure, qui s'appellerait Bambin, viendrait s'asseoir près d'elle

et chanterait des chansons qu'accompagnerait le
feu et l'on entendrait, dans le vestibule, le pas des
chiens comme de la grêle tombant sur le carrelage.
Ce serait le moment des visites. Une dame très
belle, en deuil de sa beauté, parlerait du passé en
caressant ses gants ; dans un coin de la bibliothèque un professeur, ami de la nature, lirait à
Bambin quelques pages de la vie des lézards ;
les vieux messieurs, tous admirables, auraient la
goutte au nez et mêleraient en tirant leur mouchoir l'odeur du vétiver à la vapeur du thé ; et
les hommes plus jeunes, tous également admirables,
nés et élevés dans des chambres voûtées, chas-
seurs, ornithologues, botanistes, astrologues, artistes
et lettrés, seraient fous d'amour et fous de
jalousie. Julietta, entre eux tous aurait son
préféré ; il ferait mine de se retirer quand partiraient les autres et reviendrait plus tard la serrer
dans ses bras. Elle aimerait sa tristesse, sa forte
et grave tristesse nourrie par la campagne, la
noblesse et les fleuves ; il parlerait du vent et dirait,
en faisant des projets d'avenir : « Nous irons aux
tours Miroséennes, si le vent le permet. » Ah!
celui-là elle l'aimerait et craindrait tant de le perdre
qu'elle inventerait pour lui toutes sortes de malheurs
dont elle serait seule à pouvoir le protéger.

Pourquoi le prince d'Alpen n'était-il pas parmi
ces hommes ? Pourquoi ne le voyait-on pas dans
cette maison qui pourtant était la sienne ? Julietta
l'en avait-elle chassé ?

— Ah! Je voudrais être veuve, s'écria-t-elle.

Mme Valendor comprit à ces paroles que sa fille
avait brusquement recouvré la raison. « Aie donc
un peu de patience, lui répondit-elle. Commence
d'abord par te marier. » Là-dessus, consciente
d'avoir, une fois de plus, illustré le bon sens, elle
laissa Julietta pour aller essayer un chapeau. Ce
soir-là elle inscrivit ces deux phrases dans son li-

vre de pensées : « Je suis écartelée entre mes devoisr
de mère, mes devoirs mondains et mes devoirs de
femme », et : « Je n'ai pas quatre bras. »

Cependant, l'humeur de Julietta ne faisait qu'em-
pirer. Elle se savait engagée, se voyait prise au
piège de sa parole et, craignant les critiques, les
moqueries, l'échec d'une rupture et les explications, elle n'avait ni le courage de se dégager, ni
la force de se résigner à sa situation. Pudique,
elle n'osait avouer la raison qui l'éloignait du prince
et, faible, elle souhaitait fuir, disparaître et mourir
afin de se soustraire à ses engagements.

Mme Valendor en perdit le sommeil. Elle en
voulut à sa fille d'être incompréhensible et s'en
voulut à elle-même de ne pas la comprendre et,
comme elle passait ses nuits à chercher un sens à
l'attitude et aux paroles de Julietta, elle se rappela
l'avoir entendu dire : « Devant le dégoût je manque
de courage. »

Leur séjour au bord de la mer touchait à sa fin.
Elles partiraient le lendemain pour Paris où le
prince attendait. Mme Valendor pensa qu'il fallait
tenter un nouvel effort et, qu'au risque d'impa-
tienter sa fille, elle pourait peut-être, en la ques-
tionnant encore, lui remettre de l'ordre dans les
idées, éclairer son avenir et dans le présent la rassurer : « Julietta, lui demanda-t-elle, pourquoi m'as-
tu dit l'autre jour : " Devant le dégoût je manque
de courage " ? » Julietta d'abord refusa de répondre.
Sa mère insista, supplia, puis, certaine que le silence de sa fille cachait un grand secret, elle eut
peur.

— Je sais tout, je sais tout, s'écria-t-elle soudain,
tu caches un autre amour, tu es deux fois fiancée.
Ah! quel malheur! Quelle horreur! Je comprends
ton dégoût, et elle se mit à pleurer.

Julietta, devant ces larmes, eut un élan de tendresse : elle souffrait de peiner un être qu'elle

aimait et qui n'avait d'autre but que d'essayer
de la comprendre et de l'aider à trouver le bonheur.
Sans toutefois changer sa nature, l'éducation qu'elle
avait reçue de sa mère lui avait appris à s'attacher
aux convenances et à les considérer comme l'expression des vertus qui illuminent le cadre de la bonne
société. Elle détestait les brouilles et les indiscré-
tions et n'osait, en somme, ni rompre ni se marier.

— Sois franche, Julietta, sois franche, supplia
Mme Valendor. Dire la vérité est parfois difficile,
je le sais. C'est un mauvais moment à passer.

Julietta voulait parler, mais, pour le faire, il
fallait qu'elle combattît à la fois les forces de sa
faiblesse et les exigences de sa pudeur ; la victoire
lui parut impossible. « Je n'ose pas », murmura-
t-elle. Mme Valendor eut un sursaut d'effroi, elle
imagina l'inimaginable et s'effondra : « Le déshonneur, le déshonneur », murmura-t-elle car elle
croyait savoir pourquoi Julietta pensait à la mort.
En cet instant elle y pensait aussi pour elle-même
et, déjà, se voyait entraînant sa fille jusqu'au sommet d'un phare et, de là, se jetant avec elle dans
les flots.

La voix de Julietta dissipa cette image : « Il
n'est pas question de déshonneur, tranquillise-
toi, dit-elle, je ne suis qu'une fois fiancée et tu
sais que je voudrais ne pas l'être du tout. »

Puis, profitant de ce moment où sa mère, muette
d'angoisse, ressemblait à un marbre, elle lui avoua
tout d'un trait qu'elle n'aimait pas à être embrassée
par le prince : « Je n'ai fait cette découverte que
trop tard, continua-t-elle, j'avais déjà donné ma
parole, hélas, j'étais engagée. »

A la façon d'un dormeur qui s'éveille et dont
l'esprit encore plein de songes interroge la réalité,
Mme Valendor tourna lentement la tête, leva haut
les sourcils, entrouvrit les lèvres et regarda sa
fille : « Et alors ? » demanda-t-elle.

— Et alors? Mais alors c'est tout, répondit Julietta.

La surprise et la joie de Mme Valendor s'exprimèrent en un éclat de rire :

— Comment, c'est tout? fit-elle, et c'est pour un détail de si peu d'importance que tu veux renoncer au mariage?

— Non, répondit Julietta, je ne veux pas renoncer au mariage, mais je veux me dégager de ce mariage-là.

— Et pourquoi donc? Demande à ton fiancé de ne pas t'embrasser, voilà tout. Trouve une excuse. Dis-lui que les baisers te donnent de l'urticaire, cela peut arriver. Ou bien surmonte-toi. En ménage, crois-moi, les baisers n'ont qu'un temps.

Cependant, Julietta poussa plus loin ses confidences ; elle parla du prince et de son charme qui l'avait tant charmée, mais elle ajouta que depuis ce baiser, elle ne pouvait sans malaise se trouver en sa présence et qu'être seule avec lui la mettait au supplice :

— Sa main sur mon bras, rien que cela, c'est déjà trop, dit-elle.

Mme Valendor ne put en supporter davantage. Elle accusa Julietta d'enfantillage et de folie, l'appela girouette, lui remémora l'exemple de son père et conclut en disant :

— Arrange cette affaire comme tu voudras. Je m'en lave les mains. Prends ton courage et dis la vérité.

— Je n'ose pas, mais toi, tu pourrais peut-être lui parler et, sans le blesser, lui expliquer les choses?

— Moi? Je n'y pense pas, répliqua Mme Valendor. M'as-tu demandé conseil avant de décider de ton avenir? Manquais-tu de courage alors?

— Ah! s'écria Julietta, comment pouvais-je me douter que j'étais à la veille de fuir un homme qui me plaisait.

— Si tu étais plus simple, il te plairait encore.
Julietta, ton excuse est médiocre et ne me convainc
pas. Dis-lui oui, dis-lui non, dis-lui tout ce que tu
voudras, mais dis-le-lui toi-même. J'aurai bien assez
à faire, je t'assure, en tenant tête à tous ceux qui
se moqueront de nous.

— Alors, j'épouserai le prince.

— Fais comme tu l'entendras, lui dit Mme Valendor et, brisée, elle sortit. Toutefois, les dernières
paroles de sa fille lui donnaient bon espoir.

Au lendemain de cette conversation, Mme Valendor et Julietta quittaient donc les pinèdes et le
bord de la mer pour prendre à Bordeaux le train
qui, dans la nuit même, les amènerait à Paris. En
cette saison qui n'est pas encore celle du retour des
vacances, les voyageurs sont peu nombreux et le
porteur, que Mme Valendor suivait comme s'il l'eût
tenue en laisse, trouva sans peine un compartiment
vide où il déposa leurs bagages au-dessus des deux
places près des fenêtres. Mme Valendor lui tendit
un billet. Elle rompit ainsi le lien qui l'avait un
instant attachée à cet homme et recouvra la liberté.

— Nous sommes seules, remarqua-t-elle aussitôt.
— On étouffe, répondit Julietta et, d'un geste
las, elle lança pêle-mêle sur la banquette son sac à
main, ses gants et des revues illustrées qu'elle
venait d'acheter pour se distraire en voyage.

Mme Valendor s'assit en prenant soin de ne pas
froisser son manteau :

— C'est sans doute pour ne pas les lire que tu
as acheté ces revues? demanda-t-elle.

Julietta les rassembla bien vite et les posa sur
les genoux de sa mère.

— Si cela peut t'intéresser, fit-elle, puis elle
s'assit et se mit à contempler ses ongles.

Mme Valendor haussa les épaules.

— Hector aura une agréable surprise s'il te voit descendre du train avec cette figure-là.

— Oh! maman, je t'en prie, ne recommençons pas, supplia Julietta. Ce qui est dit est dit, la question est réglée et je te demande de ne plus m'en parler.

— Ce que tu ne sais pas, ou ce que tu oublies, répondit sa mère, c'est que je suis à la veille de tomber gravement malade. Ta mauvaise humeur me tue. Je n'ai dormi ni jour ni nuit depuis plus d'une semaine et te rends-tu compte que je n'ai plus de courage, même pour m'habiller? Si la question est réglée, si, comme tu le dis, ta décision est prise, eh bien! souris, détends-toi et ne m'impose pas plus longtemps cette figure de victime. Ne vois-tu pas que je suis morte? — Et, devant Julietta qui se taisait, elle répéta avec accablement comme si elle constatait vraiment son propre décès : Je suis morte, morte, morte.

— Oh! je t'en prie, maman, supplia Julietta.

— C'est moi qui te supplie, reprit Mme Valendor. Au lieu de t'obstiner à penser aux baisers d'Hector, pense plutôt à lui. C'est un homme après tout. Il a des qualités jusque par-dessus la tête et, pour couronner tout cela, comme un fait exprès, il est prince!

— Oh! prince, tu sais...

— Oui, oui, j'avoue que de nos jours les titres ne semblent plus avoir été faits pour être portés par les hommes. Prince, prince, c'est un peu ridicule, je te l'accorde, mais princesse c'est bien joli.

— Eh bien! Je serai princesse, répondit Julietta.

Le train partait, elle se leva pour aller regarder par une fenêtre du couloir les visages levés au moment du départ et les doigts fleuris de baisers et les gestes d'adieu de ceux qui restent sur le quai vers les voyageurs qui s'en vont. Longtemps après que le train eut quitté la gare elle resta là, debout,

à dessiner des points d'interrogation sur la vitre
devant elle. Les quelques voyageurs qui se trouvaient dans le couloir durent remarquer cette
gracieuse jeune fille qui jouait comme une enfant
et paraissait si triste. La coiffure nonchalante de
ses cheveux châtains et plats dont l'extrémité
se retroussait à peine en touchant ses épaules
prêtait à toute sa personne un accent d'isolement
et un air de gravité. On s'attendait à voir un frère
debout à côté d'elle et, telle qu'elle était là, seule
et les mains vides, on aurait pu la prendre pour une
étrangère en convalescence ou pour une orpheline
dédaignée d'un cousin. Étonnée, au bout d'un
certain temps, que sa mère ne l'eût pas appelée
pour lui dire de s'asseoir, elle tourna la tête et vit
que le mouvement du train avait endormi Mme Valendor et que le ronronnement du plus profond
sommeil faisait vibrer ses lèvres. Les revues avaient
glissé de ses genoux à terre. Julietta les ramassa,
s'assit en face d'elle et s'apprêtait à lire lorsqu'un
voyageur entra dans le compartiment. C'était un
homme d'une trentaine d'années, grand, l'air
calme et sérieux. Il jeta son chapeau dans le filet,
prit place à l'autre bout de la banquette qu'occupait Julietta, puis, sans regarder autour de lui,
sans même paraître entendre les ronronnements
de Mme Valendor, il ouvrit la serviette de cuir qu'il
portait pour seul bagage et en tira des papiers
qu'il se mit à lire avec grande attention. Bientôt,
et sans interrompre sa lecture, il sortit d'une de ses
poches sa boîte à cigarettes, la posa près de lui, en
souleva le couvercle et prit à tâtons une cigarette
qu'il porta à sa bouche. Puis il sortit son briquet,
alluma sa cigarette et remit le briquet dans sa
poche.

Julietta, penchée sur les journaux dont elle
tournait distraitement les pages, voyait les scènes
qui tourmentaient son esprit se superposer aux

images qu'elle avait sous les yeux. Elle pensait à
l'avenir et ne pensait qu'à cela. Non pas tant à
l'avenir lointain qu'au moment de tout à l'heure
où le prince, en l'accueillant à sa descente du
train, la prendrait par le bras et chercherait son
regard. Mme Valendor, souriante, accepterait sans
doute qu'il les accompagnât chez elles, et là, dans
le salon fleuri des grands bouquets qu'il aurait
envoyés, elle serait laissée seule à seul avec lui qui
s'approcherait alors et s'inclinerait vers elle pour
lui donner un baiser. Que ferait-elle afin de se soustraire à ce geste? Prétendrait-elle avoir un rhume
ou dirait-elle la vérité? « M'aimez-vous? — Quelle
meilleure preuve en attendez-vous de moi? ré-
pondrait-il en montrant les grands bouquets. — Eh
bien! si vous m'aimez, je vous demande, mieux que
cela, je vous recommande de ne pas m'embrasser. Vos baisers nous sont dangereux. Ce
sont d'abord des bêtes nues et roses qui me font
horreur et se transforment en pierres, en pierres
que je voudrais vous jeter au visage. » Non, c'était
impossible, elle ne pourrait dire cela, mais elle
dirait : « Vos baisers sont des pierres avec lesquelles
malgré vous, malgré moi, je m'en excuse, nous
construisons le mausolée de notre amour. » Que
trouverait-il à répondre? Peut-être l'accuserait-il,
en riant, de coquetterie, de caprice ou d'enfantillage? Mais peut-être dirait-il : « J'ai mille baisers
variés à ma disposition. Permettez-moi de vous en
présenter quelques échantillons et veuillez faire
votre choix. Rien n'est plus simple. » Quelle horreur! Mais peut-être dirait-il : « Adieu, vous vous
êtes moquée de moi. » Évidemment ce serait idéal.
Mais s'il pleurait, s'il se mettait à genoux, s'il
répétait : « Je vous aime, je vous aime, pitié,
Julietta, pitié. » Voilà qui serait désastreux. Et si,
frappé de désespoir, il perdait connaissance, s'il
tombait évanoui, s'il tombait de tout son long à

terre et si par terre il devenait tiède, puis froid, puis glacé? Alors elle courrait à la chambre de sa mère pour lui annoncer la nouvelle : « Le prince est mort. Je n'y suis pour rien, je t'assure, je n'ai pas pu l'en empêcher. » Ensemble, elles reviendraient au salon pour regarder le fiancé, puis lui joindre les mains, puis se tenir têtes basses à ses côtés. « C'est l'émotion de te revoir, c'est la joie qui l'a tué, déclarerait Mᵐᵉ Valendor. Ce sont des accidents fort connus parce qu'ils sont fort rares. » Elle en citerait plusieurs exemples et dirait aussi : « Ce sont des événements princiers. — Oui, c'est la joie, c'est la joie, je t'assure que je n'y suis pour rien », répéterait Julietta tout en cachant le prince sous les grands bouquets, tout en amoncelant sur lui les preuves d'amour dont il l'aurait entourée. Cette mort ferait grand bruit. « Il est mort pour ma fille. Quel beau geste, quel indice de noblesse », dirait Mᵐᵉ Valendor à ses amies. « Quel honneur », déclareraient ces dames qui remarqueraient combien, de nos jours, les jeunes filles sont gâtées : « On les traite en femmes, on ne sait plus qu'inventer pour leur faire plaisir », diraient-elles. Julietta voyait dans cette fin le dénouement le plus gracieux à ses malheureuses fiançailles et se laissait aller au charme de ses pensées lorsque la clochette, appelant les voyageurs au wagon-restaurant, vint tinter à ses oreilles le glas de l'allégresse et le signal du retour à la réalité. Emportée par son rêve, elle n'avait pas remarqué la disparition de son voisin, qui, sa serviette de cuir sous le bras, parlait dans le couloir avec un autre voyageur. Au bruit de la clochette, Mᵐᵉ Valendor s'éveilla.

— Va dîner si tu veux, dit-elle à Julietta, moi je n'ai pas la force de me traîner jusqu'au wagon-restaurant.

Mais Julietta n'avait pas faim.

Le train ralentit et s'arrêta.

— Il est six heures vingt-trois, nous sommes à Angoulême, déclara Mme Valendor. — Elle bâilla longuement et ajouta : Nous avons de la chance d'être seules, je n'aime pas dormir devant des inconnus. Et toi, Julietta, as-tu dormi?

— Non, pas encore.

— Eh bien! repose-toi, lui conseilla sa mère, on voit la vie tout autrement quand on a les yeux fermés. Elle se trémoussa, se tourna du côté de la fenêtre et, aussitôt, se rendormit. Le voyageur rentra dans le compartiment et reprit sa lecture. Julietta s'appliqua à chercher des visages dans les dessins du tapis et, pour ne penser à rien, se mit à réciter ses prières. Le voyage se poursuivit ainsi jusqu'au prochain arrêt. Le voisin de Julietta continuait à lire puis, réalisant soudain que le train ne bougeait plus, il sursauta et, tandis qu'elle allait surveiller, du couloir, les allées et venues sur le quai, il jeta vivement ses papiers dans sa serviette, prit son chapeau et sortit. Elle le vit passer marchant à pas rapides. Mme Valendor s'éveilla de nouveau et appela sa fille qui revint dans le compartiment.

— Où sommes-nous? lui demanda-t-elle.

— Je n'en sais rien, répondit Julietta, je n'ai pas pu lire le nom de la gare et, du reste, il fait nuit.

Mme Valendor jeta les yeux sur sa montre : « Huit heures moins le quart, dit-elle, ce doit être Poitiers, je ne tiens pas debout. » Elle murmura quelques mots de plainte ou d'excuse, changea de position et, gémissante, reprit son somme.

C'est alors que Julietta, qui regagnait le couloir, vit briller, entre le coussin et le dossier de la banquette, la boîte à cigarettes de son voisin de tout à l'heure. Poussée par un sentiment bien naturel elle s'en saisit pour la rendre à son propriétaire et, sans réfléchir, sortit du compartiment, heurta sur les marches du wagon une vieille dame qui montait et sauta sur le quai. Cette boîte oubliée était ornée de pierres multicolores : c'était un objet féminin, un objet de prix, un bijou. Julietta chercha des yeux le voyageur et ne le voyant pas se mit à courir vers la sortie qui était fort éloignée. « Monsieur ! eh ! Monsieur ! » criait-elle. A cet appel toutes les femmes se retournèrent mais aucun homme ne parut entendre. « Monsieur ! eh ! Monsieur ! » répétait Julietta, tandis que de tous côtés les femmes s'arrêtaient sur son passage et la regardaient sans qu'un seul homme bronchât. Essoufflée, assourdie par les battements de son cœur, elle atteignait la sortie lorsqu'elle aperçut enfin le voyageur qui, debout devant la porte, faisait passer sa serviette d'une main dans l'autre et fouillait ses poches comme font les gens qui ont égaré un objet. Julietta lui toucha le bras. Stupéfait il se tourna face à elle et face au train.

— C'est à vous, lui dit-elle, votre boîte, la voici, vous l'avez oubliée.

Certes ce ne fut ni la surprise ni l'ingratitude qui empêchèrent ce monsieur de la remercier, mais ce fut la vision du train qui repartait. Il prit Julietta par les épaules, lui fit faire demi-tour et la poussa rudement :

— Vite, vite, venez, voyez, dit-il, le train part, vous avez juste le temps.

Elle se mit aussitôt à courir, il la suivit, parvint à ouvrir une portière et, soutenant alors Julietta par le coude, pour l'aider à monter, il lui dit :

— Allez, allez, montez. Hop ! allez hop ! montez.

Mais le train déjà roulait trop vite; elle eut peur, hésita, fit quelques pas en titubant, lâcha prise et resta sur le quai. L'air égaré, elle regarda le voyageur :

— Mademoiselle, c'est de ma faute, dit-il, quelle malchance, je suis désolé.

Confuse, elle sourit :

— Oui, quelle malchance, surtout pour vous,

répondit-elle et sans un mot de plus ils sortirent de la gare.

Là le voyageur se présenta :

— Je m'appelle André Landrecourt, je suis avocat et j'habite le pays. Voyons maintenant si nous trouvons à vous loger pour la nuit.

— Mais je n'ai pas d'argent, répondit Julietta qui montra ses mains vides. Voyez, je n'ai rien, pas un sou, rien, un mouchoir et c'est tout.

— Ne vous inquiétez pas de cela, c'est la moindre des choses, n'y pensez pas, je vous en prie.

Ils firent ensuite quelques pas et entrèrent à l'hôtel des Trois Épées où le concierge dans son joli langage leur déclara : « Nous sommes pleins. » Ils sortirent. Landrecourt fronçait les sourcils et Julietta qui se sentait responsable de l'expression sévère de ce visage crut opportun de paraître insouciante et de dire :

— Ne vous tracassez pas pour moi, je peux très bien dormir à la belle étoile, ici même, sur un banc, devant la gare.

André Landrecourt eut un geste d'impatience :

— Ce n'est pas une solution, répondit-il, ne nous attardons pas, venez.

Un instant plus tard, tout en marchant vers le centre de la ville, il s'excusa de sa mauvaise humeur :

— Pardonnez-moi, je suis pressé. J'habite à vingt kilomètres d'ici, je ne viens aujourd'hui qu'en passant; je dois rentrer chez moi ce soir; j'ai des bagages à faire et demain, dès l'aube, je repars pour trois semaines au moins.

— Alors, s'écria Julietta, n'avais-je pas raison de dire, tout à l'heure, que la malchance était surtout sur vous?

Il ne répondit pas et, silencieux, ils marchèrent jusqu'au garage où Landrecourt allait prendre sa voiture.

Julietta l'attendit à la porte. La nuit dans cette

rue provinciale sentait déjà l'automne, mais un
automne d'été dont le parfum montait sans doute
de quelque jardin bien arrosé dans le proche voisinage. Elle imagina des bégonias bulbeux, gras,
roses et jaunes et ces couleurs qui, dans la nature,
sont parfois tendres et parfois acides, conduisirent
sa pensée vers Mme Valendor. « Est-elle encore
endormie? se demanda-t-elle, et que dira-t-elle en
s'éveillant? » Puis elle crut la voir arrivant à Paris,
trouvant le prince à la gare et tombant dans ses
bras. « Ma fille a voulu vous fuir, avouerait-elle
peut-être, elle ne vous aimait pas, et pourtant ah!
que vous êtes beau! ah! que vous êtes charmant!
ah! que vous me plaisez! ah! que je vous aime! ah!
qu'il est bon d'aimer! — Parfait, répondrait le
prince, une politesse en vaut une autre. J'étais
aveugle, j'avais besoin de chien. Bravo! Dorénavant
vous seule me conduirez. Au diable votre fille, elle
est bien moins jolie, bien moins jeune que vous. Ah!
qu'il est bon d'être enfin raisonnable, venez,
dépêchons-nous, courons, soyez ma femme. —
Et Julietta? demanderait sûrement Mme Valendor.— Julietta? Ah! mon Dieu qu'elle est loin.
Quelle couleur avait-elle? — Chandelle, dirait
Mme Valendor en faisant un effort de mémoire. —
Oui, c'est cela, chandelle, répondrait le prince,
c'était une chandelle, alors elle a fondu. Courage,
courage, vous ne la reverrez plus, faites-en votre
deuil, allons au Casino. » Landrecourt qui sortait
en voiture du garage fut surpris de trouver Julietta
faisant de petits pas sur le trottoir et chantant :
« Vous ne la reverrez plus. » Il s'arrêta devant elle
et lui fit signe de monter.

— Vous semblez de bien bonne humeur, dit-il.

— Oh non, mais j'avais un peu froid alors je
sautais, je dansais comme dansent les cochers.

— Les cochers dansent? demanda Landrecourt.

Julietta lui répondit que l'hiver, et surtout dans

les villes traversées par un fleuve, ils ne faisaient
que cela.

— Vous avez beaucoup voyagé, il me semble.

— Oh! non, très peu, je ne voyage que par
accident.

Landrecourt bientôt s'arrêta devant l'hôtel des
Rameaux. Il descendit, entra seul et, quelques
instants plus tard, remontait en voiture et claquait
la portière :

— Pas de chambre, dit-il.

Julietta se mit à rire.

— Vous riez? Vous trouvez cela drôle, demanda-
t-il agacé.

— Excusez-moi, c'est nerveux, répondit-elle.

— Je ne ris pas, moi, reprit-il avec humeur.
Eh! bien nous irons de porte en porte, nous frap-
perons chez l'habitant; cela peut durer toute la
nuit.

— Chez l'habitant? fit timidement Julietta,
pourquoi chez l'habitant? Allons plutôt chez vous.

Landrecourt haussa les épaules :

— Mais je vous ai dit que je partais à l'aube. Ma
maison est fermée, il n'y a personne chez moi, personne, tout le monde est en vacances jusqu'au
1er octobre.

— Oh! pour une nuit cela n'a pas d'importance. Je n'ai besoin de rien. Vous me prêterez
peut-être un peigne et un savon, voilà tout.

Il réfléchit un moment :

— Après tout vous avez raison, c'est certainement ce qu'il y a de plus simple, et ils se mirent
en route.

Une heure ne s'était pas écoulée depuis qu'ils
étaient sortis de la gare et depuis que la vieille
dame que Julietta avait heurtée sur les marches
du wagon, à sa descente du train, occupait en face
de Mme Valendor sa place laissée vide. Cette vieille
dame, dont les yeux très vifs, l'allure simple et

énergique et quelque chose dans la personne
comme dans les mouvements montraient de la
bonté et de l'espièglerie, était entrée dans le compartiment en portant une légère valise de toile.
Elle avait lancé un regard émerveillé sur les revues
illustrées qui jonchaient la banquette, puis sans
hésiter elle en avait pris une et lisait, paisiblement,
dans le silence grondeur du voyage, devant Mme
Valendor endormie, tandis que Julietta et Landrecourt, étrangers l'un à l'autre, roulaient sur la
grand-route vers la maison des Saules. Il se taisait et Julietta se demandait quelle question poser,
sans paraître indiscrète, afin de se renseigner un
peu sur le compte de cet homme entre les mains
de qui le hasard la plaçait.

— Êtes-vous marié ? lui demanda-t-elle.

— Non, fiancé, et vous ?

— Veuve, répondit Julietta.

— Veuve ? répéta-t-il en riant à demi.

— Vous riez, vous trouvez cela drôle ?

— Excusez-moi, c'est nerveux, répondit Landrecourt qui, pour mieux s'excuser et lui marquer
de l'intérêt, ajouta : Veuve depuis longtemps ?

Julietta compta sur ses doigts :

— Depuis sept ou huit mois, mais cela devait
arriver. On a grand tort de se marier et à quoi
bon le faire quand on est veuve de tout temps.

— Veuve de tout temps ? Quelle drôle d'idée.
Voilà que vous êtes triste, et je vous croyais gaie.

— Oui, je suis triste, mais je ne m'en plains
pas : triste on est plus tranquille et veuve on est
moins seule.

— Ah ! madame, s'écria Landrecourt, la jeunesse qui vous fait dire bien des folies vous les fait
aussi pardonner.

Un instant plus tard ils quittaient la grand-
route et s'engageaient dans une avenue bordée
de cèdres.

— Quels beaux arbres, ils sont bien noirs, remarqua Julietta.

— Ce sont des cèdres du Liban, répondit Landrecourt, et là-bas, au bout, voici la maison ; nous sommes arrivés. Et, comme il parlait, la maison, soudain illuminée par la lumière des phares, surgit de l'obscurité au fond d'une large cour de terre bordée de saules plantés en demi-cercle. Julietta ne put en voir davantage. Elle descendit de voiture et suivit Landrecourt qui déjà ouvrait la porte et allumait dans le vestibule. Il la fit entrer au salon, s'excusa de la laisser seule, et la pria de s'asseoir.

Jamais elle n'avait vu de pièce qui ressemblât à ce salon très meublé, où les lampes répandaient une lumière assez faible sur des tables dont certaines, recouvertes de tapis et placées devant des canapés, supportaient de grands livres et des albums, alors que d'autres, sans tapis, étaient surchargées d'objets souvent posés sur des plateaux. Une quantité de tableaux, paysages et portraits, cachaient presque complètement les boiseries grises des murs et, au-dessus d'une cheminée très simple, une glace ovale, montant jusqu'au plafond, reflétait, à l'autre bout de la pièce, un canapé flanqué de deux hautes étagères surmontées de bustes. Des rideaux à raies de reps et de velours, bleu marine et vert feuille, cachaient les trois fenêtres et tombaient sur un tapis au petit-point, à fond blanc, décoré d'un semis de trèfles, de cailloux et d'initiales noires. Des tapisseries de même dessin, mais à fond jaune, recouvraient certains meubles, alors que d'autres étaient tendus d'étoffe pareille à celle des rideaux. Sur le piano un objet de bronze représentait deux mains tenant un livre ouvert. Deux phrases y étaient gravées, une sur chaque page. « Ne me dis pas la vérité, j'ai confiance », et : « Il faut rire pour me consoler. » Non, Julietta

n'avait jamais rien vu qui ressemblât à ce salon
où la pénombre n'était pas triste et où nulle mélancolie ne se dégageait de la gravité qui, souvent,
s'attache aux souvenirs. L'ensemble composé
par toutes ces choses n'était, on le voyait, ni pré-
médité ni réfléchi et l'on sentait bien que seul un
besoin de leur compagnie, un aveuglement créé
par l'habitude, ou le goût de ne rien changer au
décor d'un certain passé les liaient les unes aux
autres et les retenaient là ; et dans cet ensemble
et dans cet assemblage, un je ne sais quoi d'artiste,
de vrai, de profond et recueilli révélait au visiteur
le souffle et les empreintes d'un couple passionné.

Quand Landrecourt revint, apportant des biscuits, du vin de Malaga et l'indicateur des chemins
de fer, il trouva Julietta errant dans le salon. Elle
l'aida à déposer ce qu'il portait sur un tabouret
devant la cheminée, puis ils approchèrent des
fauteuils et s'assirent face à face. Julietta fris-
sonnait :

— Je n'ai pas chaud, dit-elle.

— La maison est fermée, répondit Landrecourt.
Il lui tendit un verre et un petit gâteau qu'elle se
mit aussitôt à tremper dans son vin.

Tout en buvant, il consultait l'indicateur des
chemins de fer : « Voyons, voyons, voyons, voilà,
voilà, voilà », disait-il au fur et à mesure qu'il en
tournait les pages, puis sur un feuillet qu'il déta-
cha de son carnet il inscrivit : 10 h 12 et le numéro
de téléphone de son garage. De sa poche enfin, il
tira une clef qu'avec le feuillet il remit à Julietta :

— Voici, lui dit-il. Cette clef est celle de la cuisine, vous la donnerez au chauffeur qui viendra
vous chercher et je la lui réclamerai à mon retour
de voyage. C'est un ami. Demain matin, commandez
de ma part une voiture pour neuf heures ici. Je
regrette que nous ne puissions le faire ce soir,
mais le téléphone, dans cette campagne, ne fonc-

tionne pas la nuit. Hélas! vous ne pourrez avant demain tranquilliser personne.

— Personne ne m'attend, répondit Julietta.

— Personne? fit-il, en levant les sourcils.

— Personne, répéta-t-elle. A quelle heure partez-vous?

— A six heures. Je dois m'arrêter plusieurs fois et longuement en route et je suis attendu à Bordeaux au début de l'après-midi. C'est pourquoi, si vous le voulez bien, je vais vous montrer l'office, où est placé le téléphone, vous conduire à votre chambre et vous souhaiter bonne nuit.

Julietta se leva et le suivit à regret. En traversant la pièce, elle tourna la tête à droite et à gauche et s'arrêta plusieurs fois pour regarder derrière elle comme on fait en un lieu que l'on craint de quitter pour toujours. A la porte elle poussa un si profond soupir que Landrecourt lui demanda si elle était fatiguée. Il éteignit les lampes et, ne sachant que répondre, elle trouva plus simple de soupirer de nouveau.

Toutes les chambres au premier étage donnaient sur un large corridor partant du palier et se terminant par une fenêtre voilée de rideaux blancs. Landrecourt ouvrit une porte au bout du corridor :

— Voici votre chambre, dit-il à Julietta, la mienne est toujours prête, mais je crains que dans celle-ci le lit ne soit pas fait. — Puis il ajouta : Si vous voulez m'aider, la lingerie est en face.

Ils y trouvèrent des draps, préparèrent le lit et quelques minutes plus tard Landrecourt apportait à Julietta un pyjama, une robe de chambre et quelque billets de banque qu'il déposa sur la table à écrire.

— De l'argent, s'écria-t-elle, je suis vraiment désolée.

— Et pourquoi cela? Il vous en faut bien pour continuer votre voyage.

Il lui dit aussi, en s'excusant, qu'elle aurait à partager son cabinet de toilette :

— Il n'y a dans la maison que des chauffe-bains au bois ; le mien est préparé ; je n'ai qu'à y mettre une allumette et, dans un moment, si vous en éprouvez le désir, vous pourrez vous baigner.

Il lui montra de loin la porte de ce cabinet de toilette, puis il s'inclina et lui baisa la main. Julietta se sentait d'autant plus confuse que Landrecourt avait beaucoup de froideur et qu'un peu d'impatience, croyait-elle, se cachait sous sa courtoisie. Elle balbutia :

— Je ne sais comment vous remercier, je me sens très indiscrète, je, je, enfin, vous comprenez.

Il sortit alors de sa poche sa boîte à cigarettes dont les pierreries scintillaient et l'agita devant elle :

— C'est moi qui ne trouve pas de mots pour vous remercier, ne suis-je pas votre débiteur ? Bonsoir encore une fois, Madame, bonne nuit.

Et il la quitta.

Tandis que Julietta, ayant fini sa toilette, choisissait un livre sur une étagère et se mettait au lit, tandis que Landrecourt, ayant terminé ses bagages, repoussait les tiroirs, refermait les armoires de sa chambre et se couchait, le train qui emportait Mme Valendor ralentissait peu à peu et s'arrêtait dans une gare. La dormeuse ouvrit les yeux et bâilla. A la place de Julietta, la vieille dame tenait une revue grande ouverte si près de son visage qu'elle semblait lire du bout du nez et, complètement masquée par les pages, vivait, de ligne en ligne, une histoire d'amour. Mme Valendor, mal éveillée, crut voir sa fille assise en face d'elle et l'appela :

— Julietta ! dit-elle.

La vieille dame abaissa lentement sa lecture et regarda Mme Valendor qui, stupéfaite à la vue de cette figure étrangère, s'écria :

— Julietta, ce n'est pas toi, Julietta. Oh ! je vous demande pardon, madame.

— Il n'y a pas de quoi, répondit la vieille dame, moi je m'appelle Juliette, et elles se sourirent l'une à l'autre.

Mme Valendor se leva, se regarda dans le miroir du compartiment, rajusta son chapeau, se poudra, haussa les épaules devant les gants et le sac à main de Julietta abandonnés là sur la banquette, après

quoi, elle dit avoir besoin de se dégourdir les jambes
et resta debout dans le couloir jusqu'au départ du
train. Puis comme il faisait nuit et qu'il n'y avait
rien à voir elle regagna sa place, prit un journal et
se mit à lire.

— Où est ma fille ? dit-elle au bout d'un long
moment. Où est-elle ? Où peut-elle être passée ?

La vieille dame lui répondit qu'elle n'en avait pas
la moindre idée.

— Vous n'auriez pas, par hasard, vu une jeune
fille ? lui demanda Mme Valendor.

— Oh ! répondit-elle, j'en vois partout, je ne
vois que cela. Toutes les femmes me paraissent si
jeunes ! Vous-même n'êtes-vous pas ?

— Hélas ! non, fit Mme Valendor.

— Moi non plus ! Est-ce drôle ! La vie n'est
qu'une suite de curieuses coïncidences, remarqua la
vieille dame.

Elles se sourirent de nouveau puis reprirent chacune leur lecture.

— Suis-je bête, s'écria tout à coup Mme Valendor.

— Je n'en sais rien du tout, répondit la vieille
dame.

— Elle doit être enfermée aux lavabos, cela
m'est arrivé l'an dernier et, pour finir, on a dû me
sortir par la fenêtre. Je me suis évanouie, heureusement, car les voyageurs voulaient m'écharper.
Ils croyaient que je restais là pour mon plaisir.

— Dans un cas comme celui-là les gens qui attendent croient toujours que les autres s'amusent,
remarqua la vieille dame.

Mme Valendor alla jusqu'au bout de la voiture
et s'arrêta devant une porte fermée dont elle secoua
violemment la poignée en criant :

— Julietta, Julietta, m'entends-tu ? Si tu es
enfermée, ne t'inquiète pas, je vais chercher le
contrôleur. A ces mots, la porte s'ouvrit livrant
passage à un maigre monsieur.

— Ah! s'écria Mme Valendor, ce n'est pas ma fille.

— Je le regrette et je m'en excuse, répondit le monsieur, qui s'effaça devant elle et disparut bien vite.

Elle se rendit alors au wagon-restaurant. Quelques voyageurs buvaient en conversant. Elle regarda chacun d'eux comme si chacun d'eux pouvait être sa fille et retourna à son compartiment avec au cœur le vague espoir de l'y retrouver enfin. Mais la vieille dame y était toujours seule et lisait.

— J'ai perdu ma fille, s'écria Mme Valendor.

— Oh! Je vous plains, fit la vieille dame sur un ton vraiment apitoyé, et c'était votre fille unique? Vous n'aviez qu'elle peut-être?

— Oui, répondit Mme Valendor. — Elle réfléchit et ajouta : Où diable peut-elle être?

— Ne cherchez pas à le savoir, conseilla la vieille dame, c'est un mystère. Il faut ici-bas faire confiance au Bon Dieu.

Mme Valendor, éberluée, prit cette vieille dame pour une folle.

— Vous êtes bien bonne, répliqua-t-elle, mais ce n'est pas cela qui la fera revenir. Voyons madame, pouvez-vous me dire quand vous êtes montée dans le train?

— Je suis montée dans le train à l'avant-dernier arrêt. C'était à Poitiers.

— A l'avant-dernier arrêt? Mais ma fille était là; je l'ai vue comme je vous vois, je lui ai parlé comme je vous parle. Êtes-vous sûre, madame, qu'une jeune fille n'était pas assise là, ici même, à votre place lorsque vous êtes entrée dans ce compartiment?

La vieille dame crut alors que la pauvre mère avait perdu la raison :

— J'en suis certaine, je vous l'affirme.

Elle se leva, s'écarta de la banquette et d'un geste montra sa place vide :

— Voyez il n'y a personne ici, pas l'ombre d'une personne, personne.

Mme Valendor fut un instant consternée puis son bon sens naturel ne tarda pas à venir tempérer son inquiétude :

— Julietta aura probablement rencontré des amis qui l'auront invitée à s'asseoir avec eux, cela peut fort bien arriver en voyage. Je vais aller faire un tour dans les autres voitures.

La vieille dame l'approuva, la regarda s'éloigner en titubant et reprit, soulagée, le fil de son roman d'amour.

Mme Valendor parcourut tout le train. Elle ne put s'empêcher de décrire sa fille à de nombreux voyageurs et s'attarda au point de ne regagner son compartiment que cinq minutes, à peine, avant la fin du voyage. Elle ne pleurait pas.

— Je suis glacée, fit-elle, et ce fut tout.

La vieille dame, déjà prête à descendre, lui serra les deux mains et lui dit :

— Quand vous êtes triste, ne pensez pas à vous, mais bercez votre malheur, bercez-le, sinon jamais il ne s'assoupira.

A la gare, le prince d'Alpen faisait les cent pas sur le quai et, tout en allant et venant, tapotait dans sa poche l'écrin contenant la bague de fiançailles destinée à Julietta. Quand le train s'arrêta il hésita, se haussa sur la pointe des pieds puis, ayant reconnu le chapeau de Mme Valendor il retira le sien et se hâta vers elle. Bergère éplorée d'un troupeau de valises, elle tournait sur elle-même en appelant : « Porteur, porteur ! » et sitôt qu'elle vit s'approcher le prince, elle lui tendit les bras et cria :

— Hector, Hector, je suis seule, j'ai perdu Julietta.

— Comment? Que me dites-vous là? Où est-elle? fit-il anxieux, puis il saisit au vol une des mains que Mme Valendor agitait nerveusement et l'éleva jusqu'à sa bouche.

— Je vous dis que Julietta est perdue, perdue et introuvable, je l'ai cherchée d'un bout à l'autre du train. Elle a disparu pendant le voyage, je ne sais quand, je ne sais où.

— C'est incroyable, déclara le prince.

— Et c'est pourtant la vérité, tenez, voici son sac à main, voici ses gants et ses valises; c'est bien la preuve qu'elle n'est pas là. Hector, c'est affreux, je ne sais que faire, je suis au désespoir, et vous?

— C'est plus qu'affreux, c'est inquiétant, répondit le prince. Venez, allons tout de suite au commissariat de la gare; il faut que vous y fassiez votre déposition, ce sera l'affaire d'une minute et puis je vous reconduirai chez vous.

Pendant qu'ils parlaient un porteur avait placé les valises sur un chariot et attendait. « Allons vite », dit le prince.

Bien que fort occupée par les questions qu'elle se posait au sujet de sa fille, Mme Valendor ne s'en souciait pas moins du sort de ses bagages et dit au prince que, puisqu'il avait sa voiture, elle trouvait plus prudent de les y mettre à l'abri.

— On ne sait jamais, dit-elle, tout peut arriver. J'ai déjà perdu Julietta et, franchement, je ne tiens pas à perdre mes valises, ce serait le comble.

Le prince, qui jugeait des désirs selon le caractère de ceux qui les éprouvent, trouva celui de Mme Valendor tout à fait naturel. Ils allèrent donc d'abord à la voiture puis au commissariat de police. Elle s'expliqua en peu de mots, n'insista pas sur le fait qu'elle avait dormi pendant quatre heures, mais affirma de bonne foi que personne n'était entré, ni venu s'asseoir, dans le compartiment pendant qu'elle s'y trouvait avec sa fille. Les termes dont usa le commissaire pour lui témoigner sa sympathie l'éclairèrent sur l'étendue de son malheur; elle se sentit l'héroïne d'un grand drame et s'essuya les yeux.

— Venez, lui dit alors le prince, vous avez besoin de repos.

Il la soutenait, ce qu'elle trouva bien doux et, mollement appuyée, presque abandonnée à son bras, ils traversèrent la gare, montèrent en voiture et partirent.

— Vous ne craignez pas un accident, lui dit le prince, que croyez-vous?

— Ah! s'écria-t-elle, je crois à tout et je ne crois

à rien. Un accident, Dieu nous en garde, et puis Julietta n'est pas sujette aux accidents; c'est beaucoup une question de nature, vous savez. Un accident, non, mais un coup de tête, un coup de folie, qui sait?

— Un coup de tête? Pourquoi?

— Pourquoi? Que voulez-vous que je vous dise? Julietta était bien étrange ces derniers temps. Vous n'auriez pas dû la quitter, je vous assure, les séparations ne sont jamais bonnes.

— Loin des yeux, loin du cœur? fit le prince. Est-ce cela que vous voulez dire?

— Non, non, non, répondit-elle et, naïvement, ajouta : mais, voyez-vous, une enfant hésite. Julietta ne connaît pas la vie. Pour elle se marier c'est toute une histoire, c'est faire un grand pas.

Le prince qui ne manquait ni d'intelligence ni de sensibilité avait beaucoup d'orgueil. Il ne voulut pas qu'un affront vînt renforcer la tristesse dont il souffrait déjà. Il eut un soupçon :

— Julietta hésitait? demanda-t-il.

— Oui et non. Non, non, non, répondit Mᵐᵉ Valendor, mais, par moments, elle ne savait plus ce qu'elle voulait, si c'est cela que vous appelez hésiter?

— C'est cela même, dit-il, puis il garda le silence.

Arrivé à la porte de Mᵐᵉ Valendor et avant de descendre de voiture, il se tourna vers elle et lui prit affectueusement les deux mains :

— Chère amie, dit-il, Julietta est encore une enfant et je suis presque un vieux monsieur. C'est à moi de comprendre ce qu'elle ne comprend pas encore. On peut, à mon âge, hésiter devant l'amour, réfléchir, lutter et faire la sourde oreille, mais dans la jeunesse on n'hésite pas. L'ardeur des jeunes gens, la force de leur vouloir, la chaleur de leurs flammes vainquent tous les arguments par lesquels nous cherchons à les retenir, vous le savez. L'hési-

tation de Julietta n'est autre chose qu'un aveu de
tiédeur. Une femme tiède? Voudrais-je d'une femme
tiède? Ah! non. Julietta ne m'aime pas : je lui rends
sa parole.

— Quoi? Que voulez-vous dire?

— Ce que je veux dire est bien ce que vous entendez. Julietta est libre, elle est tout à fait libre,
répondit-il sur un ton qui ne révélait nulle amertume. Nous resterons les meilleurs amis, je vous
l'assure. Elle peut compter sur moi.

— Les meilleurs amis! C'est affreux, gémit
Mᵐᵉ Valendor. Elle peut compter sur vous! C'est abo-
minable! Julietta est libre, elle est tout à fait libre?
Quel malheur! C'est le plus grand des malheurs!

Puis elle se ressaisit. Elle aurait voulu discuter
avec le prince, le raisonner et le convaincre de
changer d'avis, mais ne sachant comment revenir
au début de cette conversation elle fut contrainte
de garder le silence, et, tête basse, descendit de
voiture. Le prince l'accompagna jusque chez elle,
porta ses valises, lui promit sa visite et se mit à son
service. Néanmoins, comme elle ne cessait de répéter : « De bons amis! C'est abominable », il la confia
aux mains de sa femme de chambre et, faisant
bonne mine à mauvais jeu, il se retira tête haute.

C'était un homme de cœur et son cœur s'était
attaché au nom de Julietta. La vie dont il avait
tant reçu ne lui avait jamais donné de leçons ni fait
de blessures d'amour-propre et il souffrait de
découvrir, qu'à son âge, un projet de mariage,
comme celui qu'il venait d'abandonner, ne reposait
plus sur l'audace mais sur la témérité. Bien qu'il
fût très tard, sa première idée en remontant en voiture fut d'aller passer un moment avec Mᵐᵉ Facibey, mais il se souvint qu'elle était partie le jour
même pour un rendez-vous qu'il n'approuvait pas
et, triste, il rentra chez lui.

Après le départ du prince d'Alpen, Mme Valendor se plaignit longuement à sa femme de chambre et, comme elle aimait à être plainte, parla moins de sa fille que des tourments que celle-ci lui faisait endurer. Cependant la connaissance qu'elle avait du caractère de Julietta tempérait son inquiétude. Incapable de parler et de penser à la fois, elle se tut un instant pour penser et ensuite déclara : « Julietta s'est enfuie afin d'éviter le prince, elle se cache de lui comme elle se cacherait d'un créancier; les êtres faibles sont ainsi, la gêne les pousse à disparaître avec leurs torts plutôt que de les régler; ils préfèrent la mort à une explication. Julietta se cache, c'est certain, elle a fait exprès de laisser son petit sac, mais elle avait de l'argent dans sa poche; elle ne me trompe pas, je la connais trop bien. » Fidèle à ses habitudes, elle s'apprêtait à établir un parallèle entre Julietta et son défunt père, lorsque la sonnerie de la porte d'entrée la laissa interdite.

— On a sonné, remarqua la femme de chambre.

— C'est Julietta, c'est Julietta, c'est Julietta, je reconnaîtrais son coup de sonnette entre mille. Joséphine, allez ouvrir, j'ai les jambes coupées.

Elle feignait un demi-évanouissement lorsque Joséphine vint lui annoncer que deux messieurs désiraient lui parler.

— Deux messieurs? Me parler à moi? A cette heure-ci? Qui est-ce?

— A leur tête, répondit Joséphine, on jurerait des inconnus, mais je peux me tromper.

— Ce sont peut-être des cambrioleurs, où sont-ils? s'écria Mme Valendor qui courut à l'antichambre où elle manqua tomber entre les bras de deux messieurs qui souriaient.

— Qui êtes-vous? leur demanda-t-elle.

Ils se présentèrent et comprenant, petit à petit, que l'un était journaliste et l'autre photographe, elle les fit entrer au salon où elle les pria de s'asseoir. Là, toute auréolée, entourée, parfumée des grands bouquets envoyés par le prince, elle répondit aux questions du journaliste tandis que le photographe la tirait en portrait.

Le récit de la disparition de Julietta captiva ces messieurs. Mme Valendor admit la possibilité d'un enlèvement ou d'une fugue, mais jeta les hauts cris aux mots de suicide ou d'accident. Elle ne prononça pas le nom du prince d'Alpen, se garda bien de parler de fiançailles et de rupture, mais évoqua la beauté de sa fille en disant que c'était autre chose que de la beauté, de son esprit en expliquant que c'était autre chose que de l'esprit, de son caractère en remarquant qu'elle avait autre chose que du caractère, de sa grâce en disant que ce n'était pas cela, si bien que ces messieurs en conclurent que cette jeune fille, pour toutes qualités, ne possédait qu'autre chose.

Séduits et reconnaissants ils restèrent fort tard et Mme Valendor, à qui toutes ces émotions avaient fait perdre le sens de l'heure, s'endormait à l'aube au moment même où, dans la lointaine campagne, Landrecourt refermait derrière lui la porte de la maison des Saules. Portant ses valises ils se dirigeait vers sa voiture lorsqu'il entendit le bruit d'une fenêtre qu'on ouvrait. Alors, il leva la tête et vit apparaître Julietta.

— Avant de partir, monsieur, cria-t-elle, je vous en prie, dites-moi donc l'heure qu'il est.

— Il est six heures. Remontez la pendule de votre chambre et mettez-la à l'heure. Vous avez encore bien le temps de vous reposer.

— Oh! je ne dormirai plus.

— Et pourquoi cela? Auriez-vous peur toute seule dans la maison?

— Non, aujourd'hui je n'ai peur de rien sauf de manquer le train.

Il la rassura, ils échangèrent encore de brefs remerciements et des souhaits de bon voyage, puis il partit sans regarder si elle lui faisait ou non des signes d'adieu.

Julietta remonta la pendule et s'étendit sur son lit où ses pensées, mélange de réflexions et de rêves, dans le dépaysement de ce séjour, la conduisirent à une sorte de lassitude heureuse dont le mouvement des aiguilles, marquant le passage des heures, aurait dû l'inciter à rompre le charme, mais elle ne s'en souciait pas et, les yeux grands ouverts, souriait à quelque image souriante en son esprit. Vers neuf heures elle tendit le bras, prit sur la table de chevet le papier sur lequel Landrecourt avait inscrit le numéro de téléphone de son garage, contempla ce feuillet un moment, puis, posément, le déchira, souffla sur les petits morceaux de papier qui retombèrent en s'éparpillant sur elle, puis tira les couvertures jusqu'au-dessus de ses oreilles et bientôt s'endormit.

La matinée touchait à sa fin lorsque Julietta ayant fait sa toilette et tenant à la main la clef de la cuisine, descendit au rez-de-chaussée. Il y faisait obscur et frais. Elle entra dans ce grand salon qu'elle avait tant aimé la veille, ouvrit les rideaux et regarda par la fenêtre centrale qui était une porte-fenêtre. La maison de ce côté-là donnait sur des prés d'où s'élevaient de gros chênes isolés

et quelques bouquets de sureaux. Au loin des collines, voilées d'une brume de saison, paraissaient
transparentes. Julietta jusqu'alors n'avait vécu
que dans des villes d'eaux, de grandes villes ou
sur des plages. Elle fut envahie par un sentiment
de solitude qui lui venait, non pas de son humeur,
mais de ce paysage de campagne et d'une qualité
de silence qu'elle ne connaissait pas. Inquiète,
tout à coup, elle s'écarta de la fenêtre et se tourna
vers le salon auquel la lumière du jour n'enlevait
rien de son mystère, ni de son poids d'ombre et
de recueillement. Les biscuits et le vin de Malaga
étaient restés posés sur le tabouret devant la cheminée. Elle s'en approcha, but un peu, mangea
tous les biscuits et transporta le plateau à l'office
dont Landrecourt, distrait et pressé le matin, avait
oublié de refermer les placards. Cette maison, ainsi
que le sont souvent les maisons de campagne, était
équipée comme un bateau en partance pour une
longue traversée et Julietta qui avait grand faim
et pensait ne pouvoir se nourrir que de fruits et
de légumes cuits à l'eau, vit se dissiper ses inquiétudes et sourit à l'avenir. Elle s'organisa, alluma
le fourneau, prépara son déjeuner sur la table de
la cuisine, fit du café puis visita la maison, s'arrêtant longuement dans chaque pièce, regardant
toute chose avec intérêt et parfois changeant quelque objet de place, tantôt pour le mettre mieux
en évidence, tantôt, semblait-il, pour le distraire
de son énigme. Rien ne lui déplaisait mais à tout
elle préférait le salon et la bibliothèque qui s'ouvrait
d'une part sur le vestibule et d'autre part sur le
salon. C'était, au bout de la maison, une longue
pièce percée de trois fenêtres d'où l'on découvrait
une vue bornée à quelque distance par le mur du
jardin potager. La lumière assez triste, venant du
Nord, semblait retenue derrière les vitres et regardait l'intérieur de cette bibliothèque sans presque

l'éclairer. Là, soutenues par des colonnes d'acajou,
de grandes mappemondes dans des cages de cuivre
étaient comme des astres réduits et défunts, dont
la surface serait encore marquée par les chemins
et les mers et les sites élevés où la vie guide ses pas-
sagers au travers des saisons. Après avoir feuilleté
de nombreux livres et fait une promenade, Julietta qui, dans cette journée sans heures, allait
de surprise en surprise, se trouva tout à coup, face
au soir. Alors elle s'invita à faire un pique-nique,
emplit de provisions un petit panier qu'elle prit
à son bras et, ainsi chargée, s'en alla dans la campagne. Elle n'avait pas une fois pensé à Landrecourt et maintenant encore, pendant qu'elle dînait
sous les arbres de cet hôte involontaire, ce n'est
pas à lui qu'elle pensait mais à Mme Valendor et
à son anxiété. Elle aurait voulu la rassurer sans,
toutefois, lui révéler le lieu de sa retraite : « Si je
lui fais confiance elle viendra me chercher avec
Hector, se disait-elle. Ils me pardonneront, ils seront
émus, ils pleureront, leurs larmes me toucheront
le cœur et je serai perdue. Faisons la morte, puisque si j'étais vraiment morte ils le sauraient. »

Landrecourt, à la même heure, entrait avec Mme Facibey dans une auberge de campagne. Ils se tenaient par le bras, ils étaient heureux et riaient. Landrecourt l'avait retrouvée, au début de l'après-midi dans un grand hôtel à Bordeaux. Élégante et fraîche, elle l'attendait devant la porte ouverte de son appartement : « André, André! » s'était-elle écriée, en le voyant venir à elle dans le corridor, et tout en lui tendant les bras et tout en l'appelant au fur et à mesure qu'il approchait, elle avait disparu à reculons dans le cadre de la porte ouverte de son petit salon. Il s'était élancé vers elle et n'avait eu que le temps de murmurer : « Mon amour », avant le silence des baisers. Plutôt que de s'asseoir, ce qui les eût séparés, ils avaient été sur le balcon où debout, serrés l'un contre l'autre, ils se dirent tout ce qu'on se dit au moment du revoir lorsque le cœur est heureux et que l'amour se mêle de passion. Rosie, arrivée la veille au soir en voiture avec des amis qui l'avaient déposée, reprocha à Landrecourt de l'avoir fait attendre. « Et vous Rosie, il y a des semaines et des semaines que vous me faites attendre », répondit-il et il l'embrassa. « J'aurais bien voulu vous rejoindre plus tôt, mais dix rendez-vous d'affaires m'ont retenu en route et pour être là de meilleure heure

je n'ai même pas déjeuné. Ah! quelle matinée,
continua-t-il, j'ai cru mourir d'ennui, j'avais peine
à suivre les conversations, je ne pensais qu'à vous,
je n'entendais que votre voix, Rosie, Rosie, vous
avez fait de moi un autre homme. » Elle lui répondit qu'il avait fait d'elle une autre femme, qu'elle
ne se reconnaissait plus, qu'il l'avait transformée
et que tout le monde lui en faisait la remarque,
ce qui, du reste, n'était pas vrai, mais fit plaisir
à Landrecourt. Puis elle lui demanda une cigarette
et il sortit alors sa boîte de sa poche.

— Ma boîte! s'écria-t-elle aussitôt.

— Elle ne me quitte jamais, répondit-il.

— Je l'espère bien, André, car l'oublier serait
m'oublier.

— C'est pourquoi cela n'arrivera jamais, jamais
de la vie, dit-il. Rosie, oublier cette boîte me
serait aussi impossible que de ne pas vous aimer.

— Eh bien, si vous m'aimez vous serez heureux
de me faire plaisir et je vais tout de suite vous en
donner l'occasion. J'ai quelque chose à vous demander.

L'air amusé, charmé, Landrecourt la regardait.

— Voici, commença-t-elle, André, je voudrais ne
pas aller au bord de la mer, je vous en prie,
décommandez nos chambres.

— Décommander nos chambres? Quelle idée,
quelle drôle d'idée, et pourquoi? Enfant gâtée,
s'écria-t-il, vous n'allez pas me demander de vous
conduire aux Indes?

— Non, non, rassurez-vous, ce n'est pas aux
Indes que je veux aller, mais à la campagne, dans
la vraie campagne pour y vivre trois semaines de
repos, de vrai repos. Emmenez-moi chez vous.

Landrecourt refusa. Il lui répondit que c'était
impossible, que la maison était fermée jusqu'au
1er octobre, et qu'à ce moment-là, si elle le voulait
encore, ils pourraient y faire un interminable séjour,

mais qu'à présent il n'y fallait pas penser, et que sans personne pour les aider, ce serait à la fois inconfortable et lugubre.

Rosie insista :

— J'adore faire la cuisine, dit-elle.

— Et le marché ? demanda Landrecourt.

— La cuisine, le marché, le ménage, je ferai des miracles pour que nous soyons seuls. — Elle le prit par le cou et murmura à son oreille : Seuls tous les deux.

— Tous les deux, répéta-t-il rêveusement, puis son visage s'attrista : Non, non, dit-il, le luxe vous manquerait, les distractions, le monde, le décor des soirs.

— De quel décor parlez-vous et de quelles distractions ? Les promenades tous les deux, les longues soirées tous les deux, me manqueront bien davantage encore, je vous assure. André, vous ne me connaissez pas, je n'aime vraiment que la simplicité.

Landrecourt, à la fois séduit et hésitant, ne put résister longtemps au charme des images qui s'élevaient de la voix de Rosie quand sa lèvre appuyait sur ces mots : « Tous les deux. »

— Que risquons-nous ? dit-il enfin. Nous pouvons essayer, et puis si vous voyez que cela ne vous plaît pas nous serons libres d'aller ailleurs.

Tout en parlant il enroulait et déroulait autour de son index la chaîne d'argent où pendait son trousseau de clefs et la clef de la maison des Saules lui rappela celle que la veille au soir il avait confiée à Julietta. Et puis ce fut Julietta qu'il revit, en pensée, sur le quai de la gare ; elle lui tendait la boîte qu'il avait oubliée, elle était essoufflée et disait : « C'est à vous, votre boîte, la voici, vous l'avez oubliée. » Alors il se souvint de ce qu'il venait de dire à Mme Facibey : « Oublier cette boîte me serait aussi impossible que de ne pas vous aimer » et il regretta ce mensonge involontaire qui lui interdisait à présent de lui parler d'une aventure dont le récit l'aurait amusée ou, mieux encore, rendue jalouse.

Dès que Rosie Facibey exprimait un vœu, et surtout un vœu qu'elle trouvait raisonnable, elle souhaitait le voir se réaliser à l'instant même.

— Rien ne nous retient ici, dit-elle, je n'ai fait qu'entrouvrir mes valises, pourquoi ne partirions-nous pas tout de suite ? Est-ce bien loin d'ici chez vous ?

— Par la route il faut trois heures, trois heures et demie, dit-il ; cela n'est rien mais je voudrais me reposer un peu. Rentrons, venez vous asseoir près de moi un moment. Je ne sais pas si je suis très content de ce changement de projets.

— Vous en serez content plus tard, fit-elle. Moi je n'hésite jamais. Avez-vous faim ?

Landrecourt lui répondit qu'il mourait toujours de faim et lui répéta qu'il n'avait pas déjeuné.

— Moi non plus, dit-elle, seule je n'ai pas d'appétit. Il est maintenant trois heures, nous allons nous faire apporter bien vite quelque chose de très bon et puis nous dînerons en route.

Tous se passa selon ses désirs et une heure plus tard ils quittaient l'hôtel. En traversant le hall elle acheta par habitude un journal du soir qu'elle mit dans la poche de son manteau puis ils montèrent en voiture et partirent.

Bien qu'il fût heureux d'emmener Rosie chez lui, Landrecourt était inquiet. Toutes sortes de souvenirs, mais surtout celui de ses parents, l'attachaient à un lieu où s'était écoulée son enfance. Pour Rosie ce ne pouvait être la même chose et il avait peur que la maison des Saules ne lui déplût, non seulement par son confort ancien, qui pour elle serait de l'inconfort mais aussi par la façon dont cette maison était meublée, dont elle était restée meublée parce qu'il l'aimait ainsi, marquée d'empreintes sentimentales. S'il craignait que Mme Facibey ne reçût de tout cela une impression défavorable c'est qu'elle faisait encore partie d'un monde où le mot de poésie éveille les bâillements et qu'il n'avait eu que peu d'occasions encore de la conduire dans un monde différent, et qui était celui dans lequel il vivait, où le mot de poésie éveille la ferveur. Elle faisait partie de cette société légère que le vent de la mode groupe et dirige de casinos en capitales et de croisières en continents. Pour elle, comme pour ses amis, la fortune surtout et l'apparence ensuite décidaient des amitiés, et l'on ne pouvait se faire pardonner le manque d'argent qu'en ayant le bon goût de se faire entretenir avec assez d'éclat. Ces gens qu'une frivolité sérieuse entraîne à vivre très loin de leur passé ont pourtant des amis d'enfance qu'ils trouvent ennuyeux mais auxquels parfois ils ne peuvent échapper et qui, pour un instant, les ramènent à leur milieu de première jeunesse. C'est ainsi que Rosie Facibey, capturée par une amie de pension rencontrée au théâtre, se trouva, un jour, dans l'obligation d'accepter à dîner chez cette dame exubérante et bonne, mère de cinq enfants, épouse d'un éminent explorateur polaire et s'intéressant elle-même aux courants sous-marins. Lié à ce couple de savants dont il aimait à partager les études et les recherches, André Landrecourt arrivait chez eux pour y passer les vacances de Pâques lorsque Rosie Facibey vint s'asseoir à leur table. Il fut ébloui par sa beauté, séduit par sa grâce et sa gentillesse, enivré par son parfum. Elle fut charmée par lui, peut-être à cause de l'admiration visible qu'il lui témoigna, peut-être par sa façon grave de la lui témoigner, peut-être enfin parce que, tout en différant des hommes qu'elle approuvait, il ne l'ennuyait pas. Comme il avait de la franchise elle lui trouva du mystère. Un peu troublée, un peu amusée de l'être, elle

s'invita plusieurs fois à dîner chez ce ménage, ce
qui fit grand plaisir à son amie d'enfance et encouragea Landrecourt dans l'amour qu'il commençait
à ressentir pour elle. Il était évident qu'elle s'appli-
quait à lui plaire et l'on voyait qu'il se laissait
emporter. Ses amis d'abord le taquinèrent et puis
le mirent en garde : « Elle est charmante, lui dirent-
ils, mais ce n'est pas une femme pour vous. Il est
vrai qu'elle gagne à être connue, pourtant, mon
cher André, n'engagez pas votre cœur. Rosie Facibey est de ces femmes qui ne peuvent se passer
longtemps de l'entourage cosmopolite, brillant
et désœuvré dont elle partage les habitudes. Nous
ne l'avons jamais tant vue depuis dix ans, mais
nous savons que sa fortune lui vient d'un mari
qu'elle adorait et dont quelques mois à peine suf-
firent à la lasser. Elle est de ces êtres qui semblent
n'avoir été créés que pour plaire et qui paraissent
avoir reçu pour mission de ne s'engager qu'afin
de se dégager. Certes, ce n'est pas de sa faute, elle
est charmante ainsi, elle a du cœur, elle est sans
doute capable d'aimer souvent pour la dernière
et la première fois, mais elle brûle ses amours et
s'en éloigne sans se retourner sur leurs cendres. »

Landrecourt répondit à ses amis qu'il était parfaitement conscient de tout cela et que ses sentiments à l'égard de Mme Facibey ne l'aveuglaient
pas au point de l'entraîner à faire des projets d'avenir, ni à se croire aimé d'elle. Pourtant il ne pouvait
cacher un vague espoir qu'avec la meilleure foi
du monde elle entretenait en lui par ses fréquentes
visites et toute son attitude.

Ce ménage habitait un rez-de-chaussée près du
Jardin des Plantes et lorsque Rosie venait dîner,
Landrecourt et le maître de maison ne manquaient
jamais, au moment de son départ, de sortir avec
elle et de la mettre en voiture. Un soir, en les quit-
tant, elle leur dit :

— Aujourd'hui je n'ai pas ma voiture, il fait si doux. J'ai décidé de rentrer en me promenant.

— Seule! s'écria Landrecourt. Mais vous n'y pensez pas! Les quais, la nuit, sont déserts, permettez-moi de vous accompagner.

Elle accepta. Ils partirent à bon pas, puis bientôt ralentirent leur marche. Seule avec Landrecourt, Rosie ne sut de quoi parler. Elle avait besoin d'être délivrée d'un poids qu'elle croyait être celui des émotions et des pensées accumulées en elle durant ces derniers jours et qui n'était peut-être que celui de la nouveauté. Il se taisait aussi et de temps en temps la regardait. Alors elle tournait vers lui son visage et lui montrait ses yeux pleins d'abandon. Elle lui prit le bras.

— Vous n'êtes pas fatiguée? demanda-t-il.

Elle fit non de la tête, mais ils s'arrêtèrent pourtant, et, guidés par un vœu semblable, allèrent s'accouder au mur qui surplombe les quais de la Seine et se penchèrent sur le fleuve. On ne sait pourquoi les émotions les plus heureuses portent les accents de la tristesse. Peut-être pleure-t-on toujours la fin de l'incertitude, je ne sais, mais il y a des larmes dans le rire, de l'angoisse dans le bonheur et Landrecourt et Rosie soupirèrent en s'avouant leur amour comme si, dans les délices de ces premiers aveux, ils regrettaient, à la fois, un secret et un doute. La notion de l'éternité vint se mêler au baiser qu'ils échangèrent alors; ils eurent le sentiment de l'âme et, dès cet instant, plus rien ne compta pour eux que l'avenir et leur besoin de solitude. Ce même soir Rosie fit cadeau à Landrecourt de sa boîte à cigarettes afin qu'il portât constamment sur lui un emblème de leur amour. Le lendemain il lui attacha au poignet une petite chaîne d'or et le jour suivant lui demanda de l'épouser. Il ne voyait aucun obstacle à ce mariage. Rosie n'en vit aucun non plus, néanmoins elle lui dit qu'il ne pourrait en être question avant l'automne car elle devait d'abord, et tout de suite, partir pour la Turquie et l'Amérique du Nord où des banquiers l'appelaient. Avant son départ il lui fit connaître quelques-uns de ses amis. Ils la trouvèrent très belle, elle les étonna, ils la discutèrent un peu, mais comme Landrecourt l'aimait, ils l'accueillirent avec naturel et furent prêts à l'aimer. Les amis de Mme Facibey se comportèrent tout autrement à l'égard de Landrecourt : ils le trouvèrent ennuyeux et ne le cachèrent pas. Sa façon de s'habiller et de saluer, son maintien, sa conversation et sa courtoisie même, tout en lui leur déplaisait. Ils en parlèrent avec moquerie, le jugèrent en homme qui jamais ne serait des leurs, en incurable dont la compagnie, un peu pesante, ne leur apportait rien. Landrecourt, de son côté, mais sans le dire, n'apprécia pas leur société. Rosie et lui ne s'en retrouvèrent pas moins chaque jour ; elle l'aimait tant qu'elle croyait détester tout le monde ; quant à lui, il était heureux tantôt parce qu'il se croyait à la veille de l'être, tantôt parce qu'il ne pouvait croire à son bonheur. Après trois mois d'absence et de correspondance Mme Facibey était revenue au mois de juillet se jeter dans ses bras et le supplier de l'accompagner en Italie où des amis l'avaient invitée de longue date.

— Hélas ! cela m'est impossible, avait-il répondu, j'ai trop de travail, trop de responsabilités et je ne puis décevoir ni même faire attendre des gens qui comptent sur moi.

— Quel dommage, s'était-elle écriée. Pourquoi avez-vous choisi ce métier d'avocat ? Ah ! mon Dieu, que les hommes occupés sont difficiles à vivre ! Si je comprends bien, je ne vous verrai jamais.

— L'homme le plus occupé du monde trouve toujours le temps de retrouver sa femme, avait répondu Landrecourt.

C'était sa sincérité, sa confiance, son goût de l'idéal qui éblouissaient Rosie.

Une semaine plus tard, après s'être donné rendez-vous le 16 septembre à Bordeaux pour aller passer trois semaines ensemble au bord de la mer, ils se quittèrent tristement. Elle partit pour l'Italie avec quelques remords et Landrecourt en regagnant la province où il était installé, se demandait pourquoi il était seul. Il remarqua que sa vie s'ouvrait toute grande à la femme qu'il aimait tandis que sa vie à elle restait fermée pour lui. « Quand nous serons mariés tout s'arrangera, pensa-t-il. Elle ne peut brusquement couper les liens qui la retiennent au passé, ni rompre sans motif avec de vieux amis. » Il ne voyait d'autre part aucune raison de négliger sa carrière pour accompagner Mᵐᵉ Facibey dans un monde qu'elle prétendait haïr. « La suivre ce serait l'encourager », se dit-il. Il avait confiance en elle, il s'en savait aimé et, persuadé qu'il saurait la rendre heureuse, à sa manière à lui, il l'imaginait déjà vivant à ses côtés dans la grande paix et la grande liberté d'un amour que le temps renforcerait sans cesse. Il oubliait que les conversions sont des affaires solitaires, des tyrannies intimes, si l'on peut ainsi dire, et que la personne capable de nous inspirer jusqu'à nous faire quitter nos chemins naturels, ne peut être certaine de nous en tenir écartés sans voir s'accentuer en nous ce qui nous pousse à vouloir les reprendre. Toutes les lettres que Rosie lui écrivit d'Italie la montraient lasse, impatiente et fidèle : « Je me réjouis, disait-elle, de ces trois semaines de repos avec vous. Je ne m'arrêterai à Paris que pour commander mes robes d'hiver et le 16 nous nous retrouverons à Bordeaux. Enfin! Enfin! »

Et maintenant qu'enfin ils étaient réunis, le désir qu'elle manifestait de se retirer chez lui et de l'avoir pour seule compagnie, lui montrait combien elle était anxieuse d'entrer tout de suite dans le cadre de leur avenir.

L'auberge où ils dînaient n'était située qu'à une trentaine de kilomètres de la maison des Saules, au bord de l'eau. Bien que la nuit fût tombée lorsqu'ils y arrivèrent, Rosie avait insisté pour dîner dehors, mais sitôt assise elle voulut rentrer. Le froid montant de la rivière lui donnait des frissons.

— L'air ici sent déjà l'automne, dit-elle. Il faisait si bon ces semaines dernières. Nous dînions tous les soirs dans des jardins ou sur des terrasses. Les maisons et les jardins ont tant de charme en Italie. Tout y est si facile, c'est une vie de rêve. Jamais il n'a fait aussi beau que cette année. Mon séjour en vérité n'a été assombri que par votre absence et par les fiançailles d'Hector.

— Quoi? dit Landecourt, votre prince se marie?

— Comment? s'écria-t-elle, comment? Je ne vous en ai pas parlé? Ni parlé, ni écrit? Est-ce possible? Où avais-je donc la tête? Vous ignorez ce malheur? Oui, hélas! Hector d'Alpen se marie. Oui, il nous abandonne. Il devait passer trois semaines aux environs d'Arcachon et venir ensuite nous rejoindre en Italie, mais une petite jeune fille de dix-huit ans, rencontrée sur la plage, une petite qu'il n'a remarquée, je vous l'affirme, que parce qu'il s'ennuyait, l'a retenu tout l'été. Oui, tout l'été, c'est incroyable. Et maintenant il l'épouse. Pas plus tard qu'hier matin je l'aidais à choisir une bague de fiançailles, superbe, je l'avoue, bien trop belle à mon avis.

— Et la fiancée, comment est-elle? demanda Landrecourt.

— Je ne la connais pas encore, elle arrivait à Paris hier soir et moi j'étais partie. Quelle histoire grotesque. Tout cela est ridicule.

— Pourquoi?

— Pourquoi? Mais parce qu'il est ridicule de

voir Hector épouser à cinquante ans une inconnue
de dix-huit ans dont il n'est même pas amoureux.
Car il prétend l'aimer, mais je ne le crois pas et je
ne le crois pas parce que je connais Hector.

— Et cette jeune fille l'aime-t-elle au moins?

— Ah! Je l'espère bien, répondit Mme Facibey.
Comment ne pas aimer Hector? Ce serait le comble!
Hector est une merveille, tout le monde l'adore.

Jusqu'à la fin du dîner elle ne parla plus que de
ce mariage, se désolant de voir le prince d'Alpen
épouser une petite bourgeoise inconnue à qui
personne n'aurait rien à dire.

— Une demoiselle quelque chose, dit-elle, je
ne me rappelle même pas son nom.

— Alors, si je comprends bien, demanda Landrecourt, je dois me résigner à ne jamais voir votre
prince à vos pieds, en chevalier servant?

— Vous pouvez vous résigner, mais moi je ne
me résigne pas, répondit-elle. La mort d'un ami
est moins agaçante que son mariage. Un ami mort
ne vous invite pas à dîner avec sa femme. Tout
cela est d'un ennui...

— Mortel, fit Landrecourt.

Mais Rosie ne riait pas.

— Parlons d'autre chose, dit-elle, vous ne pouvez comprendre combien tout cela m'est pénible.

Puis, soudain, comme pour se faire pardonner
un mouvement d'impatience, elle lui tendit ses
deux mains qu'il baisa.

— André! cet endroit est charmant, nous y re-
viendrons, n'est-ce pas? Vous me le promettez?

— Oui, mon amour, répondit-il. Ils se levèrent,
se prirent l'un l'autre par le bras et remontèrent
en voiture.

— Qu'il fait noir sous ces arbres, on se croirait dans un tunnel. Où sommes-nous ? demanda Mme Facibey à l'entrée de l'allée de cèdres.

— Nous sommes chez moi. Nous arrivons au terme de notre voyage. Dans cette allée, vous verrez cela demain, il fait nuit en plein jour. Rosie je vous aime. Je suis à la fois très ému et très heureux. Tenez, voici la maison.

— Oh! regardez, dit-elle aussitôt en lui faisant remarquer une fenêtre éclairée au premier étage. Pourquoi m'avez-vous dit que la maison était fermée et qu'il n'y avait personne chez vous ?

Landrecourt se frappa le front comme font les distraits qui se rappellent trop tard quelque chose d'important :

— Si ce n'était que pour cela je vous bénirais d'avoir voulu venir ici, s'écria-t-il. Ce matin, quand je me suis levé il faisait encore nuit et, pressé de partir et ne pensant qu'à vous, j'ai oublié je le vois, d'éteindre la lumière dans ma salle de bains. Sans vous cette lampe aurait pu brûler jusqu'au 1er octobre.

Ils descendirent de voiture. Landrecourt embrassa Rosie sur le seuil de la maison, il l'embrassa de nouveau quand ils en eurent passé la porte, puis

une fois encore au milieu du vestibule et une fois
de plus en entrant au salon.

— Voilà, vous êtes chez vous, lui dit-il, c'est
bien loin d'être un château, vous le voyez.

— Je suis tout à fait dépaysée, c'est drôle comme
on se fait des idées d'avance ; je ne m'imaginais pas
votre maison comme cela, répondit-elle.

Elle serrait son manteau autour de ses épaules,
son geste était peureux et Landrecourt lui demanda
si elle avait peur ou si elle avait froid.

— Je n'ai pas chaud, fit-elle.

— Tenez, dit-il, en lui tendant son briquet, le
feu est préparé. Je vais chercher les valises et je
reviens tout de suite, et avant de sortir il lui envoya
un baiser et sourit de la voir se mettre à genoux
devant la cheminée.

Cependant Julietta, après avoir dîné sous les
arbres et passé le début de la soirée à lire dans la
bibliothèque, venait d'entrer dans son bain où
l'eau coulait encore, lorsqu'un instant plus tôt
Landrecourt et Mme Facibey étaient descendus de
voiture. Le bruit de l'eau tombant dans la bai-
gnoire lui avait masqué la rumeur de leur arrivée,
mais elle avait fermé les robinets quand, quelques
minutes plus tard, Landrecourt sortit pour prendre
les valises. Elle entendit alors un claquement de
portières, bondit hors de son bain, jeta un peignoir
sur ses épaules, ouvrit la fenêtre, se pencha et
reconnut la voiture. Landrecourt, chargé de valises,
leva la tête comme le matin même au moment de
son départ, il aperçut Julietta, l'entendit crier :
« Ciel! » puis, la voyant disparaître, il s'élança
dans la maison, lâcha les bagages au milieu du
vestibule et montait quatre à quatre, lorsqu'il se
trouva nez à nez avec elle qui venait à sa rencontre.

— Pardon, oh! pardon! balbutia-t-elle, vous
voyez je suis encore...

Sans lui laisser le temps d'en dire davantage,

il lui plaqua une main sur la bouche et de l'autre la
prenant par le bras il lui fit faire demi-tour, l'entraîna jusqu'au palier du grenier, ouvrit une porte
sur l'obscurité complète, l'y poussa et lui dit :

— Restez là. Ne bougez surtout pas, je reviendrai, n'ayez pas peur, je vous expliquerai tout.

Puis il referma la porte sur elle, descendit en se
tenant le front, et rejoignit Rosie. Elle était assise
sur le tabouret devant la cheminée, il la voyait de
dos et, juste comme il entrait, elle tirait le journal de
la poche de son manteau et le déployait lentement.
Landrecourt s'approcha d'elle sur la pointe des
pieds, lui enlaça les épaules, se pencha en avant et
appuya sa joue contre la sienne. Il la serrait
étroitement. Elle laissa le journal reposer sur
ses genoux, renversa la tête et ferma les yeux.

— Je sens un cœur battre bien fort, dit-elle.

C'est alors que le regard de Landrecourt ren-
contra la photographie de Julietta illustrant la
première page du journal étalé sous ses yeux.
« Accident ou enlèvement ? Fugue ou suicide ?
Une jeune fille disparaît dans le train. La police
enquête. » Au fur et à mesure qu'il lisait ces mots
son étreinte se relâchait et sa joue s'écartait de
celle de Rosie. Étonnée, elle fit volte-face et tendit
vers lui son visage en disant :

— Je n'entends plus votre cœur, je ne sens
plus vos bras. Qu'y a-t-il tout à coup ?

Il lui donna un baiser distrait et, ne sachant
que répondre, regarda le feu :

— Ce feu n'est guère brillant, remarqua-t-il.

— Oh ! ce n'est que cela ? dit-elle, et ramassant
le journal qui, dans le mouvement qu'elle venait
de faire, avait glissé à terre, elle le froissa vivement,
le jeta dans la cheminée et du bout du pied le
poussa sous les bûches.

Cela fut si rapide qu'il n'eut pas le temps de l'arrêter. Pourtant il fit un geste pour la retenir :

— Oh! le journal, s'écria-t-il, non, non, ne brûlez pas le journal, vous ne l'aviez pas lu.

Mais le journal flambait.

— A cette époque-ci, déclara Rosie, les journaux comme les capitales sont encore vides ; on n'y trouve rien d'intéressant.

Une flamme très vive mais fugitive éclaira leurs deux visages tournés vers le foyer, puis le feu reprit son aspect mourant et un sifflement assez triste accompagna l'envol d'un peu de fumée.

— Ce feu se moque de nous, il me glace, dit alors Rosie, ne restons pas ici, c'est trop triste, faites-moi plutôt visiter la maison.

Le salon de la maison des Saules communiquait d'un côté avec la salle à manger et de l'autre, on le sait, avec la bibliothèque par une porte s'ouvrant à droite de la cheminée. Ils visitèrent d'abord cette pièce que M\ème Facibey trouva trop sombre :

— On dirait que les lampes n'éclairent pas, fit-elle, puis retournant au salon qu'ils venaient de quitter, elle reprit : C'est comme ici, je vous assure qu'on n'y voit rien du tout, et leur visite se poursuivit :

— Oui, oui, peut-être, répétait Landrecourt à chaque réflexion de Rosie et quand elle n'en faisait aucune il disait : C'est vieux, je le sais, mais j'ai toujours connu cela ainsi et je n'y ai rien changé.

A quoi elle répondait :

— Cela se voit.

— Puisque vous êtes la maîtresse de maison, il faut bien que je vous montre toutes vos possessions, dit-il, et il ouvrit devant elle les placards de l'office.

Jamais encore elle n'en avait vu de si bien garnis.

— Que de bonnes choses! Oh! du kirsch, j'en prendrais volontiers, cela me réchauffera davantage que votre méchant feu.

Il fut heureux de l'entendre exprimer un désir.

— Voici les plateaux et les verres, portez au salon ce qui vous fera plaisir. Je monte vos bagages mon amour, je prépare votre lit et je vous rejoins dans cinq minutes.

Il quitta vivement Mme Facibey, prit dans le vestibule ses deux valises et son nécessaire qu'il laissa, au premier étage, dans une grande chambre, à droite, à l'angle du palier, puis il courut à la chambre où Julietta avait dormi la nuit précédente et en ressortit tenant tant bien que mal une brassée de couvertures et un drap qui s'empêtraient dans ses jambes, le faisaient trébucher et retardaient sa marche. Ainsi chargé il arriva au grenier où Julietta l'attendait :

— Prenez, chuchota-t-il, je reviens.

Il repartit, rentra dans cette même chambre et, pour n'être pas retardé comme la dernière fois, en ressortit coiffé d'un oreiller et, portant à bout de bras, le second drap qui retombait devant lui de telle sorte qu'il se trouvait complètement masqué par une draperie blanche. Cependant au rez-de-chaussée, Rosie ayant alors terminé ses préparatifs avait jugé bon de monter le rejoindre pour l'aider et posait le pied sur le palier du premier étage lorsqu'elle aperçut une forme blanche, exagérément haute et animée qui s'avançait vers elle du fond du corridor. Elle jeta un cri et redescendit en criant et en appelant : « André, André ! » Landrecourt comprit à demi ce qui venait de se passer. Il lâcha drap et oreiller, s'élança derrière elle et la trouva debout à l'entrée du salon, le visage dans les mains et balbutiant :

— Ah ! c'est affreux, ah ! mon Dieu, que j'ai peur, ah ! mon Dieu que c'est affreux.

Il l'entoura de ses bras, la conduisit à un canapé et s'assit auprès d'elle.

— Ma chérie, mon amour, qu'avez-vous ? lui demanda-t-il.

— Je suis montée, je voulais vous rejoindre pour vous aider et là-haut, André, là-haut, j'ai vu, ah ! c'est affreux...

— Ma chérie, mon amour, répéta-t-il, dites-moi ce que vous avez vu.

— J'ai vu une forme blanche dans le corridor, ah ! c'est terrifiant, je vous assure, une forme blanche qui s'avançait vers moi, ah ! c'est terrifiant.

— Dans le corridor ? Une forme blanche ? Mais ma chérie, mon amour, ce sont les rideaux blancs de la fenêtre que j'ai ouverte pour donner de l'air et que le vent gonflait.

— Vraiment ? Vous croyez ? fit-elle, anxieuse d'être rassurée.

Il lui répondit qu'il en était certain :

— Le corridor est sombre et comme vous ne connaissez pas la maison vous ne pouviez vous attendre à voir cette fenêtre avec ces rideaux blancs. N'est-il pas curieux que le blanc, la nuit, soit plus effrayant, plus impressionnant que n'importe quelle couleur. Même une voile sur la mer...

— C'est vrai, le blanc fait peur, j'ai cru mourir. Je suis bouleversée. J'ai besoin de me remettre. Un peu de kirsch me fera du bien.

Il lui donna quelques baisers, porta près d'elle, sur le canapé, le plateau posé devant la cheminée, servit deux verres et s'assit à ses pieds sur un petit tabouret. Les yeux dans les yeux, ils burent lentement, et entre chaque gorgée se sourirent mais ne se parlèrent pas. Le feu qui maintenant grommelait, mécontent, semblait-il, d'accompagner le dandinement d'une flamme sans vigueur, accentuait le silence. Landrecourt mit sa boîte à cigarettes sur les genoux de Rosie.

— Qu'ai-je fait de mon briquet ? dit-il en fouillant dans ses poches avec une telle insistance qu'il avait l'air de se gratter.

— Je l'ai laissé là-bas, au coin de la cheminée, après avoir allumé le feu, répondit-elle.

Il alla le chercher, alluma leurs deux cigarettes et, au lieu de se rasseoir, se dirigea vers la porte.

— Je vais de ce pas fermer la fenêtre qui vous a fait peur, expliqua-t-il.

— Oh! non, pourquoi? C'est vraiment inutile, maintenant je n'aurais plus peur. Restez, dit-elle.

— Non, répondit-il, j'insiste, je tiens à fermer cette fenêtre, et à calmer ces rideaux, cela vaut mieux.

Il sortit, empoigna ses propres valises qu'il se hâta de porter à sa chambre, puis ramassa dans le corridor le drap et l'oreiller, courut chez Julietta, les lui lança dans les bras et repartit. Un instant plus tard il traînait un couvre-pieds et un matelas et, tout en gravissant les marches, chuchotait :

— Soyez prête à l'aube. A l'aube soyez prête, je viendrai vous chercher. Attendez-moi, ne bougez pas.

— Mes vêtements et mon pyjama sont restés dans votre salle de bains, répondit-elle.

— Je vous les apporterai. Soyez prête à l'aube et je vous conduirai à la gare.

— Non, dit Julietta.

Landrecourt la regarda en face :

— Ne jouez pas la comédie, je sais qui vous êtes.

— Vraiment? Eh bien! vous en savez plus long que moi!

— Vous partirez.

— Non, répéta-t-elle.

Il la menaça de la dénoncer à la police :

— Je dirai que vous m'avez enlevée, répondit Julietta.

Il lui fit alors remarquer que personne ne la croirait. Elle lui affirma le contraire :

— Comment serais-je dans votre maison si vous

ne m'y aviez conduite? Je jurerai que vous vouliez me séquestrer ici, dans ce grenier, sur ce grabat, et puis que vous avez eu peur.

— Vous êtes abominable, murmura Landrecourt.

— Je suis jeune, répondit-elle, puis d'un geste
elle lui montra la porte ouverte sur l'obscurité
du grenier :

— Pourquoi ce grenier? Pourquoi me cachez-
vous? dit-elle.

Landrecourt, sans répondre, commençait à descendre, mais, comme elle le suivait, il s'arrêta.

— Vous n'êtes pas seul?

— Non, dit-il.

— Qui est avec vous?

— Ma fiancée.

— Aïe, fit-elle, oh! alors là, je vous plains.

Furieux, il haussa les épaules et s'enfuit. Toutefois il put encore l'entendre supplier :

— Une bougie, s'il vous plaît, je n'y vois rien
pour faire mon lit, et de l'eau s'il vous plaît, je
meurs, je meurs de soif.

Les poings serrés il fit une pause dans le vestibule,
respira profondément, ferma les yeux, les rouvrit
et parvint à se composer une apparence calme
avant de retrouver Rosie. Elle lui reprocha de
l'avoir trop longtemps laissée seule :

— J'ai cru que vous aviez disparu pour toujours,
lui dit-elle.

Il lui répondit qu'il avait non seulement fermé
la fenêtre mais qu'il s'était aussi occupé des bagages.

— Vous voyez ce que c'est, dit-il, que de n'avoir
personne pour nous aider?

Il aurait voulu la prendre par le bras, la pousser
hors de la maison, remonter en voiture, partir
avec elle vers un joli petit hôtel clair au bord de
la mer et mettre là son bonheur à l'abri des dangers
dont le menaçait cette infernale, cette ingrate

jeune fille. Qui était-elle ? Il n'avait pu lire son
nom. Pourquoi refusait-elle de s'en aller ? Avait-
elle décidé de disparaître ou bien cet inavouable
oubli de porte-cigarettes lui en avait-il donné l'idée
et fourni l'occasion ? Landrecourt ne se pardonnait pas d'avoir menti à Mme Facibey. Il sentait
que son mensonge grossissait, grossissait de minute
en minute, s'alourdissait de conséquences et que,
de minute en minute, la simple vérité devenait de
plus en plus compliquée, de plus en plus invraisemblable. Un instant plus tôt, alors que Julietta
venait, avec tant de franchise, à sa rencontre, il
aurait dû la conduire à Rosie. « Rosie, je vous ai
menti par distraction, aurait-il avoué ; je ne me rappelais plus avoir oublié, hier soir, dans le train
votre boîte, votre boîte que je n'oublie jamais.
Cette jeune fille me l'a rapportée. » Ils se seraient
étonnés ensemble qu'elle ne fût pas repartie, ils
l'auraient questionnée et Julietta se serait excusée
en disant : « J'abuse de votre hospitalité, je suis
indiscrète. Pardonnez-moi, » et peut-être aurait-elle
dévoilé les raisons qui la retenaient là. « Pourquoi
ce grenier ? Pourquoi me cachez-vous ? » lui avait-
elle demandé tout à l'heure. En vérité, c'est lui
qui la cachait et en la cachant pour cacher un mensonge il avait fait un geste fatal, il s'était conduit
en insensé. Maintenant l'heure des aveux était
passée et Rosie, s'il parlait, refuserait de le croire :
« Si votre histoire de boîte oubliée était vraie, vous
n'auriez pas attendu une heure pour me la raconter,
dirait-elle, mais vous l'avez inventée après coup
pour légitimer la présence sous votre toit d'une
personne qui, je le comprends, aurait dû partir
ce matin, puisque vous partiez aussi, et n'a pu se
permettre de rester chez vous, à votre insu, qu'en
se sachant pardonnée d'avance. Innocent ? Si vous
êtes innocent, pourquoi votre impulsion première
a-t-elle été de cacher cette jeune fille ? Pour

me cacher un mensonge, dites-vous ? Non. Vous ne
vous attendiez pas à la trouver là ; elle est jalouse
de moi, elle vous menace et vous avez eu peur.
Voilà tout. » Et Mme Facibey dédaignant d'accepter
un récit véridique, se rendrait, pensait-il, à l'évidence
de quelques mensonges vraisemblables que lui
ferait Julietta. Et si la police la retrouvait chez
lui, au grenier, couchant sur un grabat ? Landrecourt imaginait les conséquences que ce scandale
ne manquerait pas d'avoir sur sa carrière.

— Vous êtes bien silencieux, mon amour, lui
dit alors Rosie.

— Je réfléchissais, répondit-il, et je suis, je
l'avoue, inquiet et fatigué.

— Il est bien naturel que vous soyez fatigué,
mais de quoi vous inquiétez-vous ?

Tout en parlant elle lui servit et lui tendit
un second verre qu'il vida d'une gorgée.

— Je m'inquiète de notre séjour. Le bonheur
de vous revoir et l'envie de vous faire plaisir m'ont
égaré la raison. J'ai eu un moment de folie. Savez-
vous ce que je voudrais ?

— Non.

— Je voudrais remonter en voiture et repartir
tout de suite. Ici vous vous ennuierez, vous n'ose-
rez me le dire, je passerai mon temps à épier la
moindre ombre sur votre visage et je n'aurai jamais
l'esprit tranquille.

— Cela prouve que vous me connaissez bien
mal. Si je m'ennuie je vous le dirai. Je ne crois pas
que nous ayons fait une folie en venant dans cette
maison dont vous m'avez tant parlé, mais je
trouve que nous en ferions une en repartant ce
soir même, une heure après notre arrivée. Et puis
où irions-nous ? André, je vous en prie, ne soyez
pas inquiet, conclut-elle, et elle mit un accent de
gaîté dans sa voix pour ajouter : Je me sens à merveille. Je me réjouis de faire ma chambre et de

m'occuper moi-même de mes affaires, cela me rappellera mes années de couvent.

Ils parlèrent un instant des amis chez qui ils s'étaient rencontrés pour la première fois à Pâques :

— S'ils nous voyaient maintenant, dit Landrecourt, ils n'en croiraient pas leurs yeux.

Rosie se pencha vers lui pour l'embrasser.

— Vous voulez me rassurer, dit-il, mais vous ne me rassurez pas ; je suis entêté dans mon inquiétude. J'ai peur que vous ne manquiez de quelque chose, d'un petit rien, qui tout à coup prendrait une grande importance, d'une bougie, par exemple.

— D'une bougie? Quelle drôle d'idée.

— Non, ce n'est pas drôle, et il va falloir que nous en trouvions une. Génie, mon vieux valet de chambre, les retire chaque année des bougeoirs avant de partir en vacances. Il prétend que les bougies se fanent dans les maisons inhabitées.

— Les bougies se fanent! Je n'ai jamais remarqué cela, dit-elle.

— Fanée ou pas fanée, il nous faut une bougie. Le temps est orageux et l'orage peut nous priver de lumière. Venez, ma chérie, soyons prudents, cherchons.

— Mais je tombe de sommeil, je veux dormir, dit Rosie.

— Raison de plus, répondit Landrecourt. Vous oubliez qu'il fait nuit, l'heure du sommeil est l'heure des bougies et, pour dormir tranquille on peut se passer de tout sauf de lumière.

Rosie, étonnée, le suivit de placard en placard, à la salle à manger, et dans les pièces de service. Il grognait : « Où donc Génie les a-t-il rangées? » Et elle répétait : « C'est inutile, c'est superflu, j'en ai assez. — J'en tiens une, j'en tiens une, nous sommes sauvés, s'écria-t-il tout à coup, passez-moi un bougeoir, là, devant vous, et montons. »

— Montrez-moi votre chambre. Une chambre

dit tout, et j'ai le droit de tout savoir, de tout entendre, fit-elle.

Ils montèrent, mais Landrecourt bien décidé à tenir Rosie écartée de chez lui de peur qu'elle ne vît, dans son cabinet de toilette, les vêtements de Julietta, ne répondit pas et la poussa doucement, comme distraitement dans la chambre qu'il lui destinait. A peine entrée, elle écarta les rideaux, ouvrit la fenêtre et se pencha au-dehors comme on fait pour contempler la nuit, se rafraîchir ou se délasser un moment. Landrecourt tenant le bougeoir resta d'abord immobile derrière elle, puis, profitant de cette occasion où elle paraissait réfléchir, il recula sur la pointe des pieds jusqu'à la porte et se hâta d'aller ramasser les vêtements de Julietta et de les lui porter ainsi que la bougie.

— Et les allumettes? demanda Julietta.

— Prenez mon briquet.

— Merci, et puis, s'il vous plaît, je voudrais de l'eau, il y a vraiment trop de poivre dans vos saucissons, je meurs de soif, j'ai la bouche en feu.

— Patientez jusqu'à demain matin, je vous en prie, je vous en supplie. Bonsoir, bonsoir, je reviendrai de bonne heure, et comme elle protestait et qu'il ne voulait pas l'entendre, il partit en cachant ses oreilles dans ses paumes.

L'absence de Landrecourt n'avait duré qu'un instant, pendant lequel Rosie, penchée à sa fenêtre, avait dit : « Je crois aussi qu'un orage se prépare. Il fait plus chaud dehors que dans la maison. Quel silence! C'est vraiment la campagne. Vous aimez le vent? Les heures qui n'en finissent pas? La solitude? » N'entendant pas de réponse, elle s'était retournée et regardait, stupéfaite, la chambre désertée.

— Qu'avez-vous? lui demanda-t-il, quand il revint.

— Je suis étonnée. Où étiez-vous ? Je vous croyais ici.

— J'ai été chercher des draps pour votre lit, répondit-il.

— Des draps ? Mais où sont-ils ?

Landrecourt regarda l'une après l'autre ses mains vides :

— Voilà qui est très curieux, dit-il, j'ai dû les oublier, ou bien les perdre en route.

Décontenancée par ces paroles, Mme Facibey lui fit remarquer qu'il avait un drôle d'air, à quoi, il répondit que l'alcool le rendait distrait puis il tourna les talons et sortit la laissant poser elle-même ses valises sur le sofa.

La scène qui se déroula quelques minutes plus tard prouve à quel point Landrecourt était anxieux de mettre fin à une situation dont il prévoyait le danger. En effet, lorsqu'il rentra dans la chambre et vit que Rosie avait ouvert ses bagages, il lança sur le lit les draps qu'il apportait, cria :

— Que faites-vous ? Que faites-vous ? Je ne veux pas de cela et, d'un geste vif, lui rabattit sur les doigts le couvercle d'une des valises qu'elle s'apprêtait à défaire. Pourquoi défaites-vous vos bagages ? lui dit-il.

— Parce que cela me plaît, répliqua-t-elle, et puis vous m'avez fait mal.

Soulevant alors les couvercles des valises elle prit ses vêtements par brassées et les éparpilla aux quatre coins de la chambre. Landrecourt s'excusa. Il regrettait son geste et pourtant il insista :

— Pourquoi tout ce désordre ? dit-il, pourquoi tout ce travail quand nous partons demain ?

— Pourquoi demain ? Laissez-moi au moins le temps de souffler un peu. Votre façon d'agir est insensée ; je ne vous reconnais pas. Après tout je ne vous ai pas forcé à me conduire ici ? Vous n'avez pas été très difficile à convaincre, avouez-le.

— Je l'avoue, et je déclare avoir eu tort. Je n'ai pas plus envie de faire le ménage que de vous rencontrer un balai à la main. Rosie, j'ai besoin de repos, besoin de profiter en paix de votre présence. Partons. Je vous aime trop pour être privé du temps de vous aimer.

Rosie se mit à rire :

— Restons, dit-elle, je suis décidée à m'amuser beaucoup et puis si nous ne pouvons nous passer d'une aide, eh bien! je ferai venir ma femme de chambre.

Courbés comme des glaneurs, ils étaient alors en train de ramasser les vêtements éparpillés et de les ranger tantôt dans la commode et tantôt dans l'armoire lorsque à ces mots Landrecourt s'arrêta net et se tourna vers Mme Facibey :

— Quoi? dit-il, faire venir votre femme de chambre? Ne faites surtout pas cela, vous m'obligeriez à quitter la maison.

Elle appuya sur lui un regard qu'elle lui adressait pour la première fois, hésita, sourit et lui parlant comme à un homme qu'il est prudent de ne pas contrarier, lui conseilla d'aller dormir et lui souhaita bonne nuit. Il parut ne pas l'entendre, reprit sa pose de glaneur et l'aida à terminer ses rangements et à faire son lit.

— Voilà, dit-elle, merci mon chéri, tout est prêt maintenant, nous sommes fatigués, une bonne nuit nous fera du bien, et afin de l'encourager à sortir, elle ouvrit pour lui la porte sur le corridor et alluma sa lampe de chevet.

— Soyez tranquille il ne me manque rien, dit-elle, non vraiment rien, si ce n'est la bougie.

— Ah oui! c'est vrai! la bougie, la bougie, qu'en ai-je fait?

— Vous l'avez apportée, j'en suis sûre, vous la teniez à la main en entrant ici, tout à l'heure.

— Oui, vous avez raison, mais où diable est-elle

passée? C'est curieux, je l'ai perdue. Elle a fondu.
Les flammes de notre amour, peut-être?

— C'est curieux, très curieux, en effet mais que
cela ne vous empêche pas de dormir. Allez, allez
vite, mon chéri, dit-elle encore sur un ton très
doux.

— Vous me chassez?

— Oui, je vous chasse, mais je vous aime et
vous aimerai demain bien davantage encore.

Elle le sentit inquiet, devina qu'un soupçon
désagréable venait d'effleurer sa pensée et, pour
le tranquilliser, ajouta :

— Je vous aime, André, vous le savez, alors ne
soyez pas triste et ne doutez pas de moi.

En dépit de cela ils échangèrent un baiser mélancolique et leur sourire était empreint de cette
expression conventionnelle qui prouve que les
pensées sont occupées ailleurs. Rosie regarda Landrecourt s'éloigner dans le corridor et, quand, après
avoir éteint la lumière il fut entré chez lui, elle
referma sa porte, s'assit à sa coiffeuse, tira de son
nécessaire toutes sortes de boîtes, de pots et de
flacons, fit sa toilette et se coucha.

Landrecourt, lui, se garda de défaire ses valises.
Les mains dans ses poches, la tête inclinée, il erra
longuement dans sa chambre. Était-il possible qu'il
n'eût quitté la maison des Saules que le matin
même? Arrivé au terme de cette journée, si l'aube
lui en paraissait plus lointaine qu'un lointain souvenir d'enfance, était-ce parce que rien ne s'y était
passé selon ses prévisions, ou bien était-ce parce
qu'une inconnue avait, à elle seule, su détraquer
le temps? Une inconnue. Il ressentait le danger de
sa présence sur chaque instant de sa vie. Non seulement elle avait tout changé, mais encore elle
menaçait de tout détruire. Il la voyait partout :
dans le salon trempant un biscuit dans son verre.
« Ah! j'étais encore heureux dans ce temps-là! »

pensa-t-il. Il la voyait dans l'escalier, dans le corridor et dans la salle de bains où ses pieds avaient
marqué le carrelage d'empreintes mates. Il en avait
peur bien plus que d'un fantôme ; elle était au
grenier et, de là-haut, hantait toute la maison ;
il l'entendait lui dire « : Quelle malchance, surtout
pour vous. Veuve on est moins seule. Vous en savez
plus long que moi. Je dirai que vous m'avez enlevée.
J'ai la bouche en feu. Votre fiancée ? Oh ! alors là,
je vous plains. » « Il faut partir demain, il faut
absolument partir », se dit-il. Avant de se coucher
il contempla son lit dont le désordre montrait l'im-
pétuosité avec laquelle il en était sorti le matin
même, et lourd de soupirs, s'y jeta, rabattit les
couvertures sur sa tête et ne bougea plus.

Cependant Julietta ne dormait pas. Étendue
sur son matelas au centre d'un vaste et misérable
décor, elle écoutait la pluie battre les lucarnes et
regardait tantôt les ombres profondes autour d'elle,
tantôt la flamme de la bougie qu'un souffle mystérieux courbait de temps en temps. Elle veillait
ainsi depuis des heures lorsqu'elle se leva, et
lumière en main, se mit à explorer le grenier dont
l'entrée était vide et le fond encombré d'un amas
chaotique. Cette pièce, fort longue et aussi large
que la maison, était percée de quatre lucarnes,
se faisant vis-à-vis, et placées assez haut dans la
pente du toit. Deux d'entre elles donnaient sur la
campagne et les deux autres sur la cour.

A l'exception d'un grand nombre de caisses
vides, d'un haut miroir et d'un buffet, hormis aussi
le cadre de fer d'un lit, quelques ballots d'étoffes
et une pile d'anciennes revues : *Le Gaulois du
Dimanche*, Julietta ne découvrit là que des assiettes
ébréchées, des brocs rouillés, des objets qui n'en
sont presque plus, débris de toutes sortes que la
négligence abandonne et que la poussière recouvre
d'un voile mobile et effrayant. Elle se souvint alors

de certain récit que lui faisait volontiers Mme Valendor à la fin d'une journée passée à jouer aux cartes chez l'une ou l'autre de ses amies : « Franchement, disait-elle, je ne me sens à l'aise que chez moi. Ouff! ici, je respire. Tu n'as pas l'air de te douter, Julietta, qu'un tigre grandeur nature a de quoi faire moins peur, et je n'exagère pas, qu'un grain de poussière grossi mille fois au microscope. J'ai eu l'occasion d'en voir, par hasard, chez un professeur qui, de temps en temps, en attrape d'invisibles pour les montrer à ses élèves et je n'ai pas honte de t'avouer que j'ai poussé un cri. Le professeur avait beau me dire : " Calmez-vous, ce n'est qu'un minuscule grain de poussière ", je ne me suis pas gênée pour lui répondre : " Minuscule? Que me chantez-vous là? Où voyez-vous cela? Quand c'est grossi mille fois ce n'est plus minuscule, au contraire, c'est énorme ou je ne m'y connais pas. " C'était bien répondu. Ton père lui-même, enfin oublions-le, était le premier à dire que j'avais l'esprit de repartie. Un grain de poussière, crois-moi, c'est un monstre à dix têtes, un corps mou, mi-volant, mi-rampant qui tient de l'algue et du dragon. Je ne comprends pas comment la plupart des gens ont le courage de vivre dans une ménagerie pareille. » Julietta, au souvenir de ces paroles, fut prise de répugnance et de peur. Elle aurait voulu partir tout de suite, s'enfuir et courir jusqu'à sa maison, jusqu'à sa chambre où sa mère aurait sans doute placé quelques-uns des grands bouquets envoyés par le prince. Puis soudain, ce fut le prince qu'elle revit tel qu'elle le voyait aux premiers jours de leur rencontre ; elle éprouva pour lui les sentiments qu'alors il lui faisait éprouver ; elle fut sensible à son charme, à sa prestance, à son autorité ; elle l'entendit lui décrire son pays de montagne et de forêts et sa maison qu'elle pourrait arranger à son goût et, en retrouvant, avec l'enivrement

d'une si belle conquête, tous les plaisirs que sa
vanité satisfaite lui avait apportés, en revoyant
aussi tout ce qu'elle avait imaginé de possible : les
promenades en été, les retours à l'automne, les
visites des jeunes gens et des vieux messieurs, tous
également admirables et qui, tous également amoureux d'elle, se grouperaient le soir autour de sa
chaise longue, elle fut troublée au point de regretter
le prince, au point de considérer qu'en le perdant
elle se perdrait elle-même et se perdrait à jamais.
Sa pensée retourna à Mme Valendor : « Tu as beaucoup de chance de n'être pas amoureuse ; crois-moi,
mon enfant, c'est une garantie de bonheur. Tu
voudrais inventer ta vie ? Eh ! bien, ma chérie, je
te demande qui, mieux que le prince, pourrait te
permettre de le faire ? » L'habitude d'être choyée,
aimée, regardée accroissait encore l'abandon auquel,
à présent, elle se trouvait réduite dans ce misérable
grenier que la flamme de la bougie animait de sursauts d'ombre et de lumière. Jugeant sa situation
comme une insulte, elle eut un mouvement de révolte
qui se transforma vite en désir de vengeance, puis
en colère, puis en résolution. La pluie battant les
vitres lui rappela le pas des chiens crépitant comme
de la grêle sur le carrelage d'un vestibule ; en écoutant le vent elle entendit une voix qui disait :
« Nous irons aux tours Miroséennes, si le vent le
permet », et son jeune homme préféré, son inventé,
celui qui la serrait sur sa poitrine et l'aimait en
secret du prince traversa ses pensées dans un jardin
à venir. Elle voulut l'appeler, mais comment s'appe-
lait-il ? Elle voulut le retenir afin de prendre rendez-
vous. « Hé là ! Restez, je vous trouve très beau. »
Mais de quelle couleur était son visage ? Et sa
lèvre ? Bleue ? Ou couleur tendre, simplement ?
« Il m'oblige à tout deviner », se dit-elle et, rappro-
chant alors son esprit de ce qu'elle voulait voir,
ce fut Landrecourt, doué de l'autorité des souvenirs,

qu'elle trouva seul dans sa pensée. Elle éprouva de
l'impatience et du dépit à le revoir, tel qu'il était
la veille, assis là, devant elle, lui tendant un verre
et un petit gâteau et néanmoins elle ne se défendit
pas de le regarder et de penser à lui. S'il la cachait
c'est qu'elle avait de l'importance. Si elle l'inquiétait c'est qu'elle avait un grand pouvoir. Mais
pourquoi l'avait-il entraînée et abandonnée, sans
eau quand elle mourait de soif et sans nourriture,
dans ce lieu désolé? Allait-il revenir au matin et
la supplier de partir? « Ah! non, je ne partirai pas,
se dit-elle, je resterai, je me vengerai, je lui montre-
rai de quoi je suis capable », et elle se mit à faire
des projets dont Landrecourt serait victime.
D'abord elle lui ferait peur et ensuite, afin qu'il
soit instruit des droits qu'en la cachant il lui avait
donnés, elle arrangerait cette maison à son goût,
elle s'y installerait et y vivrait entourée d'amis
dont le rire ne naîtrait que de réminiscences et dont
le doux accent étranger, vaguement effacé par
l'éducation, le temps et les voyages, entraînerait
le cœur dans une sorte de griserie, très mystérieuse
du passé. « Nous ferons bande à part », se dit-elle.
Quant à Landrecourt, après l'avoir contraint à
l'aimer à la folie, elle le chasserait dans de grandes
froideurs d'où il lui écrirait, à genoux, des lettres
d'amour dont elle se servirait le soir pour allumer
les candélabres en riant de bon cœur. Non seulement
ces projets ne lui firent pas oublier le prince d'Alpen,
mais encore elle frissonna au souvenir de son baiser :
« Je n'ai pas besoin de lui, pensa-t-elle. J'ai tout
ce qu'il me faut ici pour inventer ma vie. » Elle
ramassa un chiffon, essuya le centre d'un haut
miroir, en approcha la bougie et regarda son sourire
qui brillait.

C'est alors que son pied heurta une tasse qui
gisait là, dans la poussière. Elle eut aussitôt l'idée
de la laver à la pluie et de l'emplir de cette eau

pure pour se désaltérer, puis voyant qu'elle ne pouvait atteindre les lucarnes trop haut placées dans
la pente du toit, elle établit sous l'une d'elles, à
l'aide de caisses de largeurs différentes, un escalier
de trois marches fort facile à gravir. Tant d'innocente ingéniosité devait hélas! par l'entêtement
dont elle fit preuve, s'alourdir d'une suite de conséquences malheureuses. Elle posa la bougie à côté
du miroir, monta les marches et, portant tout son
poids en avant, réussit à grand-peine à ouvrir la
lucarne. Mais le vent violent jeta sur elle un paquet
d'eau et la contraignit à refermer bien vite.
Pourtant, et c'est ici qu'on doit lui donner tort,
au lieu de s'avouer vaincue elle resta pensive jusqu'au moment où un grondement de tonnerre la
ranima et parut l'encourager à prendre une décision qu'elle ne faisait, peut-être, que contempler
encore. Elle alla chercher la bougie, traversa le
grenier, ouvrit la porte et, les yeux fixés sur la
lumière qui vacillait à chacun de ses pas, descendit
sans bruit dans la maison. Attentive à surveiller
la flamme qui ne l'éclairait qu'à hauteur de visage,
elle parvint ainsi à l'étage des dormeurs et allait
s'engager dans l'escalier menant au vestibule quand,
sur la marche palière, elle buta contre un grand
et léger cache-pot de tôle qui se renversa et roula
en bondissant jusqu'au bas de cet escalier de bois
et sans tapis en été. Ce fut, sans doute, sous l'effet
d'un égarement causé par la stupeur qu'au lieu de regagner sa cachette elle s'élança à la suite de cet
objet qu'elle ne pouvait espérer rejoindre et maî-
triser dans sa course sonore. La flamme ne résista
pas à ce mouvement insensé, la bougie s'éteignit
et Julietta, arrêtée par l'obscurité à mi-chemin
entre les deux étages, recouvrait son bon sens, mesu-
rait sa folie et se demandait quel parti prendre
lorsqu'elle entendit une porte s'ouvrir et retentir
un appel au secours lancé par une voix féminine

dont la peur ne semblait pas avoir terni l'éclat.
Interdite, elle écouta des pas pressés et comprit
que Landrecourt se rendait en courant chez
Mᵐᵉ Facibey. « Ma chérie, ma chérie, qu'avez-vous ? »
disait-il, puis la porte se referma, le tonnerre gronda
et ce fut le silence. La main posée sur la rampe,
Julietta se remit à descendre. Pendant qu'elle
errait dans le vestibule, cherchant l'entrée de l'office,
Landrecourt soutenait Rosie, l'étendait sur son lit
et la suppliait de s'expliquer.

— Un fracas épouvantable, un grondement,
un roulement, un vacarme à éveiller les morts,
balbutia-t-elle, vous n'avez pas entendu ?

— Non, je dormais. Êtes-vous sûre que vous ne
rêviez pas ?

— Rêver ? Moi ? André, je ne suis pas folle ;
je ne dors jamais la nuit de mon arrivée dans une
maison que j'habite pour la première fois.

La lueur saccadée d'un éclair d'orage pénétra
dans la chambre entre les lattes des persiennes
et les rideaux entrebâillés et un coup de tonnerre
éclata. Mᵐᵉ Facibey eut un sursaut et Landrecourt
sourit.

— Que dites-vous de cela ? demanda-t-il.

— C'est le tonnerre, dit-elle, et je l'ai en horreur.

— Eh bien, ma chérie, je suis sûr que, sans
dormir profondément, vous deviez être, tout à
l'heure, dans un demi-sommeil dont cet orage vous
a tirée. C'est le tonnerre que vous avez entendu.
Que voulez-vous que ce soit d'autre ? Réfléchissez.

Rosie hésitait à croire à sa méprise et plus Landrecourt, en toute bonne foi, lui répétait : « C'était
le tonnerre, ce n'était que cela », plus elle se sentait
confuse et ridicule et plus son amour-propre en
souffrait.

— J'ai peur des orages, dit-elle, connaissez-vous
des gens qui ont été foudroyés ?

Il lui répondit qu'elle n'avait rien à craindre,

qu'il y avait un paratonnerre sur le toit, que du reste il aimait les femmes peureuses et qu'il ne la quitterait pas avant que l'orage n'ait pris fin. Alors, elle parla des effets mystérieux de la foudre qui rend les gens bègues ou les réduit en poussière, et blanchit les nègres et noircit les blancs et troue des piles d'assiettes sans les casser.

— Drôle de magicien, dit Landrecourt.

Ils fumèrent une cigarette, soupirèrent, bâillèrent en se moquant de leurs bâillements et se prédirent l'un à l'autre un ciel limpide pour le lendemain.

— Allez dormir, dit Rosie. André, je suis honteuse. Vraiment je ne sais pas ce que j'ai cru et maintenant j'ai peur de ce que vous pensez.

— N'ayez peur de rien, mon amour, c'est tout ce que je vous demande, répondit-il.

— Peur de rien? C'est bien facile à dire, fit-elle.

Landrecourt la regarda. Il était debout, la main appuyée sur le bouton de la porte qu'il venait d'entrouvrir. « Il est vrai qu'il suffit d'aimer pour avoir peur de tout, dit-il, et il ajoutait : Voulez-vous que j'aille visiter la maison de fond en comble ? » au moment même où Julietta qui, après s'être désaltérée à l'office avait attendu tout ce temps sans oser bouger, jugea que chacun devait être rentré chez soi et qu'elle pouvait sans crainte remonter au grenier.

Certes, Landrecourt était loin de se douter de l'effet que sa question allait produire sur Rosie. Une femme coquette, dont l'instinct n'est pas sot sait, au contraire des niaises, reconnaître le moment où elle peut se laisser aller à certains enfantillages, emprunter certains gestes enfantins, se parer de candeur et prêter à ce jeu, avec beaucoup de grâce, un je ne sais quoi d'alarmant et de tendre qui caresse le cœur des hommes et accroît encore le besoin qu'ils ont de protéger. Mme Facibey ne manquait pas de discernement. Elle vit dans la

question qu lui posait Landrecourt une occasion
de se montrer puérile et d'attendrir ainsi un homme
qu'elle venait d'importuner. « Visitons, visitons,
s'écria-t-elle, nous allons peut-être découvrir le
tonnerre en personne », et, avec l'air d'une gamine
qui rit en dedans d'une plaisanterie qu'elle a imaginée, elle sauta hors du lit, passa son peignoir
et sans paraître écouter Landrecourt qui lui répétait précisément ce qu'elle voulait entendre : « Vous
êtes une enfant, vous allez prendre froid », elle
s'élança dans le corridor en chuchotant : « C'est
un ogre magicien, nous allons lui tordre le cou. »
Mais son élan s'arrêta net. Une lueur s'élevant de
la cage de l'escalier, le bruit d'un pas faisant cra-
quer les marches lui coupèrent la parole. Elle recula,
fit volte-face, poussa un soupir qui était un râle
de frayeur et courut à sa chambre comme une
femme poursuivie. Au même instant, Julietta
apparaissait. Landrecourt dans la pénombre du
corridor la regarda passer. Elle portait le pyjama
que l'avant-veille il lui avait prêté ; le bout de ses
cheveux plats se retroussait à peine en touchant
ses épaules et la bougie allumée qu'elle tenait dans
sa main gauche et dont, de sa main droite, elle
protégeait la flamme éclairait son visage qu'il
voyait de profil. Attentive, absente, elle traversa
le palier comme si elle eût marché sur un fil qui
la menait chez elle.

La porte de la chambre de Rosie était restée
ouverte. « Écoutez, écoutez, j'entends des pas.
Venez, je vous en prie, ne me laissez pas seule »,
disait-elle. Mais Landrecourt qui entendait à la
fois cet appel angoissé et le pas de Julietta regagnant sa cachette ne put résister au désir de prolonger de quelques secondes un trouble qui le grisait.
Il trouva opportun de ne rien répondre et de tousser
plusieurs fois.

— Des pas, des pas, répéta Rosie.

— Mais non, vous vous trompez, dit-il, c'est moi qui tousse, je me suis étranglé, et il rentra dans la chambre.

On comprend que cette réponse déchaînât la colère de Mme Facibey. Elle se jeta sur lui, le secoua de toutes ses forces, claqua la porte et cria : « Vous voulez me faire croire que je suis folle ! J'ai entendu des pas, j'ai vu de la lumière et vous me dites : " C'est moi qui tousse ! " Êtes-vous un monstre ou un fou ? Et pour qui me prenez-vous, en tout cas ? Ah ! vous baissez la tête ? Vous ne trouvez rien à répondre ? C'est bon », dit-elle et elle éclata en sanglots. Alors, il s'approcha d'elle calmement et posa ses mains sur ses épaules : « Mon pauvre amour, tout fait peur dans une maison qu'on ne connaît pas. On imagine des choses insensées, des choses impossibles. La pluie a cessé, et ce que vous avez pris pour des pas n'était que l'écoulement régulier de l'eau tombant de la gouttière, là, là, contre le mur, près de la fenêtre de l'escalier ; et cette lumière incertaine qui vous a tant effrayée n'était que la lueur des éclairs qu'un orage en s'en allant traîne toujours derrière lui. Vous vous êtes enfuie avant de pouvoir le comprendre ; moi, je suis resté pour bien m'en assurer. Croyez-moi, calmez-vous, ce n'était que cela .»

— Eh bien, si ce n'était que cela, pourquoi ne pas me l'avoir dit tout de suite ? Pourquoi m'avoir répondu : « Je tousse » ?

— Vous avez raison. Je pensais à la gouttière et, au lieu de vous réconforter, je me disais : « Tiens, la gouttière fuit. Il faudra que je fasse venir le plombier avant l'hiver. » J'ai eu tort, Rosie, pardonnez-moi.

Elle le regarda, se crut responsable de la tristesse qu'elle vit en ses yeux et se fit des reproches ; puis, comme une fois de plus elle se sentait ridicule d'avoir eu peur et surtout d'avoir poussé des cris,

elle pensa que seul un caprice légitimerait une
attitude qui maintenant l'humiliait et qu'elle désirait faire passer pour un enfantillage : « Restez
avec moi, ne me quittez pas, pria-t-elle. J'ai eu
peur, je suis bouleversée. » Ce qu'elle avait vu dans
les yeux de Landrecourt était le reflet d'un chagrin véritable. La sachant en droit d'avoir eu peur
et de se plaindre, il souffrait de lui mentir et de
sentir ses mensonges l'éloigner et le priver d'un
être qu'il aimait. « En la trompant je la perds, se
dit-il, c'est toujours la même chose et c'est ainsi
que l'on se sépare », et il en voulut à Julietta d'être
la cause de tant de désaccord. « Non, ma chérie,
je ne vous quitterai pas, dit-il, je vais aller prendre
une couverture et je m'étendrai ici, sur le sofa, à
vos pieds. » Elle accepta, se recoucha, attendit
qu'il fût installé et éteignit la lampe. Confiant sa
fatigue au sommeil qui déjà couronnait Julietta,
Mᵐᵉ Facibey ne tarda pas à s'endormir, tandis
que Landrecourt, tenu éveillé par toutes sortes de
fantaisies malheureuses, voyait tantôt s'approcher
et se tendre vers lui le visage menaçant d'une
ingrate jeune fille, tantôt Rosie s'éloigner, s'éloigner
et disparaître derrière un nuage qui s'élevait de la
houppe à poudre qu'elle agitait en lui disant adieu.

Quand il s'endormit il faisait jour et grand jour
quand il ouvrit les yeux. Il regarda Rosie étendue
dans l'alcôve. Sa beauté l'attrista et sa présence,
au lieu de le rassurer, lui fit craindre l'absence.
Il sortit sans bruit, s'habilla et descendit à l'office
préparer le petit déjeuner de Julietta.

Les yeux baissés vers un plateau qu'il portait au grenier, Landrecourt montait doucement l'escalier sans se douter que Rosie, belle, reposée et vêtue d'une robe de chambre de satin noir, l'attendait penchée à la balustrade du palier et souriait, à la fois, à l'idée de le surprendre et au plaisir qu'elle éprouvait à l'observer sans être vue.

— Êtes-vous devin, mon chéri lui demandat-elle. Comment saviez-vous que j'allais m'éveiller?

Il sursauta :

— Oh! je ne m'attendais pas à vous trouver ici, dit-il. Pourquoi n'êtes-vous pas dans votre lit?

— Moi? Mais je vous cherchais ; je m'ennuyais de vous. — Puis, remarquant la tasse unique sur le plateau, elle ajouta : Pourquoi une seule tasse? Vous n'alliez pas prendre votre petit déjeuner avec moi?

— Je l'ai pris à l'office en préparant le vôtre, répondit-il.

— Oh! Je le regrette, oh! c'est dommage. Est-il très tard? Êtes-vous levé depuis longtemps? Et m'aimez-vous encore?

— Il est dix heures, je vous adore et je voudrais me débarrasser au plus vite de ce plateau qui nous sépare.

— Patientez un peu, venez, j'ai envie de déjeuner en plein air sous les arbres. Voyez le ciel, on se croirait au Mexique, et pendant qu'ils descendaient elle dit quelques mots d'espagnol.

En traversant le salon, dont Landrecourt avait ouvert les fenêtres, elle s'arrêta et regarda cette pièce qu'elle voyait pour la première fois à la lumière du jour.

— Ces rideaux mangent la vue, remarqua-t-elle.

— Ah! fit Landrecourt et ils sortirent.

Il déposa le plateau sur une table de fonte qu'il transporta à quelque distance sous les arbres. La prairie était mouillée, Mme Facibey enleva ses mules et se mit à courir pieds nus, comme une enfant, dans sa grande robe de satin noir qu'elle retroussait un peu. « Vous allez vous enrhumer, vous allez prendre froid », cria-t-il. Alors elle se mit à rire et fit semblant d'éternuer. « Quelle femme ravissante, se dit-il, que de grâce, de souplesse et de simplicité. C'est une vraie femme, une femme parfaite », et gêné il s'aperçut qu'il pensait à une anguille.

Pendant que Rosie dansait et chantait, il tira de la resserre deux chaises longues de rotin, carcasses de bêtes préhistoriques, trophées qu'il traînait derrière lui et semblait rapporter d'une expédition dans les âges lointains. Il les plaça côte à côte et ils s'allongèrent face à la maison et face à la prairie d'où montaient, troublant le paysage, les vapeurs du beau temps. Rosie bavardait. Elle se moqua de ses frayeurs de la nuit précédente et non seulement ne se plaignit pas de son petit déjeuner sans beurre et sans lait mais encore en fit compliment à Landrecourt et lui posa toutes sortes de questions sur ses parents, ses souvenirs, la maison des Saules et la vie qu'il y menait enfant. Tout en l'écoutant et en lui répondant, il maudissait secrètement Julietta et l'harmonie de cet instant le rendit plus conscient encore du plaisir qu'il

aurait pu tirer de ce séjour si elle n'eût pas été là.
Ce moment de répit lui fit oublier l'heure ; il tenait
dans sa main la main de Rosie et de temps en temps
la portait à ses lèvres.

— Que ferons-nous aujourd'hui ? lui demanda-
t-elle. Y a-t-il de belles choses à voir aux environs ?

— Il y a les ruines immenses du château des
Acètes, lui répondit-il. Quand j'étais enfant, mes
parents m'y emmenaient souvent à l'automne.
Nous y allions à cheval et, dans une grande salle
encore partiellement dallée, à l'ombre d'arbres
aussi hauts que ceux-ci, nous dînions sur des pierres
gravées de noms et d'inscriptions latines.

— Vous dîniez sur des tombeaux ! s'écria Rosie,
voilà qui ne me plairait pas. J'ai remarqué qu'il y
a toujours beaucoup de tombeaux et de ruines à la
campagne. Moi je préfère les animaux, les vaches,
les poules, les cochons. Avez-vous une ferme ?

— Oui, à cinq cents mètres d'ici, et quand la
maison est ouverte, mon jardinier apporte, le matin,
ce qu'il faut à la cuisine.

Il devait aussitôt regretter ces paroles.

— Mais alors, de quoi vous plaigniez-vous ? Et
pourquoi, hier soir, à peine arrivé, parliez-vous
de repartir ? Pourquoi tant d'histoires ? Je vais
aller prévenir que vous êtes de retour et je trouverai
certainement quelqu'un pour s'occuper de notre
ménage. Vous me croyez incapable d'organiser le
moindre pique-nique. Laissez-moi vous prouver
le contraire. Laissez-moi faire. J'y tiens beaucoup.

Landrecourt se leva et vint s'asseoir à ses pieds.

— Ma chérie, lui dit-il, j'ai décidé que nous
partirions tout à l'heure.

— Tout à l'heure ? Alors que je viens de vous
prouver que notre séjour s'arrangeait à merveille ?
Vraiment André, je ne vous comprends pas. Pourquoi voulez-vous partir ? Qu'y a-t-il ? Que me
cachez-vous ?

— Je ne vous cache rien, rien, pas même le mouvement d'égoïsme qui me pousse à vouloir m'en aller. Car c'est bien cela et ce n'est rien d'autre, croyez-le. L'esprit n'est jamais libre en un lieu où l'on vit toute l'année. Ici, dès demain, mille obligations, mille soucis me seraient imposés et me sépareraient de vous. Que feriez-vous toute seule, pendant des journées entières? Vous prendriez cet endroit en horreur et j'en souffrirais, Rosie, j'en souffrirais beaucoup trop. Égoïste, je veux me reposer sans perdre un instant de votre présence.

Mme Facibey qui venait de croiser ses mains derrière sa tête les décroisa pour les poser sur les genoux de Landrecourt.

— Mon chéri, lui dit-elle, ce n'est pas moi, c'est vous qui êtes un enfant gâté, mais j'aime votre franchise. Vous aviez fait un projet de vacances et, pour vous, les vacances, cela veut dire changer de place? Bon. Je ne veux pas, par caprice, vous priver d'un plaisir et maintenant que je connais votre maison, je suis à la fois contente et triste et prête, en tout cas, à vous suivre n'importe où.

Landrecourt voulut, par un geste qui exprimerait son amour, consoler Rosie d'être si bonne et il la prit dans ses bras, mais, tandis qu'il la serrait contre lui tendrement, il sentit que le remords et le désir d'être pardonné affectaient la passion que jusqu'alors il avait éprouvée pour elle et il comprit que si son cœur lui appartenait encore tout entier, son esprit, sous l'effet de l'angoisse, ne pouvait plus se détacher de l'ingrate Julietta. Il pensait à elle, avec colère, avec effroi aussi et, la croyant capable de tout, il craignit qu'elle ne fût, en ce moment même, sortie de sa cachette pour chercher à l'office quelque chose à manger, ou qu'elle n'errât de pièce en pièce, inconsciente, ou, pire que cela, consciente et

amusée des résultats que produirait sa rencontre
avec Rosie Facibey. Afin d'écarter ce danger, il
essayait de trouver un moyen de rentrer seul à
la maison et ne savait que dire pour persuader
Rosie de rester plus longtemps à se reposer sous
les arbres :

— Personne n'est plus gentil que vous, lui
dit-il, j'ai honte de moi.

— Oh! répondit-elle, en se laissant retomber
contre le dossier de sa chaise longue, honte, honte,
il ne faut pas exagérer. N'est-ce pas moi qui, la
première, ai changé d'avis au sujet de vos vacances?

— Eh bien! dit-il, voici ce que je vous propose :
nous partirons tout à l'heure et...

— Non, non, fit-elle, je veux bien vous obéir,
mais voici mon idée : soyons paresseux, déjeunons
dans notre petite auberge et faisons une promenade. Vous me montrerez le pays et puis, avant
le dîner, nous ferons nos bagages, nous dînerons ici,
tous les deux et demain matin, nous partirons
gaiement. Gaiement, tous les deux, je vous le
promets. Cela vous plaît-il, mon chéri?

Landrecourt trouva plus sage de ne pas insister.
Cette demi-victoire n'en était pas moins un succès
et il s'en contenta.

— Cela me plaît, dit-il. J'imagine un voyage
comme ceux que font les vagabonds pour qui
le temps ne compte pas. Je devrais savoir jouer
du violon et le soir, au bord des routes, vous
jouer de belles musiques pendant que vous seriez
assise auprès d'un feu de ronces.

— Ah! non, s'écria-t-elle, rien ne pique autant
les yeux que la fumée de ces feux-là.

Landrecourt la regarda en souriant. Elle le crut
amusé par cette réponse alors qu'il se résignait à
n'être pas compris.

Julietta au grenier travaillait depuis l'aube à
élever un mur qui maintenant coupait la pièce en
deux. Ce mur, fait de caisses de toutes les dimensions,
présentait une surface d'avancées, de niches et de
gradins et s'incurvait en son milieu pour dessiner
une alcôve où elle avait placé le lit de fer garni du
matelas et de tout ce que Landrecourt, la veille,
lui avait apporté pour la nuit. Les caisses les plus
grosses, disposées à la base de ce mur, formaient
deux bancs qui le longeaient de chaque côté de
l'alcôve. A droite un étroit passage permettait de
se rendre dans le fond du grenier et là, au revers
de cette construction, s'adossaient à présent la
grande glace, un coffre et le buffet dont un des
rayons, à hauteur d'appui, supportait une cuvette,
un pot à l'eau, une tasse et quelques soucoupes
essuyées à l'aide de vieux chiffons.

Julietta, parmi les ballots d'étoffes, avait trouvé,
bien pliées et comme neuves, des tentures de coton-
nade bleu nuit sur lesquelles couraient, enchevêtrés
dans leur feuillage sombre, des volubilis, des clématites et des mille-pertuis à grandes fleurs dorées.
Montée sur un escabeau à demi démoli, elle avait
drapé cette tenture en la pinçant et la retenant,
de-ci de-là, sous les caisses de telle sorte qu'elle
marquait les aspérités et les creux de ce mur et de

cette alcôve qui ressemblaient maintenant à une rocaille fleurie. Julietta se félicitait de son ingéniosité. De temps en temps, elle sautait à terre, et, pour mieux contempler son ouvrage, s'en écartait, s'en rapprochait, puis remontait sur l'escabeau afin de modifier un détail qui ne lui plaisait pas. « Que dira-t-il? Que dira-t-il? Je vais bien rire », chantonnait-elle.

Landrecourt, au jardin, cherchait à quitter Rosie.

— Qu'il fait doux! Vive la paresse! Je n'ai pas envie de bouger, disait-elle.

— Ne bougez surtout pas, répondit-il, pourquoi bougeriez-vous? Rien ne nous presse, restez tranquille pendant que je vais allumer votre chauffe-bain.

Il prit le plateau du petit déjeuner et marcha vers la maison. Rosie le regarda s'éloigner, soupira, jeta les yeux sur le paysage, et s'étira en bâillant.

Sitôt rentré, il prépara un déjeuner, emplit une carafe de vin et monta chez Julietta. On comprendra qu'il ait eu un mouvement de stupeur lorsque en entrant chez elle il se trouva devant ce mur nocturne et fleuri surgi en quelques heures sous les combles. « Ah! » fit-il et il leva les yeux vers Julietta qui, au bruit de la porte, s'était retournée et l'observait du haut de son escabeau.

— Vous êtes étonné, n'est-ce pas? lui demanda-t-elle. Je travaille depuis l'aube et maintenant je meurs de faim. J'ai la tête fatiguée.

— Pourquoi tout ce travail?

Elle vint à lui et plongea son regard dans le sien.

— Vous ne supposiez pas que j'allais vivre dans un taudis? dit-elle.

— Vivre? Je ne comprends pas.

— Vous ne voyez pas que je m'installe? Et que je ne m'installe pas seulement pour vivre, mais aussi pour le cas où je déciderais de partir.

— Vous allez déménager, répliqua-t-il froide-
dement.

Elle lui répondit qu'elle n'y songeait pas, qu'elle
avait faim, qu'elle voulait manger et lui demanda
de poser le plateau sur un des bancs, au pied du
mur. Après quoi elle l'invita à s'asseoir auprès
d'elle.

— M'asseoir ici ? Jamais, dit-il. Écoutez-moi :
je pars demain, et puisque vous me chassez, je
fermerai tous les placards. Cela peut-être vous
fera réfléchir.

— Je ne vous chasse pas, répondit Julietta.
En restant ici je ne me cachais pas de vous, je ne
faisais que m'attarder, voilà tout. N'est-ce pas vous
qui me cachez à tout le monde ? N'est-ce pas vous
qui me demandez de réfléchir et de rester cachée ?
J'exauce votre prière. Je reste. Partez, fermez
vos armoires. Hier pendant ma promenade, j'ai
vu de loin votre jardinier et, par égard pour vous,
je me suis tenue à l'écart, mais dès demain, je
m'en ferai un ami ; je lui raconterai une histoire,
je pleurerai, s'il le faut, et je vivrai très bien.

— Pourquoi agir ainsi ? demanda-t-il. Quelle
raison vous ai-je donnée de me gâter la vie ? Dites-
moi votre secret ? Je vous ai aidée une fois et je
suis prêt à le faire de nouveau.

— J'aime cette maison, répondit Julietta, mais
le cœur qui l'animait se fane, je le sens, alors je
lui fais un cœur ou plutôt j'y essaie le mien, oui
c'est cela, j'essaie mon cœur.

— Je n'ai besoin de personne pour aimer ma
maison. Partez, dit-il, allez-vous-en. Je vous en
veux, je ne vous pardonne pas.

— Se faire pardonner n'est rien, il faut avant
tout se faire regretter, répondit-elle.

Moins blessée par les paroles de Landrecourt
que par la sincérité que leur ton dévoilait, elle était
triste et le montra.

— Pardon, murmura-t-il.

— Pardon? Allez-vous-en, sortez de chez moi. J'ai besoin de me guérir avant de pardonner une offense ; la guérison fait oublier le mal, c'est bien connu.

— Comprenez-moi, commença-t-il ; mais elle l'interrompit :

— Je m'en irai plus tard, je m'en irai le jour où vous reviendrez à moins que ce jour-là vous n'insistiez pour que je reste.

Il la supplia, lui parla du scandale que sa présence chez lui pourrait faire éclater et du danger aussi dont elle menaçait son bonheur. Elle comprit à merveille, néanmoins, sans faiblir, elle se contenta de répéter :

— Puisque vous partez, je ne vous gênerai pas.

— Promettez-moi, est-ce trop vous demander? de ne pas sortir de cette pièce avant demain, dit-il.

— Vous faire une promesse à vous? Oh! non, répondit-elle ; les promesses font des victimes et je ne vous aime pas assez pour risquer de vous décevoir. J'ai faim, j'ai grand faim ; je voudrais déjeuner.

Comprenant que la sévérité ne ferait que donner à Julietta des arguments dont elle userait pour fortifier encore sa situation déjà trop forte, il prit le parti d'être aimable et lui offrit une cigarette. « Ma boîte », s'écria-t-elle.

— Depuis que je l'ai oubliée je ne l'aime plus, dit Landrecourt.

— Et moi dit-elle, je l'aime depuis lors. En la trouvant, je me suis retrouvée.

Il se tut, l'aida à préparer son déjeuner et s'attarda. Ainsi, pendant que Rosie le croyait occupé d'elle et d'elle uniquement, s'occupait-il si bien de Julietta et de Julietta uniquement, qu'il en oublia d'aller allumer le chauffe-bain.

Le sentiment que Landrecourt avait inspiré à Rosie s'était transformé, malgré elle, au cours de ces derniers mois. Ce n'était plus tant l'amour que la certitude d'être aimée qui l'attachait à lui, et cette certitude lui permettait une grande liberté de penser dont il ne se doutait pas et qui l'aurait fait souffrir. Étendue sous les arbres, elle laissait son esprit vagabonder d'un souvenir à l'autre, elle retrouvait d'anciennes amours et souriait à des aveux dont elle avait souri. Elle entendait le prince d'Alpen lui dire : « Rosie, croyez-moi, ce n'est pas un homme pour vous. » Cela signifiait-il qu'il se trouvait plus qualifié que Landrecourt pour occuper en son cœur à elle une place de choix, et que cette place, il était prêt à la prendre si elle consentait à la lui accorder ? « Mais non, se dit-elle, Hector se marie, Hector se range, il ne pense plus à moi. » Imaginant soudain la vie élégante et agréable qu'il saurait donner à sa femme, elle eut à la fois un petit serrement de cœur et un mouvement d'envie. Un grand titre, un grand château, une grande table bien servie, toujours beaucoup de monde, beaucoup de robes nouvelles et de bijoux, et toujours beaucoup de projets faciles à réaliser. Certes, cette vie ne pouvait se comparer à celle que Landrecourt lui offrait avec son nom, son amour et la maison des Saules. « Dans un endroit pareil, se dit-elle, il faudrait s'aimer à la folie pour ne pas s'ennuyer », et, lentement, pensivement, elle regardait tour à tour la maison, le mur du potager et la campagne, lorsqu'elle aperçut dans les prés, à sa gauche, un grand chien noir qui s'approchait en flânant. Il était encore loin et ne l'avait peut-être pas vue, que déjà elle criait : « Va-t'en, va-t'en! » Mais au lieu de faire demi-tour, le chien se mit à accourir comme si elle l'eût appelé. En moins d'un instant il ne fut qu'à vingt pas.

Effrayée, elle se leva, retroussa tant bien que mal sa longue robe et se mit à fuir vers la maison tandis que le chien, qui était jeune, joueur et indiscipliné, la poursuivait en aboyant et en gambadant. Comme dans un cauchemar, plus elle courait, plus elle croyait voir la maison s'éloigner ; ses jambes faiblissaient, elle se crut perdue, rassembla toutes ses forces et appuyait enfin sa paume sur le bec-de-cane de la porte du salon, lorsque le chien qui l'avait rejointe, la bouscula un peu et, d'un chaud coup de langue, lui lécha le poignet. C'en fut trop. Elle entra, repoussa la porte et jeta des appels au secours comme si elle eût été encore poursuivie. « André! André! » cria-t-elle en traversant le salon et elle s'effondra, plutôt qu'elle ne s'assit, dans un des grands fauteuils du vestibule.

Landrecourt l'entendit, il abandonna Julietta sans un mot et se hâta de la rejoindre.

— Qu'avez-vous, ma chérie? Que vous est-il arrivé? lui demanda-t-il.

Les yeux fermés, haletante, une main sur le cœur et l'autre à son cou, elle se taisait. Il s'agenouilla devant elle et insista :

— Qu'avez-vous, ma chérie? Parlez. Qu'avez-vous? Que vous est-il arrivé?

— Ah! J'ai cru mourir, dit-elle enfin, un monstre noir, un chien énorme, un monstre m'a poursuivie.

Landrecourt, à ces mots, et peut-être pour la rassurer, éclata de rire.

— C'est Sultan, un des chiens de la ferme! Il rôde souvent par ici. Il est jeune et joueur, mais il n'est pas méchant. Ce n'est pas lui, ma chérie, c'est la peur qui vous a poursuivie.

Il oubliait qu'il faut toujours compatir aux raisons qu'une femme trouve de se plaindre et que rire de ces raisons, si mal fondées soient-elles, c'est lui tendre un miroir où elle se voit ridicule. Ses paroles produisirent donc sur Rosie un effet naturel : elle sursauta, se ressaisit et, blessée, répondit :

— Comment ? Est-ce vraiment tout ce que vous trouvez à me dire ? Eh bien! mon cher, je vous remercie. Quand j'aurai besoin de sympathie, ce n'est pas à vous que je viendrai en demander.

— Oh! supplia-t-il, vous ne m'avez pas compris, Rosie, je ne voulais pas vous blesser ; mon amour, je suis désolé.

Il fit un geste vers elle, mais elle le repoussa :

— Laissez-moi, écartez-vous un peu, vous me gênez, dit-elle.

Il se redressa ; elle se leva et, très calme, s'approcha de lui :

— Je ne vous donnerai plus l'occasion de rire de moi, ni de m'encourager à faire mes bagages, dit-elle, car dans moins d'une heure je serai prête à partir, et partir, cela veut dire que je serai prête à quitter cette maison pour n'y plus revenir.

Sur quoi, lui tournant le dos, elle monta prestement à sa chambre.

Landrecourt resta hébété, s'accusant de maladresse, soupirant et haussant les épaules, tantôt comme un homme excédé, tantôt comme s'il se préparait à tenter un effort. Sa nature le poussait à l'indulgence surtout quand il était blessé. « Les femmes sont la migraine de Dieu », pensa-t-il, et il eut à la fois mal à la tête et mal au cœur de ses

souvenirs. Un moment plus tard, portant les valises
de Mme Facibey, il frappait doucement à la porte
de sa chambre : « Ce sont vos valises, dit-il, avez-
vous besoin de moi ? » Une voix assez morne lui
répondit d'entrer, il ouvrit et regarda Rosie :
« J'étais nerveuse, je me suis mise en colère, pardonnez-moi », pria-t-elle.

Au contraire des hommes qui, pour éprouver le
plaisir des réconciliations, aiment et recherchent
les querelles d'amoureux, Landrecourt y voyait
la preuve de ce manque d'harmonie dont les conséquences, toujours tristes, conduisent à une rupture
ou à la résignation. « Ma chérie, lui dit-il à l'oreille,
prenons garde à ne pas nous blesser », et il la
serra si fort contre sa poitrine qu'elle balbutia :

— J'étouffe, vous m'étouffez.

— Pardon, fit-il, je suis maladroit. Nous passons
notre temps à nous demander pardon.

Elle lui dit alors qu'elle allait s'habiller et entra
dans le cabinet de toilette :

— Pas de bagages, déclara-t-elle, remportez
ces tristes valises, je ne partirai jamais. Vite un
bain, vite une robe, et nous irons déjeuner et nous
promener sans penser à rien qu'à bien nous amuser.

Landrecourt lui demanda s'ils penseraient aussi
au bonheur.

— Oui, oui, répondit-elle, nous penserons à
tout ce que vous voudrez, et, penchée en avant,
la main tendue sous le robinet qu'elle avait ouvert,
elle ajouta : Cette eau est glacée, vous pensez au
bonheur, mon chéri, mais vous avez oublié d'allumer le chauffe-bain. — Puis, se tournant vers
Landrecourt qui se tenait debout dans l'embrasure
de la porte, elle demanda : Que faisiez-vous pendant
que je me débattais seule contre une bête fauve ?

Il hésita :

— Je pensais à vous, répondit-il, je m'ennuyais.

Elle ne releva pas cette phrase malheureuse.

— Vous ne me gronderez pas si je suis en retard ? dit-elle.

Il prépara le feu, l'alluma, laissa Rosie à sa toilette et descendit au salon. Là, accoudé à la cheminée, il se regarda dans le grand miroir ovale et se trouva face à face, non pas avec un étranger, mais avec le seul être, croyait-il, qui pût le comprendre, lui répondre, et à qui il pût parler. L'inquiétude l'obligeait au dialogue : « Pauvre Rosie, pauvres nous, murmura-t-il. — Pourquoi lui as-tu menti ? répondit celui qu'il regardait dans les yeux. — Je ne l'ai pas fait exprès. Je ne me rappelais pas avoir oublié cette boîte. — Et depuis lors, tu ne fais que lui mentir et, par tes mensonges, la mettre dans son tort, et plus elle a raison d'avoir peur, plus tu lui prouves sa bêtise. — Et pourtant, je l'aime. — Et c'est l'autre que tu protèges. — L'autre ? elle a tout déplacé, tout désarticulé. — Tu lui en veux moins de hanter ta maison que d'occuper ton esprit. — Que faire ? — Il faudrait lui en vouloir davantage. — C'est un être mystérieux. — As-tu jamais pensé à Rosie comme à un être mystérieux ? — Mystérieux ? non. — Tu commences à désaimer ; tu es en désamour, mais vous êtes tous les trois parfaitement innocents. » Landrecourt tourna le dos à son image : « Pourquoi toutes ces questions et ces réponses ? se dit-il. Je suis préoccupé, c'est bien naturel, je déraisonne et voilà tout. »

Julietta oubliait ses projets de vengeance. Elle regrettait que Landrecourt fût victime de la confiance qu'il lui avait témoignée et qu'il souffrît d'une situation que le hasard avait imaginée pour elle. Que désirait-elle, à l'aube de la veille, quand il l'avait laissée seule dans la maison ? Comment aurait-elle pu se douter qu'il reviendrait le soir même d'un voyage qui, selon lui, devait durer des semaines ? Elle ne souhaitait alors que profiter d'une occasion de disparaître, de décourager le prince d'Alpen et de l'amener ainsi à rompre leurs fiançailles. S'il est vrai qu'aujourd'hui elle en demandait davantage, elle voulait surtout demeurer introuvable le temps de voir ses craintes s'abîmer dans le passé. Partir lui était impossible. Ce serait demain se retrouver face à face avec le prince et, par respect humain, lui céder ; ce serait donc se laisser emporter par un avenir que la chance lui permettait d'éviter en lui tournant le dos. Mais elle voulait aussi prouver à Landrecourt qu'il n'avait pas hébergé n'importe quelle voyageuse. Toutes ses pensées étaient celles d'une femme qui veut plaire.

Du haut des trois marches devant la lucarne du grenier, elle émiettait lentement et lançait dans la cour le reste des biscottes de son déjeuner. Deux oiseaux d'abord, puis davantage, puis un grand nombre, se mirent à tournoyer devant elle et à picorer sous sa fenêtre. Ce jeu l'amusait et la faisait rêver. Bientôt elle s'imagina capable d'attirer tous les oiseaux du voisinage et de leur apprendre des musiques nouvelles. Groupés, selon leurs voix, sur les branches des saules, elle dirigerait leurs concerts en tenant à la main un gâteau de Hongrie, fluet et long, saupoudré de sucre fin et fourré de graines de pavot. Voilà un miracle qui, certainement, étonnerait Landrecourt. Et sa fiancée, que dirait-elle en entendant ces chants ? Comment s'appelait-elle ? Et quand s'épouseraient-ils ?

Quand s'épouseraient-ils ? Assise à son miroir, Rosie finissait de se coiffer et se posait la même question. Son visage, qu'elle regardait, était celui d'une jolie femme, d'une femme aimée, d'une femme qui se laisserait aimer longtemps encore par Landrecourt s'il voulait bien ne pas trop lui parler de mariage. Elle l'aimait, elle l'épouserait, mais elle l'épouserait petit à petit. Parmi toutes les qualités qu'elle lui reconnaissait, elle admirait surtout la façon dont sa conscience et son cœur s'unissaient pour aimer, mais elle avait remarqué que ni ces qualités ni le charme de son esprit ne l'aidaient à se faire des amis parmi les gens dont elle avait choisi de s'entourer et elle regrettait qu'il n'attachât pas plus d'importance à la fortune et qu'il ne fût pas plus au courant des situations mondaines sur lesquelles reposent la vraie élégance et la vie de société. Il était charmant tête à tête mais, dans le monde, il la gênait un peu et elle l'épiait constamment pour voir si quelqu'un lui parlait. « Je l'adore et je le prouve, avait-elle dit un jour au prince d'Alpen, car il faut du courage pour aimer un homme que tout le monde ne connaît pas et que l'on doit sans cesse expliquer. — Cela prouve, lui avait répondu le prince, que l'amour seul ne vous suffit pas. Bien peu de femmes, du reste, s'en contentent, alors que les hommes ne demandent que cela. » Elle haussa les épaules au souvenir de cette réponse, puis elle jeta les yeux sur sa montre, mit son chapeau et sa voilette, sourit à son miroir et descendit retrouver Landrecourt.

— Je vous ai fait attendre, lui dit-elle, mais c'est votre faute et, selon son habitude, elle lui tendit ses deux mains qu'il baisa et retint un moment dans les siennes.

— Dès que vous êtes là, tout change, tout s'éclaire, fit-il. Vous apportez la lumière. Depuis un moment, je regardais cette pièce, je la trouvais fanée et maintenant que vous êtes là je n'en puis imaginer de plus fraîche.

— Fanée cette pièce? Oui, vous avez raison. Ces rideaux l'obscurcissent et tout ce bric-à-brac de meubles et d'objets démodés. Je sais comment je l'arrangerais, si vous me laissiez faire. J'enlèverais la plupart des tableaux, je ferais recouvrir les sièges d'étoffes claires et je mettrais aux fenêtres quelque chose de plus doux. Oh! je vois tout cela si bien! Là, là et là, je remplacerais ces lampes par de grandes lampes très gaies et, le soir, on y verrait aussi clair qu'en plein jour. Quelle transformation! Ce serait tout autre chose, je vous assure. J'adorerais arranger ce salon, j'en ferais une merveille. Vous ne le reconnaîtriez plus. Tel qu'il est, avouez-le, il ressemble un peu à celui d'un vieux savant. Mais je comprends que vous teniez à vos souvenirs.

— Oh! les souvenirs..., fit Landrecourt.

— Je suis de votre avis, approuva-t-elle, les souvenirs, au fond, j'ai horreur de cela.

Il parut ne pas entendre.

— Venez, venez, dit-il, dépêchons-nous, partons. Nous risquons d'arriver trop tard et de faire un mauvais déjeuner, et il l'entraîna.

Rosie remarqua les oiseaux qui tournoyaient au ras du sol, dans la cour.

— Oh! s'écria-t-elle avec inquiétude, regardez, André, qu'est-ce que c'est?

— Ce sont des oiseaux, répondit-il, puis il ouvrit la portière de la voiture et l'aida à monter.

— Mais que font-ils là? insista-t-elle. C'est mystérieux. Je n'aime pas ces oiseaux.

— Ils nous annoncent que le temps va changer, expliqua-t-il. Venez, Rosie chérie, venez.

— Jamais je n'ai vu tant d'oiseaux, dit-elle encore.

Landrecourt lui répondit que les oiseaux étaient un des charmes de la campagne.

Julietta qui, au bruit des voix, s'était écartée de la lucarne ne revint s'y pencher que pour s'assurer que la voiture était partie. Elle courut alors au potager et cueillit des brassées de fleurs et de branchages qu'elle déposa sur la table du vestibule. Puis elle fit le ménage au grenier, déversa des seaux de poussière dans un coin derrière la cour, et transporta chez elle des brocs d'eau et les fleurs. Ensuite, grimpant d'un meuble à l'autre elle décrocha des murs du salon les tableaux qu'elle aimait : le portrait d'un jeune homme triste adossé à une colonne élevée au crépuscule; celui d'une jeune femme fraîche et nouvelle comme la première rose du paradis terrestre et vêtue d'une robe en mousse de savon; celui d'un éléphant sur une plage ramassant, avec sa trompe, un grand châle jaune que le vent gonflait. Elle choisit aussi des paysages de montagnes et de cascades où l'on voyait tantôt un pâtre garder une chèvre au pied des monts, tandis que, dans son dos, des amoureux en promenade échangeaient un baiser doux et rond comme ceux qu'on se donne, le soir à dix heures, avant de franchir les portes de la nuit; tantôt un botaniste saluant un edelweiss; tantôt une jeune veuve tenant à la main le portrait miniature d'un capitaine et pleurant dans les cheveux de son petit garçon habillé en

militaire. Après avoir déposé tous ces tableaux chez
elle, Julietta transporta à grand-peine, du salon
au grenier les meubles et les objets dont elle avait
besoin pour faire de sa chambre un lieu baigné de
cet air irréel que l'imagination recherche dans la
réalité. Elle prit encore chez Landrecourt un châle,
un couvre-pieds, des objets de toilette et vola, chez
Rosie, des fards, du parfum et sa grande robe de
satin noir jetée là en travers du lit. Ainsi, avec autant de conscience que d'inconscience, autant
d'abandon que d'opiniâtreté travailla-t-elle pendant des heures à se faire une surprise. Bientôt les
tapis blancs semés de cailloux, de trèfles et d'initiales noires recouvrirent le plancher, les coussins
du salon garnirent les bancs qui longeaient la
muraille de caisses dont les avancées et les niches,
recouvertes d'étoffe, étaient décorées de vases pleins
de fleurs et de bustes sur des socles dorés. A la
tête du lit, dans l'alcôve-grotte, un guéridon supportait une lampe à pétrole, des coupes d'agate et
les mains de bronze tenant un livre ouvert. Le jour
tombant de la lucarne, du côté de la cour, éclairait
la table à écrire. Sous l'autre lucarne, encadrée
d'étagères en forme de pyramides, il y avait une
potiche d'où sortait un buisson de branchages
pareils à ceux qui s'élevaient de potiches semblables
et se faisaient pendant de chaque côté de la porte.
Les paysages, les portraits et deux miroirs étaient
accrochés aux murs à droite et à gauche de cette
porte. Orientée face au lit, une chaise longue de
rotin, drapée d'un châle de laine rouge, occupait
le centre de la pièce entre deux bibliothèques
tournantes. A droite de l'alcôve, un paravent
déployé en demi-cercle cachait le passage ouvert
sur le fond du grenier et abritait un ensemble rond
composé d'une table entourée par des sièges. A
gauche, sur un grand chevalet, un tableau très
touchant représentait un héros et son chien qui

se ressemblaient l'un l'autre comme des jumeaux : même poil, même expression courageuse, même famille probablement. Il était impossible de savoir lequel de ces deux personnages le peintre avait eu l'intention d'honorer. Julietta, à présent étendue sur la chaise longue, applaudit à la beauté de cette chambre qui ressemblait à un salon établi devant une grotte dans laquelle la couverture bleu pâle du lit avait la couleur des petits lacs de montagne. Le temps était maintenant nuageux, le vent soufflait, il faisait presque froid et, bien qu'il fît encore grand jour, l'heure déjà sentait la nuit.

« Il faut avant tout se faire regretter », pensa-t-elle en se rappelant que Landrecourt partait le lendemain. Elle aurait voulu l'inviter dans son rêve. Elle lui dirait : « — Faites comme chez vous », et il répondrait : « — Où suis-je? » Alors elle lui ferait signe de s'asseoir au pied de la chaise longue où elle serait étendue servant le thé à minuit. « — Où sont les heures? », demanderait-il. « — Mortes dans leur cage, dirait-elle, elles ne conviennent pas aux fleurs. » « Le thé à minuit? Ce soir même? Peut-être, se dit-elle, mais pour cela il faut que je m'habille. » Elle se leva, passa dans le débarras, fit sa toilette, revêtit la robe de satin noir de Mme Facibey, puis se poudra et, accoudée à la lucarne, se mit à émietter des biscottes aux oiseaux. Elle s'amusait de les voir tournoyer et picorer dans la cour quand l'arrivée de la voiture vint interrompre un plaisir où elle trouvait du repos.

— Oh! s'écria Rosie en descendant de voiture, oh! ces oiseaux sont encore là et pourtant le temps a changé.

Landrecourt, les bras chargés de paquets, feignit de ne pas entendre et marcha vers la maison.

— Que font-ils là? Pourquoi sont-ils toujours là? demanda-t-elle. Landrecourt les regarda avec indifférence :

— Ils aiment cet endroit, ils protègent la maison, ils annoncent la pluie, je ne sais pas au juste, répondit-il et il ajouta : Prenez mes clefs dans ma poche et ouvrez la porte, ma chérie, voulez-vous?

Elle ouvrit et, avant d'entrer, dit encore :

— Je ne les aime pas, ces oiseaux. Ils sont lugubres, ils me font un effet désagréable. Ils m'impressionnent.

— Allons, allons, petite fille, il ne faut pas avoir peur de tout, répondit-il, en la poussant dans la maison.

Leur journée, jusqu'alors, n'avait été qu'une suite de moments heureux. Rosie, pendant le déjeuner, s'était laissée convaincre de partir le lendemain, mais elle trouvait, déclarait-elle, le pays si joli, qu'elle regrettait de s'en aller.

— Vous en avez de la chance, avait-elle dit au

patron de l'auberge, j'aimerais bien habiter comme vous au bord de cette rivière.

Le patron lui avait répondu que l'hiver ce n'était pas très gai.

— L'hiver? s'était écriée Mᵐᵉ Facibey, mais l'hiver on voyage! On peut aller en Égypte, en Amérique du Sud ou aux Indes. J'ai même été l'année dernière dans une île dont j'ai oublié le nom, une île en pleine mer, où il fait chaud toute l'année. De nos jours les distances ne comptent plus.

— Quand on a de la famille... avait commencé l'aubergiste.

Landrecourt, qui avait craint alors d'avoir à écouter un long discours du patron, l'avait interrompu pour lui demander un journal.

— Nous ne recevons pas de journaux le dimanche, mais j'ai celui d'hier, si vous voulez le voir?

C'était un journal de province, daté du samedi matin, et Landrecourt n'y trouva pas une ligne concernant la disparition de Julietta.

Après leur déjeuner, qu'un long récit de Rosie sur la vie en Turquie avait prolongé jusqu'au-delà de quatre heures, ils achetèrent à l'auberge un poulet rôti, des laitues, du fromage et toutes sortes de bonnes choses fraîches pour leur dîner. « J'adore faire le marché au restaurant, n'avait cessé de répéter Rosie, c'est tellement plus simple et tellement plus vite fait. On a envie de tout. » Ils remontaient en voiture lorsque Landrecourt s'était écrié : « Ah! je savais bien que j'oubliais quelque chose, il nous faut des bougies. » Il appela : « Patron! Patron! s'il vous plaît », et comme Mᵐᵉ Facibey s'étonnait, il lui répondit qu'il voulait des bougies pour illuminer leur premier dîner à la maison des Saules. Au cours des années passées et toujours en compagnie de quelque jolie femme il était souvent venu dans cette même auberge et le patron, dé-

positaire de plus d'un secret, se réjouit d'une occasion de faire plaisir à un bon client avec qui il
était fier de se croire de connivence et apporta un
paquet de bougies.

Landrecourt n'était pas pressé de rentrer au nid
de ses inquiétudes. Il fit faire à Rosie une longue
promenade, voulut lui montrer les beautés et les
curiosités des environs et la fit entrer dans deux
églises renommées par des vestiges de dix siècles :
« Sortons vite, avait-elle dit, les églises se ressemblent toutes, je m'y enrhume toujours. » Alors il
l'emmena dans les bois où ils flânèrent à pied au
long de petits sentiers trop étroits pour la voiture.

Maintenant, fatiguée par le grand air, elle était
heureuse que la journée fût finie. Elle avait envie
de s'étendre, de se reposer près d'un feu, de prendre
un bain et de dîner au lit. Mais sa bonne humeur,
assombrie déjà à la vue des oiseaux, le fut davantage encore lorsqu'elle entra seule dans le salon
démeublé. Landrecourt déposait les paquets à
l'office.

— André! venez voir, André, venez, c'est
effrayant.

Il accourut.

— Vous avez été cambriolé, dit-elle.

— On le dirait, fit-il simplement.

— Il faut alerter la police, il faut appeler immé-
diatement, cria Mᵐᵉ Facibey en faisant de grands
gestes.

— Oh! répondit-il, à présent que le mal est fait,
ne nous inquiétons pas.

Loin de tranquilliser Rosie, cette réponse la mit
au désarroi.

— Vous êtes fou, vous ne vous rendez pas compte
du danger. Les voleurs sont peut-être cachés dans
la maison; les voleurs ou les assassins, j'ai horreur
de cela. Si vous ne voulez pas prévenir la police, je
la préviendrai, moi, je vais appeler à l'instant

même, vous m'entendez, et elle courut au téléphone.

Landrecourt, alors la saisit par le bras :

— N'en faites rien, dit-il, je vous le demande, je vous en prie, je vous le défends.

— Qu'avez-vous, André, fit-elle en se dégageant, votre attitude est invraisemblable. Je tiens à la vie si vous n'y tenez pas.

— Je m'excuse, Rosie, dit-il, ma plaisanterie est d'autant plus détestable que c'est votre frayeur qui me l'a inspirée.

— Si c'est une plaisanterie, répondit-elle, je la trouve mauvaise, bien que je ne la comprenne pas.

Landrecourt, de plus en plus habitué au mensonge, prétendit avoir, le matin même, appelé son ébéniste, un homme digne de confiance pour qu'il vînt prendre les meubles à réparer, les tableaux et les tapis à nettoyer.

— Nous n'avons fixé aucune date, dit-il et je ne me doutais pas qu'il viendrait aujourd'hui.

— Mais comment est-il entré? demanda Rosie. La porte était fermée il me semble.

— J'avais laissé la clef sur la porte de la cuisine.

— Vous saviez donc qu'il allait venir?

— Non, mais je me disais que ce n'était pas impossible et j'ai eu raison, vous le voyez, ma chérie.

Elle se tut, son regard montrait beaucoup de dédain et l'ombre d'un sourire n'effleura pas sa lèvre. Il la supplia :

— Comprenez-moi, c'est vous, mon amour, qui, tout à l'heure, en me disant : « Vous avez été cambriolé » m'avez donné l'idée de vous le faire croire.

Rosie refusa de pardonner. Elle se sentit victime d'une farce cruelle et, blessée, tourna le dos, traversa le salon, déclara qu'elle n'y remettrait jamais les pieds, et entra dans la bibliothèque. Landrecourt alluma le feu, éclaira les lampes et ferma les rideaux. Elle s'étendit sur un canapé,

devant la cheminée; il déposa sur ses genoux un
album d'anciennes photographies et alla préparer
le thé. Quand il revint, elle lui dit que ce n'était
plus l'heure du thé et qu'elle n'en voulait pas.

— Cela vous réchaufferait pourtant, conseilla-t-il.

— J'ai déjà trop chaud, fit-elle, et, du reste, je
veux un bain brûlant.

Il laissa la tasse qu'il venait de se servir, courut
allumer le chauffe-bain et redescendit à la bibliothèque dont la pluie et le vent battaient et secouaient
les fenêtres. Rosie, assez contente de sa mauvaise
humeur, soupirait, tournait distraitement les pages
de l'album et murmurait :

— Quel temps, quel temps, on se croirait au
bout du monde. Il me semble que j'ai cent ans!

Cependant, une photographie parut l'intéresser :

— Oh! ce pékinois et cette levrette habillés en
bourgeois! Qui est-ce? demanda-t-elle.

Landrecourt se pencha sur son épaule :

— Mes parents, répondit-il, et il lui retira
l'album.

Mme Facibey s'excusa avec beaucoup de sincérité :

— Les photographies sont menteuses, dit-elle.

— Mais vous êtes franche, répliqua Landrecourt.

Elle était désolée, néanmoins ce qui était dit
était dit et, cherchant à effacer l'impression malheureuse causée par cette remarque qui peinait
Landrecourt, elle l'embrassa, lui sourit, s'excusa
de s'être fâchée d'une amusante plaisanterie de
cambriolage et décida qu'elle prendrait volontiers
une tasse de thé. Puis ils parlèrent du temps, de la
mélancolie de l'automne et des pays du Nord où
il fait nuit pendant des semaines entières.

— De nos jours, une chose pareille ne devrait
plus exister, déclara Rosie. Des mois d'obscurité
complète! c'est de la barbarie! De quoi s'occupent
les savants, je vous le demande?

Triste il remarqua que ce genre de propos, auxquels l'ignorance d'une femme aimée peut prêter
une drôlerie liée au fantastique, avaient perdu le
charme qui l'avait tant séduit et, contrit, il se fit
l'aveu de n'être plus amusé. Loin de considérer
ce changement d'humeur comme une preuve de
lassitude ou de déclin de l'amour, il le porta sur le
compte d'une obsession qui le poussait à la mélancolie et sur celui d'une angoisse qui affectait son
jugement et ressemblait à ces douleurs trop vives,
ou à ces fièvres, dont l'effet est, non seulement, de
nous interdire le plaisir mais encore de nous le
montrer sous un jour écœurant. Ainsi, persuadé
que sa passion pour Mme Facibey demeurait in-
tacte, au-delà de circonstances contraires à leur
bonheur, il ne doutait pas du retour de ces émotions violentes et ténues qui s'élèvent d'un baiser, d'une parole ou d'un pas et prouvent à tout
l'être que l'amour est vivant. Mais, en dépit de
ces raisonnements, il était obligé de s'avouer que
Rosie avait, momentanément, perdu les signes
particuliers qui assuraient le triomphe de sa séduc-
tion et qu'elle en montrait d'autres, plus évidents
aujourd'hui, qui détruisaient sa personnalité en
la vulgarisant. Se rappelant, néanmoins, qu'il suffit
à certains hommes d'avoir vraiment aimé une
femme pour continuer à l'aimer du même cœur
mais d'une autre manière et sachant qu'il existe
des couples étroitement liés par les seuls souvenirs
d'une passion autrefois partagée, il se dit : « J'aime
Rosie pour toujours parce que je l'ai aimée », et
il trouva de la beauté dans ce qu'il pensait là.
Cependant quelque chose encore le contrariait :
pourquoi croyait-il mieux connaître Mme Facibey
depuis qu'il lui mentait ? « Est-il possible que nos
mensonges nous éclairent sur autrui ? » se demanda-t-il. Landrecourt était alors privé de jugement.
Rosie l'agaçait parce qu'il était las de lui donner

tort quand elle avait raison et s'il lui en voulait
de l'obliger à mentir c'est qu'il oubliait des circonstances dont il était responsable.

Certes, il n'aimait pas Julietta et lui reprochait
le trouble qu'elle apportait dans sa vie, mais
pourquoi ne l'accusait-il pas de détruire à ses yeux
l'objet de son amour ? Elle le faisait souffrir de
tout ce qu'hier encore il chérissait en une femme qui
maintenant, victime de leur complicité, portait
son naturel comme le pire défaut. Il maudissait
Julietta et pourtant son angoisse était plus forte
que sa colère. « Mon bonheur, mon honneur, mon
avenir, elle tient tout cela entre ses mains, se dit-il,
elle me prend tout ce que je lui refuse », et elle lui
apparut armée et désarmante comme le hasard
et comme une enfant. En cet instant il l'imagina dans le grenier obscur, seule et s'ennuyant
désœuvrée par la nuit. Seule et s'ennuyant il crut
la voir sortir de sa cachette et courir pieds nus de
chambre en chambre, à la recherche d'une bougie,
ou descendant à l'office et fouillant les placards.
Rosie allait-elle tout à l'heure la rencontrer dans
le vestibule ? Que se passerait-il entre elles ? Il
n'aurait pas un mot à dire ; il serait muet pour
toujours et elles s'en iraient, chacune de leur côté,
le laissant solitaire à son bord dans sa maison nau-
fragée qui sombrerait dans les flots du mensonge,
de l'absence et de l'oubli.

Pendant qu'il prévoyait ces événements il tenait
la main de Rosie et regardait dans le foyer un amas
de braises d'où s'élevait un buisson de petites
flammes bleues. « Le feu se meurt », dit-il et il se
pencha vers le panier à bois pour y prendre des
bûches, mais elle l'en empêcha.

— Oh! non, mettez plutôt le garde-feu, il est
temps de monter, et comme il l'aidait à se lever,
elle soupira et dit :

— Je suis fatiguée, c'est le grand air, sans doute.

— C'est le grand air. Oui, c'est cela. Vous irez de votre bain dans votre lit et nous dînerons dans votre chambre. Ce sera plus intime qu'en bas.

— Surtout depuis le passage de l'ébéniste, répondit-elle gaiement.

En traversant le salon, Landrecourt se vit passer au loin dans le miroir. Il crut entendre : « Le désamour », et il hâta le pas.

Mme Facibey, sur le seuil de sa chambre, eut un geste de lassitude et se cacha le visage dans ses mains.

— Oh! quel désordre, dit-elle. Il est vrai que nous n'avons guère eu le temps de faire le ménage.

— Ne vous inquiétez pas, laissez-moi le plaisir d'être votre femme de chambre, lui répondit Landrecourt. Quand vous aurez fini votre toilette, il n'y aura plus de désordre et le dîner sera prêt.

Dès qu'elle eut refermé sur elle la porte de la salle de bains, il tira les rideaux et descendit s'occuper du dîner. Mais qu'il ouvrît les paquets à l'office, qu'il préparât les plats ou mît le couvert au pied du lit de Mme Facibey, chacun de ses mouvements montrait plus de résignation que d'allégresse. « Et ma bête fauve, il faut aussi qu'elle mange, pensa-t-il, sinon elle dévorera Rosie et moi et la maison comme elle a déjà dévoré la moitié du salon. C'est un monstre que j'abrite sous mon toit. »

Il contempla la table avec assez d'ironie et s'adressant à Rosie à travers la porte, il lui dit : « Un vrai dîner d'amoureux. »

Puis, profitant de ce moment de liberté qui lui permettait d'aller enfin porter secours à Julietta, il prit les bougies qu'il n'avait achetées que pour elle

et frappait à sa porte lorsque des appels furieux
de Rosie le contraignirent à revenir sur ses pas.
Il posa le paquet de bougies sur le carreau du
palier et redescendit en courant.

Debout drapée dans son peignoir, le dos à la
coiffeuse, elle l'attendait courroucée :

— Je vous prends à témoin, dit-elle, mon rouge,
ma poudre, mon parfum ! Vous n'allez pas me
répondre que l'ébéniste est venu les prendre pour
les réparer ?

Landrecourt se pencha sur la coiffeuse sur-
chargée de flacons, de boîtes et de fards.

— Mais tout est là, dit-il, il ne vous manque
rien. Et alors ?

— Comment, et alors ? Comment, tout est là ?
répondit-elle au comble de l'impatience et, sai-
sissant un flacon, plusieurs tubes de rouges et une
boîte de poudre, elle continua, montrant tour à
tour chacun de ces objets : Ceci n'est pas mon parfum, mais mon eau de toilette, vous comprenez ?

— Ah ! fit Landrecourt.

— Et ceci, ce sont mes rouges du jour, vous
comprenez ?

— Ah ! fit-il encore.

— Et cela, c'est ma poudre du soir, mais ma
poudre du jour, mon rouge du soir, mon parfum...

— Du jour, dit-il avec un air d'avoir compris.

— Vous vous moquez de moi, s'écria-t-elle,
c'est trop fort.

— Pardon, supplia-t-il, et il voulut la prendre
par la taille, mais elle s'écarta.

— Je veux partir, dit-elle, je veux partir à
l'instant même.

— Voilà qui me convient tout à fait, répondit
Landrecourt, habillez-vous et nous partons.

— Que cela vous convienne ou ne vous convienne
pas, je partirai, fit-elle, mais écoutez-moi bien,

André, je ne partirai pas avant d'avoir retrouvé mes objets.

— Êtes-vous sûre qu'ils ne sont pas restés dans vos valises? Dans votre nécessaire?

— J'en suis certaine, certaine, je vous l'affirme. Et du reste où est-il mon nécessaire? Où sont-elles mes valises? J'en ai besoin, vous comprenez?

— Vos valises sont à la lingerie, ne vous impatientez pas, Rosie, je vous les apporte tout de suite.

— Débrouillez-vous comme vous voudrez, conclut-elle, et elle claqua la porte sur les talons de Landrecourt qui, tête basse, monta chez Julietta et entra sans frapper.

Il se heurta aux ténèbres, s'arrêta, puis s'avança lentement sur le pâle chemin de lumière que l'éclairage du palier projetait dans la pièce entre deux haies obscures. Julietta invisible, étendue sur la chaise longue, balbutia comme quelqu'un qui s'éveille ou s'étire :

— Vous pourriez frapper avant d'entrer.

— Rendez-moi ce que vous avez volé, dit-il.

— Je n'ai rien volé, je n'ai fait que transporter des meubles. Bien peu de choses, je vous assure.

— Nous reparlerons de cela plus tard, répondit sèchement Landrecourt. Pour le moment, je ne vous demande que le rouge du jour, la poudre du soir, le parfum...

— De l'aube, continua Julietta.

— Vous vous moquez de moi, c'est trop fort.

— Mais non, fit-elle, je supposais.

— Rendez-moi tous ces objets, vite, vite.

— Vous me les rendrez?

— Oui, oui, je veux dire, non, non, répondit-il.

Julietta, allongée à deux pas de Landrecourt qui, dans le pâle chemin de lumière, la cherchait des yeux, lui demanda :

— Vous souffrez?

— Oui, je souffre. Rendez-moi ces objets.

— Eh! bien, voyez là sur la table, là, tout près, à votre droite, vous n'avez qu'à tendre les bras. Elle se tut, puis répéta : Tendre les bras, là, là, tendre les bras.

A tâtons, il mit la main sur le rouge :

— Le rouge, dit-il.

— D'hier, précisa Julietta.

— Voici la poudre.

— D'avant-hier.

— Et le parfum.

— Des jours passés.

— Et mon briquet, fit-il encore en le mettant dans sa poche.

— Oh! à propos de briquet, ne pourriez-vous m'apporter de quoi m'éclairer? Je m'ennuie dans le noir. Pensez à moi.

Landrecourt déjà s'en allait :

— Chut, chut. Penser à vous? Hélas! vous m'y forcez. J'y pense malgré moi. Prenez les bougies, elles sont sur le palier et il referma la porte, mais elle l'ouvrit aussitôt et, à voix basse, demanda :

— Eh! eh! des allumettes.

Il hésita à remonter, puis, craignant de s'être trop attardé, trouvant imprudent de prolonger son absence, il courut à la lingerie, jeta les objets retrouvés dans le nécessaire de Rosie et le lui apporta ainsi que ses valises. Assise à sa coiffeuse dont elle tapotait le rebord avec son peigne, elle se retourna brusquement.

— Eh bien, fit-elle?

— Eh bien! voyons, répondit-il. Il posa le nécessaire sur le sofa, la laissa y chercher elle-même et, se tenant à l'écart, épia l'expression de son visage qui, au fur et à mesure qu'elle retrouvait ce qu'elle croyait perdu, montrait de moins en moins de colère et de plus en plus de confusion. Elle resta un moment, tête penchée, sans rien dire, sans oser ni bouger, ni parler, ni surtout regarder Landrecourt qui se taisait aussi. Quand enfin elle se redressa ce fut pour aller se réfugier dans ses bras et tendre à ses baisers un visage empreint de gêne et de repentir :

— Je suis impardonnable, mais je n'ai pas l'habitude de m'occuper moi-même de mes bagages, j'oublie la moitié des choses. Vous ne m'en voulez pas ? demanda-t-elle.

— Comment pourrais-je vous en vouloir, mon amour ? Je voudrais m'être trompé, croyez-moi. Dans certains cas rien n'est plus cruel que d'avoir raison, et souvent du reste ce n'est qu'une apparence.

D'un doigt sous le menton il l'obligea à le regarder en face. Attendri, conscient de ses torts, déplorant tout ce qui, depuis vingt-quatre heures, se passait en lui et chez lui, il fut porté vers elle par un élan passionné qui le ramena aux premiers temps de leurs amours et leur ouvrit un moment de silence.

— Je ne veux plus voir ces affreuses valises, dit-elle un peu plus tard. Maintenant que nous sommes réconciliés, je meurs de faim. Dînons, dînons, que la table est jolie ! Comme c'est bien arrangé ! Il ne manque que les bougies.

— Ah ! oui, c'est vrai, les bougies, je vais les chercher. Appelez-moi sitôt que vous serez habillée.

— Habillée ? Pourquoi ? Je ne m'habille pas pour dîner au lit.

— Vous ne voulez plus partir ce soir ?

— Oh ! non, ce serait trop triste, j'aurais l'impression que vous m'en voulez encore. Nous partirons demain, demain matin. C'est convenu. Maintenant je vais me faire belle. Allez vite, mon chéri, et revenez sans me faire attendre.

Il sortit, remporta les valises et retourna pres-

tement chez Julietta qu'il trouva sur le palier
tenant dans ses bras le paquet de bougies qu'elle
berçait comme un enfant.

— Que faites-vous là ? lui demanda-t-il.

— J'écoutais les murmures, dit-elle.

— Donnez-moi deux bougies.

Elle n'y consentit qu'en échange d'une boîte
d'allumettes. Il accepta, leurs mains se frôlèrent
et il en fut troublé. Julietta insista pour allumer
les deux bougies qu'il allait emporter et lui dit :

— Vous vous amusez. Vous êtes deux. Moi je
suis seule et désœuvrée. Être la lumière de votre
soirée est une occupation qui me plairait.

— Vous en êtes l'ombre.

— L'ombre ? J'aime bien cela.

— Ne pouvez-vous me laisser seul ?

— N'oubliez pas que je meurs de faim, répondit-elle.

— Comme toujours. Patientez encore un peu.
Vous ne comprenez pas que je deviens fou ?

— Vous parlez comme ma mère, remarqua
Julietta.

— Votre mère ? Je vous croyais seule au monde.
Je croyais qu'au monde vous n'aviez que moi ?

Et sans attendre sa réponse il redescendit les
yeux fixés sur les deux petites flammes qui lui
faisaient penser aux mains de Julietta.

Rosie, dans son lit, souriait :

— Pourquoi deux bougies seulement ? demanda-t-elle tandis qu'il les plaçait dans les bougeoirs
de la cheminée qu'il posait ensuite sur la table.
Nous en avions acheté six, huit, dix, je crois ?

— Oui, dix, mais dix ce serait trop.

— Trop ? Pourquoi ?

— A cause de la chaleur, rien ne chauffe autant
que les bougies.

— Quoi ? fit-elle.

Les sourcils froncés, l'esprit, semble-t-il, perdu,

ou seulement égaré, aux confins de sa pensée, elle
se mit à manger sans paraître goûter les morceaux
de poulet qu'elle portait à sa bouche. Le dîner se
poursuivit ainsi pendant un long moment. Landrecourt ne parlait pas et Rosie était absente.

— C'est drôle, fit-elle tout à coup, comme
certaines de vos remarques me rappellent celles,
qu'étant enfant, j'entendais faire à de vieilles
gouvernantes, de vieilles dames de province, des
religieuses et toutes les personnes enfin qui ont la
manie des dictons et des recettes. « Rien ne chauffe
autant que les bougies. » En entendant cette phrase,
j'ai retrouvé le parfum de la tisane des quatre
fleurs et senti l'odeur des feuilles d'eucalyptus qu'on
faisait bouillir dans ma chambre quand j'étais
enrhumée. C'est à croire que vous avez été élevé
par des personnes âgées, des personnes d'un autre
temps.

— Agées? Non. Quant au temps il est indi-
viduel, ce n'est pas une question d'époque, c'est,
à mon sens, une réalité tout à fait personnelle qui
est la raison même des distances, parfois infran-
chissables qui séparent l'un de l'autre des êtres
vivant au même moment. On se joint mais il est
rare qu'on se rejoigne. L'amour applaudit à tout
espoir, à tout projet d'avenir, à tout désir de rap-
prochement; il crée un temps pour deux, un temps
provisoire qu'il nous incite à croire durable et qui,
en se dissipant un jour, rétablit les positions, nous
rend le sens de la perspective et nous permet de
voir, de notre place, dans notre temps, une personne dont la vision seule, dans la proximité d'une
distance quelconque, accroît encore notre isolement. Et pourtant il suffit aux gens de vivre avec
quelqu'un pour ne plus se croire isolés et ils préfèrent les querelles ou la résignation au manque de
compagnie. Être incompris les grandit à leurs
propres yeux et leur permet de se plaindre, ce qui,

vous le savez, est toujours un plaisir. Cependant
il arrive que des êtres de temps voisins c'est-à-dire
de temps de même nature se rencontrent et...

— Eh ! bien, vous n'êtes pas gai, interrompit
Rosie, et si c'est le résultat de ma réflexion sur vos
bougies chauffantes j'aurais mieux fait de me
rappeler que le silence est d'or. Remarquez du reste
que j'ai commencé par me taire. André chéri, j'ai,
comme tout le monde, pensé mille fois à ce que vous
venez de dire. C'est banal comme de l'eau de roche
et voilà pourquoi ce n'est pas amusant. Je préfère
les roses aux inquiétudes. Vous voyez donc que je
peux, moi aussi, regarder un mystère en face. Si je
passais mon temps à me sentir dans une situation
désespérée je n'aurais envie de rien et je dirais,
comme d'autres : « A quoi bon. » Si c'est une façon
de faire des économies, ce n'est certes pas avec des :
« A quoi bon », qu'on fait marcher le commerce. Je
ne veux pas me citer en exemple, mais, moi, j'ai
toujours envie de quelque chose, ce qui a l'avantage
de donner à mes amis l'occasion de me faire plaisir.
Je ne saurai jamais, au juste, ce que c'est que la
vie mais je sais que j'aime beaucoup de gens et
beaucoup de choses qu'on ne trouve pas ailleurs.
Quant à ces fameuses distances, dont vous parlez
comme d'une source de souffrance, je les bénis au
contraire car j'ai plus souvent envie, je vous l'assure,
de m'éloigner des gens que de les voir se rapprocher
de moi. Les hommes sont si familiers. « Gardez vos
distances. » On ne vous répétait pas cela, dix fois
par jour, quand vous étiez enfant ? Je ne puis croire
que nos parents et nos gouvernantes nous aient
inculqué ce principe en riant, en se pourléchant et en
se frottant les mains dans notre dos, à l'idée que
plus tard nous en serions victimes. Et quant à se
sentir seul, et quant à craindre la solitude, c'est
toujours la preuve qu'on vieillit et c'est l'âge qui
nous fait peur. Pourtant nous devrions y être

habitués. Vous, mon chéri, vous raisonnez déjà
comme un vieillard. Je m'attends d'une minute à
l'autre à vous entendre dire : « Si jeunesse savait,
si vieillesse pouvait. » Eh! bien merci, ce serait du
joli! Si jeunesse savait? Il n'y aurait plus que des
vieux sur terre et c'est pourquoi les jeunes se défient,
instinctivement, de l'expérience de leurs aînés.
Chaque fois que j'ai ouvert un livre de philosophie
j'ai pensé : « Mon Dieu qu'il doit falloir être vieux
pour écrire des choses pareilles. » Ces livres-là sont
très dangereux : pendant qu'on les lit on se croit
intelligent et puis, crac, quand on les referme,
adieu jeunesse, on a cent ans. André, j'en parle en
connaissance de cause : une de mes amies s'y est
laissée prendre. Je la quitte un lundi, oui un lundi,
elle avait gagné l'avant-veille un million au Casino,
elle était fraîche, légère, elle parlait de l'amour,
elle avait des sentiments à revendre. Je la retrouve
le samedi, oui, c'est cela, vendredi, samedi et,
dès que j'entre chez elle, je vois qu'elle n'est plus
la même. Il est vrai qu'au lieu d'être en train de
téléphoner, elle tenait un livre. Je me suis dit :
« C'est drôle comme ça la change. » Alors je lui ai
demandé si elle avait été malade ou si la lecture
lui avait fatigué les yeux. Elle me répondit : « Non,
mais j'ai compris. — Qu'est-ce que tu as compris?
— J'ai compris que nous vivons comme des imbéciles
et qu'il y a autre chose... » Je lui ai répondu :
« Prends garde, ma chère, tu es perdue. Ne pense
à rien si tu veux, mais ne pense pas à autre chose. »
Elle a haussé les épaules et m'a tourné le dos.
Résultat? Vous voulez connaître le résultat?
D'abord, à force de nous faire sentir que nous étions
des imbéciles, elle a lassé la patience de ses amis;
maintenant nous la fuyons et ses enfants ne parlent
d'elle qu'en disant : « Notre pauvre mère. » Beau
résultat. A mon avis, les penseurs, les philosophes
n'ont jamais rien prouvé sauf qu'ils se font des

idées, et des idées dont ils croient qu'elles sont bonnes. Moi je préfère ne pas y goûter ; je préfère ne pas comprendre. Ai-je raison ?

Landrecourt en l'écoutant avait ri plusieurs fois, moins de ce qu'elle disait que de sa bonne humeur qui s'alliait si bien à la simplicité de ses propos. Il aima sa franchise et répondit :

— Oui, vous avez raison.

C'était la première fois qu'il avait l'air heureux depuis leur arrivée à la maison des Saules.

— Je vous retrouve enfin, lui dit-elle et comme si elle éprouvait du plaisir à la pensée qu'ils étaient seuls, dans cette maison déserte, et libres d'y faire naître des moments que l'amour aime à prolonger, elle ajouta : Vive la solitude.

Un peu plus tard, en réponse à une question qu'elle lui posa sur son adolescence il lui raconta ses farces de collégien, ses histoires de régiment et lui parla d'un voyage qu'il avait fait en Norvège avec sa première vraie maîtresse.

— Vous en aviez donc de fausses ? dit-elle.

— Comme tout le monde, répondit-il.

Ils se mirent à rire et Landrecourt, soudain, s'aperçut qu'il pensait à Julietta. Il retrouva le trouble que lui avait causé le frôlement de leurs mains, il devint songeur et Rosie lui demanda :

— A quoi donc pensez-vous ?

— Je pense à notre voyage, dit-il.

— Et moi je me demande où Hector ira en voyage de noces. Il ne m'a même pas décrit sa fiancée, est-ce drôle ? J'ai hâte de la voir et, pourtant, je suis sûre que nous n'aurons rien à nous dire : elle ne connaît personne.

Elle tendit la main vers sa table de chevet pour y prendre son paquet de cigarettes, et ne le trouva pas :

— Mes cigarettes ont disparu, s'écria-t-elle.

— Je les ai distraitement emportées chez moi,

tenez, voici les miennes, répondit Landrecourt, qui lui donna sa belle boîte où scintillaient les étoiles de leur ancien firmament.

Alors pendant qu'elle fumait et continuait de parler du mariage du prince d'Alpen, il transporta la table et les plateaux chargés de plats à demi vides. Elle lui proposa de l'aider.

— Non, non, dit-il ne bougez surtout pas, je vais ranger tout ceci et je reviens dans un instant.

Il disparut dans le corridor, disposa vivement sur un plateau les restes du dîner et monta chez Julietta. Assise à sa table elle écrivait.

— Venez, venez donc, dit-elle.

Immobile, il avait, en regardant autour de lui, le visage stupéfait qu'aurait probablement un homme qui se trouverait tout à coup transporté de la misère en un lieu enchanté. Il oublia Rosie, perdit le sens du danger et la stupeur le priva de sentiments. Julietta s'approcha de lui lentement comme pour ne pas l'éveiller et lui retira des mains le plateau qu'il portait.

— Vous êtes ému ? dit-elle, puis voyant qu'il ne pouvait parler, elle reprit : Oui, c'est très beau, je le sais, oui, c'est bien et avec les pauvres moyens dont je dispose, et toutes les difficultés que je rencontre, ce n'est guère facile, je vous assure. Je suis ma fantaisie, conclut-elle et elle posa le plateau sur une table.

— Non, vous êtes ma fantaisie, murmura-t-il assez bas pour qu'elle ne puisse l'entendre.

Ce n'était plus la pièce, c'était Julietta que Landrecourt regardait à présent. Lente et pieds nus, qu'elle était gracieuse et belle dans cette longue robe noire qui tombait autour d'elle et se mouvait paisiblement au rythme de son pas ! Qu'elle était touchante et mystérieuse dans cette chambre surgie avec elle des profondeurs de l'inconnu.

— Voleuse, lui dit-il.

— Voleuse? répéta-t-elle en se retournant, est-ce tout ce que vous trouvez à me dire?

Il vint à elle et d'un doigt lui toucha l'épaule:

— Cette robe, vous l'avez volée, rendez-la-moi, ordonna-t-il.

— Elle traînait dans une chambre, elle avait l'air oublié, répondit Julietta.

— Rendez-la-moi, répéta Landrecourt.

Mais elle s'y refusa:

— Jamais, jamais, dit-elle, je n'ai pas d'autre robe pour m'habiller le soir.

Plusieurs feuillets recouverts d'écriture étaient étalés sur la table à écrire. Sans le vouloir il lut: « Julietta. Chapitre premier. Pour bien inventer il est prudent de ne rien savoir. »

— Rendez-moi cette robe tout de suite, je vous le conseille, ne m'obligez pas à la prendre de force et, à ces mots, il tira sur un des pans de la ceinture qui se dénoua et tomba à terre.

Julietta recula d'un bond.

— N'insistez pas ou je crie, allez-vous-en, je vous le conseille.

Après quoi virevoltant de table en table elle souffla les bougies.

— Bonne nuit, dit-elle, la soirée est finie.

Mais Landrecourt qui l'avait suivie dans chacun de ses mouvements la saisit à bras-le-corps.

— Lâchez-moi, fit-elle.

— Je veux cette robe, rendez-la, répéta-t-il.

Elle résista, se débattit et sentant qu'elle perdait la bataille, ne trouva pour triompher d'autre moyen que de pousser un très long cri strident. Landrecourt aussitôt lâcha prise. Il courut dans l'obscurité jusqu'à la porte, sous laquelle passait un rai de lumière venant du palier, se sauva les mains vides et trouva Rosie sur le seuil de sa chambre.

— Un cri! Un cri! Quelqu'un a crié! Avez-vous entendu?

Landrecourt cachait son émotion sous un sourire :

— Quoi ? quoi ? Vous n'allez pas me faire croire que vous avez eu peur, dit-il. Les chouettes dans ce pays-ci sont nombreuses et crient si fort que parfois elles m'éveillent la nuit.

Il enlaça Rosie, lui appuya la tête contre son épaule et lui caressa la joue.

— Quel cri lugubre, effrayant ! dit-elle.

— Oui, effrayant. Le cri des chouettes fait peur à la plupart des gens qui n'ont pas l'habitude de vivre à la campagne.

— Mais cette chouette, pourquoi criait-elle ?

Il hésita :

— Oh ! fit-il, elle avait dû voir un rat.

— Quoi ? un rat, un rat, il y a des rats ici ? et, les bras au ciel, elle s'enfuit, se jeta sur son lit, prit un oreiller et se l'appliqua sur le visage.

Landrecourt la suivit, il vint s'asseoir à côté d'elle et essaya de la raisonner.

— Retirez cet oreiller, ma chérie. Un rat, un rat, je voulais dire une souris, une chauve-souris peut-être, une lumière ou, simplement, une étoile.

Mais Mme Facibey, le visage toujours caché, récitait : « Des rats, des souris, des chauves-souris, des gouttières, des orages, un chien, un ébéniste, un cri, tout cela est affreux. »

En haut, dans sa belle chambre, Julietta avait rallumé les candélabres et, la conscience à peine troublée, dînait paisiblement devant son alcôve, cependant que Rosie, lasse d'avoir toujours tort, cherchait maintenant à blesser Landrecourt.

— Je comprends, dit-elle, que les gens civilisés ne veuillent pas habiter la campagne.

— Quel mauvais souvenir vous garderez de cette maison, Rosie. J'ai eu tort, j'ai eu grand tort.

— Cette maison ? reprit-elle, oh ! vous savez ce

que j'en pense : avec des meubles clairs et des salles de bains modernes, j'aurais vite fait de la transformer en une habitation charmante, comme il y en a beaucoup. Cela m'amuserait, mais telle qu'elle est, André, j'avoue qu'elle ne me convient pas.

— Moi, répondit-il sur le ton de la récitation, je rêve d'une grande pièce dans laquelle s'élève une muraille nocturne couverte de clématites et d'autres plantes grimpantes. Contre cette muraille, parmi les fleurs, je vois des bustes sur leurs socles dorés. Le tapis blanc est parsemé de petits cailloux de lapis-lazuli; des bouquets de feuillage encadrent la porte et des bouquets de fleurs sont posés sous les fenêtres. La lueur des chandelles accroît la profondeur des ombres et place la chaise longue, drapée de cramoisi, dans un îlot de lumière et...

— Dans quel livre avez-vous lu cela? interrompit Mᵐᵉ Facibey, dont les yeux s'étaient arrondis au fur et à mesure que Landrecourt parlait. Pour rien au monde je ne voudrais vivre dans un endroit pareil. Une muraille nocturne! Et des chandelles qui augmentent la profondeur des ombres! Les bougies, c'est parfait quand on est gai, mais quand on est triste et qu'il fait froid et qu'il pleut, à la campagne surtout, je préfère de beaucoup la lumière électrique.

Il lui caressa les paumes et les baisa tour à tour :
— Bonsoir, mon amour, dit-il. Hier, vous me chassiez et, ce soir, c'est moi qui sagement me retire. Pensons à demain. N'oubliez pas que nous partons de bonne heure.

— Levons-nous plus tard et restez encore un peu. Non?

— Non. Vous êtes nerveuse et je suis fatigué. Les belles soirées nous attendent en voyage. Bonsoir, mon amour, reposez-vous. Dormez bien.

Il descendit à l'office les plats vides du dîner,

remit tout en ordre et fut tenté, en remontant, d'aller passer un moment auprès de Julietta. Il leva les yeux, avança de trois pas vers l'escalier qui conduisait à sa belle chambre, puis il soupira profondément, fit demi-tour et rentra chez lui.

Landrecourt dormait depuis lontemps lorsque des appels l'éveillèrent. Il se leva sans hâte, revêtit sa robe de chambre et prenait une couverture et un oreiller lorsque Rosie entra.

— André, j'entends des tic... tic... tic... et des tac... tac... tac..., un grondement, un bruit de roulettes, commença-t-elle.

— Il y a du vent, ce sont probablement les girouettes, répondit-il, mais ne cherchons pas à savoir et ne m'expliquez rien. Vous voyez, ma chérie, je suis tout équipé pour dormir à vos pieds.

— Mais...

— Mais, coupa-t-il, vous avez pris l'habitude de la peur et voilà tout. Vous n'y pouvez plus rien.

Rosie, piquée par cette froideur, se recoucha sans souffler mot. Il s'étendit sur le sofa, elle éteignit les lumières et d'une voix basse et persifleuse, se mit à réciter : « Fantôme, tonnerre, gouttière, chien, oiseaux, ébéniste, chouette, rats, souris, girouette, est-ce bien tout ? J'en ai assez. J'en ai même trop. »

Landrecourt ne se rendormit qu'à l'aube et ne se réveilla qu'à l'heure où ils auraient dû se mettre en route. Néanmoins il se garda d'éveiller Rosie, sortit de chez elle sur la pointe des pieds, retourna à sa chambre, ouvrit les fenêtres toutes grandes

et respira largement l'air de ce matin pluvieux.
Puis il fit sa toilette et revint à la fenêtre. Sultan,
au milieu de la cour, croquait quelque chose.
« Sultan, Sultan », appela-t-il doucement. Le chien
le regarda. « Bon chien, tu me regardes », dit-il
encore mais Sultan se détourna pour ramasser
la carcasse du poulet qui venait de tomber à quelques pas de lui. Landrecourt hocha la tête, ferma
la fenêtre et monta chez Julietta.

Habillée du costume qu'elle portait en voyage,
elle était debout sur les trois marches de la lucarne
et lançait au-dehors les restes de son dîner. Elle
n'entendit pas arriver Landrecourt, qui s'approcha d'elle et lui toucha le bras.

— Oh! vous, fit-elle, je ne vous attendais pas.

— Les os de poulet sont mauvais pour les chiens,
dit-il, et, comme il lui tendait la main pour l'aider
à descendre, il ajouta : Appuyez-vous.

La chambre de Julietta sentait les fleurs et le
bois. Un souffle de vent, entrant par la lucarne,
mêlait à ce parfum l'odeur des prés humides et
des brumes matinales de l'arrière-saison. Landrecourt ne voulait pas regarder Julietta et ne pouvait cependant regarder rien d'autre. Ses yeux se
portèrent sur le plateau du dîner où ne restait
qu'un peu de pain et de beurre.

— Pain pour les oiseaux, dit-elle.

— Avez-vous bien dîné? demanda-t-il.

— Oui, bien dîné, bien petit-déjeuné aussi. Vous
voyez, les plats sont vides, mais la solitude change
le goût des choses.

Elle s'étendit sur la chaise longue et Landrecourt
qui avait refusé d'obéir au geste qu'elle lui avait
fait de s'asseoir, se tint debout devant elle, prit
son souffle et commença :

— Il faut en finir, lui dit-il gravement.

— C'est mon avis, répondit Julietta, ce soir
même vous aurez la paix.

Il soupira.

— Merci, mais pourquoi ce soir ? Écoutez-moi :
prenez ma voiture, laissez-la devant la gare. Un
chauffeur de mon garage vous attendra et me
la ramènera tout de suite. Votre train est à 10 h 12,
il est 9 heures à peine, la voiture sera de retour à
temps pour que je puisse partir avant midi. Faites
vite, je vous en prie, nous nous reverrons bientôt,
demain peut-être si vous le voulez.

— Je manquerai le train de 10 h 12, répondit
Julietta.

— Mais, s'écria-t-il, je ne vous comprends pas,
le train du soir, ce fameux train de 7 h 50 vous
obligerait à passer toute la journée en ville.

— Je manquerai le train de 7 h 50, dit encore
Julietta. Faut-il vous répéter mille fois les mêmes
choses ? Quand vous serez parti je ne vous gênerai
pas davantage que si vous n'étiez revenu. Ce soir,
et même avant ce soir, vous serez en voyage et
vous aurez la paix. J'ai besoin de réfléchir ; je ne
puis partir avant d'avoir terminé mon installation ;
j'invente ma vie, j'essaie mon cœur, je reste.

Landrecourt hocha la tête :

— Très bien, dit-il, restez.

Avant de sortir il regarda autour de lui avec
amertume et voyant la robe noire de Rosie posée
au pied du lit dans l'alcôve, il fit trois pas rapides
et s'en empara. Julietta bondit pour la lui arracher.
Ils luttèrent, tirèrent chacun de leur côté, jusqu'au
moment où Julietta qui, tout en se débattant,
s'était approchée de la table à écrire, s'empara des
ciseaux, les ouvrit et dit :

— Partageons, voulez-vous ?

Landrecourt lâcha prise.

— Vous la voyez, cette robe ? continua-t-elle.
Vous la voulez ? Je vous la donne, mais prenez au
moins la peine d'aller la chercher.

Elle en fit vivement un paquet bien serré, une

boule que, de toutes ses forces, elle lança par la
lucarne dans la cour.

— Merci, dit-il et il partit.

Cependant, Sultan qui se pourléchait les babines
et bâillait en attendant la venue d'un autre bon
morceau vit tomber à ses pieds quelque chose qui
ressemblait à un ballon dégonflé. On ne peut dire
s'il crut à un jouet mais il est certain qu'il se roula
sur cet objet et l'emportait dans sa gueule lorsque
Landrecourt sortit de la maison.

— Sultan, cria-t-il, viens ici.

Sultan s'arrêta, le regarda, puis le voyant approcher et craignant peut-être un coup il reprit la
robe et s'enfuit. Landrecourt le poursuivit, il l'appela gentiment :

— Sultan, bonne bête, viens ici, bon chien.

Il siffla, gronda et menaça. Sultan s'arrêta plusieurs fois, juste le temps de lancer un aboiement
joyeux et, traînant la robe dans la boue et dans les
prés humides, il s'enfuit de plus en plus vite et
disparut au loin, derrière une haie, vers les bois.
Landrecourt, à bout de souffle et désolé, continua
de courir et d'appeler et, lorsque au revers de la
haie la plus lointaine, il ne retrouva ni la robe, ni
le chien, il perdit tout espoir et fut tenté de ne pas
rentrer à la maison. Ce n'était pas Julietta qui lui
faisait craindre le retour. Il ne lui en voulait pas.
Il se disait qu'elle n'avait eu, après tout, que l'intention de le taquiner et ne pouvait prévoir ce que
ferait Sultan. Mais, excédé d'avance à l'idée des
reproches de Rosie, c'est elle qu'il craignit de revoir
et c'est à elle qu'il en voulut. Accablé, sans excuse,
il revint pourtant sur ses pas et se trouvait encore
à une bonne distance de la maison quand il vit
Mme Facibey. Les mains dans les poches d'un manteau de voyage qu'elle avait jeté sur sa chemise
de nuit, elle l'attendait dans la cour et s'avança
vers lui en criant :

— Que se passe-t-il? Vos hurlements m'ont éveillée, puis avant qu'il n'ait eu le temps de répondre,
elle lui tendit un pan de son manteau : Ma robe de
chambre a disparu, on a volé ma robe de chambre.

— Hélas! je le sais, répondit-il.

— Comment? fit-elle, comment le savez-vous?
Je la veux, entendez-vous. Je veux qu'on me la
rende. Qui l'a volée?

— C'est le chien, répondit Landrecourt.

Mme Facibey perdit patience ; elle trépigna et,
de ses poings serrés, lui tambourina la poitrine :

— Le chien, le chien! Pourquoi pas les oiseaux,
ces horribles oiseaux ? cria-t-elle. Vous vous moquez
de moi, vous allez trop loin, c'est intolérable. Je
m'en vais, vous m'entendez?

— Moi aussi, dit-il. Partons.

— Vous vous en irez de votre côté et moi du
mien, déclara-t-elle. Vous me conduirez à la gare,
je prendrai n'importe quel train. Mais, d'abord,
expliquez-vous.

— Oui, fit-il. Rentrons.

Ils n'allèrent pas au-delà du vestibule. Rosie,
assise dans un fauteuil à haut dossier, se tenait
droite comme un juge et regardait Landrecourt
qui faisait les cent pas devant elle.

— Voici, commença-t-il, j'avais descendu votre
robe à l'office pour la repasser...

Elle l'interrompit :

— Quel besoin aviez-vous de repasser ma robe
de chambre, je me le demande? Elle n'était pas
chiffonnée.

— Un peu, dit-il.

— Et alors? Je vous écoute.

— Et alors, pendant que je préparais votre
petit déjeuner, le chien est entré à pas de loup et,
sans un mot, a volé votre robe de chambre. Quand
je m'en suis aperçu, il était trop tard, le malheur
était fait, le voleur était parti. Puis sur un ton indul-

gent, il ajouta : Sultan est si jeune! Il ne fait pas la différence.

— Il est si jeune! répéta Rosie, ce chien à pas de loup est si jeune qu'il ne fait pas la différence entre un os et une robe de chambre, pauvre bête! André, reprit-elle froidement, votre histoire est incroyable, je n'y crois pas mais je n'ai pas le choix et je suis bien forcée de l'accepter telle qu'elle est.

Il s'arrêta devant elle et se pencha pour lui prendre les mains, mais elle les retira brusquement et les cacha derrière son dos.

— Je m'excuse, dit-il, je suis désolé, je vous demande pardon. C'est drôle comme une histoire drôle peut être triste.

Mme Facibey se leva et se mit à aller et venir d'un bout à l'autre du vestibule, cependant que Landrecourt tombait assis à la place qu'elle venait d'abandonner. Dans une attitude très lasse, la tête appuyée contre le dossier, les bras étendus et les mains posées sur les avant-bras du fauteuil, il ferma les yeux.

— Mon cher André, lui dit Rosie, nous avons convenu de partir. C'est vous qui me l'avez demandé, n'est-ce pas?

— C'est moi, fit-il.

— Eh! bien, aujourd'hui, c'est à mon tour de vous demander quelque chose.

— Tout ce que vous voudrez, je vous écoute.

— Vous êtes sérieux?

— Très sérieux.

— Alors, ouvrez les yeux. André, ce que je vous demande, c'est de choisir entre votre maison et moi.

A ces mots, il vint à elle :

— Mais je vous choisis, vous, bien sûr, mon amour, dit-il, partons.

Cette réponse la consola un peu des blessures d'amour-propre qu'elle n'avait cessé d'endurer depuis son arrivée à la maison des Saules.

— Partons, répéta Landrecourt.

— Ce n'est pas le moment, fit-elle, mais tenez-vous encore à moi?

— Rosie, comment pouvez-vous croire?...

— Il est vrai que ce n'est pas vous, mais cette maison qui me joue de vilains tours. Je n'en veux pas de cette maison. Je refuse d'y vivre. Vendez-la. Voilà ce que je vous demande, vous comprenez?

— Oui, dit-il, ma vie est ici, toutes mes affaires sont dans les environs et je ne pourrais quitter cette région sans compromettre ma carrière.

La main posée sur la rampe, Rosie commençait à monter lentement à sa chambre :

— Il y a sans doute d'autres maisons dans le pays, dit-elle sans se retourner. Pensez-vous toujours à notre avenir?

— Quelle question, vous en doutez?

Rosie prenait alors sa revanche. Hautaine, consciente de mettre Landrecourt dans un grand embarras, sa vanité seule la poussait à s'assurer encore de sentiments que non seulement elle ne tenait plus à lui inspirer, mais dont elle souhaitait même se libérer au plus vite.

— Enfin, André, dit-elle, c'est à prendre ou à laisser : c'est la maison ou c'est moi.

Immobile dans le vestibule, il continuait à lui parler pendant qu'elle gravissait les marches :

— Si je comprends bien, vous voulez que je vende cette maison? A qui la vendrais-je? Je ne connais presonne qui, de nos jours, veuille acheter une maison comme celle-ci, perdue dans la campagne.

Mᵐᵉ Facibey s'arrêta et se tourna vers lui :

— Eh! bien, si vous ne connaissez personne, moi je connais quelqu'un, répondit-elle lentement. Écoutez-moi, mon cher et puis vous me direz si j'ai de bonnes idées.

— Quelqu'un? fit-il.

— Oui, et c'est Hector d'Alpen! Il rêve d'avoir

des enfants et sa future femme n'aime, m'a-t-il dit,
que la campagne. Cette maison est à quatre heures
de Paris, pour les enfants comme pour les parents,
c'est l'idéal, c'est exactement ce qu'il faut.

Et le visage embelli par la joie, elle redescendit
en applaudissant à cette bonne idée qui laissait
Landrecourt sans réponse.

Elle se trouvait tout à coup devant lui dans une
situation analogue, en quelque sorte, à celle dont
Julietta, deux jours auparavant, souffrait en pensant au prince d'Alpen. Rosie souhaitait rompre
avec Landrecourt, mais comme elle croyait en son
amour et qu'elle avait assez de cœur pour ne pas
vouloir le blesser, elle n'osait lui dire la vérité et
souhaitait qu'un événement, apparemment fortuit,
vînt retarder l'exécution d'un projet d'avenir dont
le temps se chargerait de la libérer pour toujours.

— Vendre? répéta-t-il. Regardez-moi, Rosie,
et dites-moi si vous m'aimez encore autant que
vous m'aimiez?

N'osant le regarder dans les yeux, elle vint se
blottir contre lui :

— Cette maison est responsable de tous nos
malheurs, dit-elle. Je vous aime, oui, je vous aime,
mais comment peut-on le montrer dans un tel
malaise? Je ne vis plus. Je ne me reconnais plus.
Je suis une autre femme.

— Et moi, je ne me reconnais pas non plus, je
suis un autre homme, c'est vrai. — Il se tut un
moment : Quant à vendre la maison, reprit-il,
nous en reparlerons dès demain à Paris.

— Demain? Pourquoi demain? Je trouve au
contraire qu'il faut appeler Hector d'Alpen tout
de suite. Il adore l'imprévu et si sa fiancée ne le
retient pas, il viendra dans l'après-midi, aujourd'hui
même, j'en suis sûre, je le connais. Je lui dirai, s'il
le faut, d'amener sa jeune fille avec lui. Nous repar-

tirons tous les quatre ensemble, nous dînerons en
route et ce sera charmant.

Elle laissa Landrecourt interdit, entra à l'office
et demanda d'urgence la communication avec le
prince Hector.

Landrecourt avait enfin quelque chose d'importance à annoncer à Julietta. Se voyant seul il courut
chez elle et l'interrompit, sans s'excuser, dans la
rédaction de ses mémoires.

— Je viens vous annoncer une nouvelle importante et même grave.

— Une nouvelle? A moi?

— Oui, fit-il. A vous. Écoutez-moi, écoutez-moi
bien : je vends la maison, mais je ne vends pas le
mobilier, je l'emporte. Mon valet de chambre, à
qui j'écris de revenir, s'occupera du déménagement.
Peut-être voudrez-vous l'aider? Je ne vous chasse
pas, vous voyez. Et peut-être, aussi, saurez-vous
convaincre le nouveau propriétaire de vous laisser
habiter sous son toit?

— Quoi? s'écria-t-elle, vous vendez cette maison!
Était-elle à vendre? Et pourquoi ne me l'avez-vous
pas dit? C'est un crime, c'est une folie. Pourquoi
la vendez-vous? Je m'y suis attachée.

— Je vends cette maison parce qu'elle est hantée,
répondit-il. Oui, hantée par vous. Ma fiancée refuse
d'y vivre et moi vous m'en chassez, vous me pour-
suivez, vous menacez ma vie, vous m'obsédez, je
vous vois partout, je ne pense à rien d'autre.

— C'est comme moi, répondit-elle, je suis obsé-
dée, je ne pense qu'à vous. Hier matin, je ne voulais
encore que m'attarder, et puis comme vous m'avez
conseillé de réfléchir, je n'ai plus pensé qu'à me
faire regretter. C'est autant pour vous que pour moi
que j'ai fait cette chambre à l'image de mes images.
Je vous livre un secret, je vous montre qui je suis
et vous vendez mon rêve, mon secret, ma vie inventée, et vous me vendez, moi.

Elle se leva et, d'un geste de ses bras ouverts, montra tout ce qui l'entourait :

— Perdre, abandonner tout cela, alors que je me réjouissais de pouvoir, en votre absence, rendre chaque pièce aussi belle que celle-ci. Qu'auriez-vous dit à votre retour? Je n'aurais plus été là. Vous auriez pleuré de surprise; vous auriez été triste ou plutôt attendri. Abandonner, vendre à des inconnus! Êtes-vous si pauvre? Êtes-vous ruiné?

— Je ne vends pas à des inconnus. Je ne connais pas d'inconnus, répondit-il. Je vends au prince d'Alpen qui arrivera ce soir.

Toute mélancolie disparut à ces mots du visage de Julietta, l'incrédulité remplaça dans ses yeux la tristesse et elle éclata de rire :

— Le prince d'Alpen, le prince d'Alpen! Ah! ah! Toute mon histoire est-elle donc dans les journaux?

— J'ignore qui vous êtes, je ne sais rien de vous, dit Landrecourt et, de bonne foi, il lui demanda ce qu'elle trouvait de si drôle au nom du prince d'Alpen.

— Vous le savez tout aussi bien que moi, fit-elle. J'ai eu peur, je l'avoue, mais vous manquez de finesse. Vous m'auriez dit : « Je vends à M. Ligrèque ou à M. Fideau », que je vous croirais encore, mais au prince d'Alpen! C'est trop me demander. Ne faites pas l'innocent.

— Il arrive aujourd'hui, répondit Landrecourt.

— Il arrive aujourd'hui! répéta-t-elle, ah! j'étouffe, ah! je meurs! Et, riant aux éclats, elle se jeta sur son lit.

Landrecourt la regarda d'abord avec étonnement, puis cette hilarité le fit sourire et sourire davantage, jusqu'au moment où, incapable de résister, il fut, à son tour, emporté par le rire. Ainsi riaient-ils l'un et l'autre, Julietta, de ce qu'elle croyait être une menace inventée et lui par contagion, tandis que Rosie, à l'office, parlait au prince d'Alpen.

— Hector, j'en ai assez, lui disait-elle tout bas, venez à mon secours, je veux partir.

— Je vous avais bien dit, répondait le prince, que ce n'était pas un homme pour vous.

— Je l'aime de tout mon cœur, mais nous sommes trop différents. Nous nous aimons, mais nous ne voyons pas les choses de la même façon.

— Mais... mais... L'amour, quand il arrive ne sait pas ce que « mais » veut dire et c'est avec des « mais » qu'il prend congé de nous. Que puis-je faire pour vous, ma pauvre belle Rosie

— A tout hasard, j'ai menti. André croit que vous cherchez une maison où vous installer en France après votre mariage. Prétendez ce que vous voudrez, mais venez, je vous en prie.

— Il n'est plus question de mon mariage, répondit le prince.

— Pas possible ! Eh bien ! tant mieux, tant pis, enfin je vous félicite. Vous ne parlerez de rien, mais venez, Hector, j'ai besoin de vous.

— J'arriverai vers cinq heures, comptez sur moi, dit-il, et je rentrerai dans la nuit. Un rendez-vous important m'oblige à être à Paris demain matin de bonne heure.

Rosie lui demanda quelles étaient les dernières nouvelles. Il lui répondit que presque personne encore n'était rentré, mais que le yacht des Paricido avait fait naufrage, qu'ils étaient à bord, que le masseur s'était noyé et qu'on ne parlait que de cela. Après quoi, ils échangèrent des noms tendres et se dirent au revoir.

« Ouff, se dit Mme Facibey, je commence à respirer », et elle appela Landrecourt qu'elle vit descendre plié en deux et défiguré par le rire. Contente, et par ailleurs amusée, elle se mit à rire aussi, de telle sorte qu'ils restèrent un moment à hoqueter l'un devant l'autre, lui parce qu'elle riait, sans le savoir, du rire contagieux de Julietta, et elle, parce qu'il riait et sans chercher pourquoi.

Lorsque Landrecourt put reprendre son sérieux, Mᵐᵉ Facibey qui, en peu de mots, avait beaucoup à dire l'entraîna à la bibliothèque :

— Hector arrivera vers cinq heures, fit-elle.

Craignant que l'expression de son visage ne dévoilât le plaisir qu'elle éprouvait à la pensée de l'exécution rapide de ses projets, elle se mit à feuilleter l'album de photographies qui se trouvait là sur la table.

— Qui est-ce ce saucisson ? demanda-t-elle, le doigt posé sur le portrait d'un nouveau-né dans ses langes.

— C'est moi, répondit Landrecourt, et ils éclatèrent de rire.

— Je n'ai pas de chance, dit-elle, mais, à propos de saucisson, quelle heure est-il ?

Il lui répondit qu'il était onze heures passées ; elle en conclut qu'elle avait grand faim et se rappela qu'elle n'avait pas pris son petit déjeuner :

— Mon Dieu que j'ai faim ! dit-elle. Que penseriez-vous de déjeuner tranquillement sous les arbres ? Nous avons encore un demi-poulet, du fromage, du beurre, de tout enfin, ce sera bien assez.

— Hélas, confessa-t-il, il ne reste plus rien.

— Comment rien ? La chouette ? Le chien ? Les rats ? tout ce joli monde aimerait-il aussi le poulet ?

— Je n'en sais rien, Rosie mais comme nous devions partir ce matin, j'ai cru bien faire, comprenez-vous, en mangeant ces restes qui autrement auraient été perdus.

— Eh ! bien, répliqua Rosie, cela me prouve une fois de plus que, dans cette maison, il faut s'attendre à tout. Et elle le quitta.

La patience ne soupire que des atteintes de l'impatience. Landrecourt sentit que le moment était venu d'en finir ; il avait envie de s'en aller, d'être seul, d'être vraiment seul et d'aller vraiment loin sans projet de retour, ou de partir en expédition avec ses bons amis, voisins du Jardin des Plantes, et de vivre parmi les ours, les phoques et les pingouins dans le gigantesque silence des régions polaires que ne troublerait jamais le pas du facteur. Poussé par la sincérité qu'inspire un échec qui atteint l'amour-propre et qu'entraînent aussi la colère et la mauvaise conscience, il se réjouissait à l'idée d'abandonner sa maison à ces deux femmes dressées devant son avenir, et de les laisser démêler entre elles une situation dont il était responsable. « Ah ! des ours, des baleines, des lions de mer, n'importe quoi plutôt que les femmes ! Je les déteste, pensa-t-il. Les belles comme les laides, les mauvaises comme les meilleures ne sont que des voraces et rien de plus. Elles vous mangent le temps dans la main et vous reprochent les minutes qu'on essaie de mettre de côté pour y placer un souvenir et parfois même un simple soupir. Une femme n'a pas une idée en tête, elle n'a d'idées que derrière la tête. On ne peut s'écrier : " J'ai horreur des mouches " sans risquer d'entendre : " Oh ! quel dommage ! J'en ai vu de si belles l'autre jour chez mon bijoutier. Des merveilles en diamant posées sur des choux d'émeraude. J'ai vraiment des amies qui ont de la chance. " Et si, en promenade, on passe par hasard devant un veau on ne peut dire : " Avez-vous remarqué ses grands yeux " sans risquer d'entendre aussitôt : " Inutile de cacher plus longtemps votre jeu : vous êtes obsédé par les yeux de Suzon. Ce sont exactement les mêmes. " Le pôle Nord, oui, la solitude, oui, avec une bonne baleine et un edelweiss dans mon verre à dents. " Adieu, débrouillez-vous ", voilà ce que je vais écrire à ces deux femmes. L'une est impatiente et futile, l'autre n'est que légère, ingrate, cruelle et, soudain, comme si ces trois derniers mots avaient peint devant lui un portrait qu'il voulait fuir, il sortit de la pièce, et claqua la porte. Sultan, tout joyeux, vint à sa rencontre dans le vestibule mais il le chassa d'un coup de pied qui l'envoya trembler dans la cour.

Il arrive souvent qu'un incident fortuit, étranger aux sources de la colère, ait pour effet de la dissiper et de nous confondre. Landrecourt, rappelé à la raison par un gémissement de Sultan, oublia ses idées de vengeance et, honteux, courut à lui pour se faire pardonner : « Sultan, bonne bête, bon chien, ce sont ces diablesses de femmes. », dit-il, tout en lui donnant de grandes tapes qui soulevaient des nuages de poussière.

— Ah ! là, là, oui les femmes, fit alors une voix sur un ton qui prouvait autant d'expérience que de résignation.

Landrecourt se redressa et voyant que son jardinier était à quelques pas de lui et le regardait en souriant il sourit à son tour et lui dit :

— Je parlais à Sultan.

— Les chiens sont de grands enfants, répondit le jardinier, ce qui ne veut pas dire hélas ! que les grands enfants soient de petits chiens, quel beau rêve ! Pas vrai ?

— Quel beau rêve, répéta Landrecourt et ils se

mirent à rire. On voyait qu'ils étaient des amis de
longue date, habitués à s'amuser ensemble et à se
taquiner.

— La voiture me disait bien que vous étiez là,
reprit le jardinier, mais comme c'est la première
fois que vous revenez sans prévenir, je pensais :
« Tiens, voilà quelque chose de drôle qui cache peut-
être quelque chose de curieux. »

Landrecourt lui dit qu'il était arrivé à l'im-
proviste dans la nuit de l'avant-veille, qu'il allait
maintenant repartir pour Paris, mais qu'une jeune
fille habiterait seule la maison et qu'il faudrait lui
apporter des légumes et des provisions de la ferme.
« Comme pour moi », conclut-il.

— Une parente ? Une malade, ni plus ni moins,
peut-être ? demanda le jardinier.

— Une cousine éloignée, une malade, oui c'est
cela, Arthur. Soignez-la bien surtout. Il se reprit :
Bien, je veux dire, ne la laissez pas mourir de faim.

— Comptez sur moi. Ma femme s'occupera
d'elle ; en maladies elle s'y connaît mieux que
personne : elle en invente pour les donner à ceux
qui n'en ont pas.

Ils échangèrent encore quelques mots, après
quoi Landrecourt rentra à la maison, retourna à
la bibliothèque, prit un livre, s'assit dans un fauteuil mais ne put que fermer les yeux. Au grenier
Julietta réfléchissait. Rosie dans sa chambre s'attar-
dait volontairement à sa toilette et il était plus
d'une heure lorsque enfin prête elle descendit le
retrouver :

— Ah! Tant mieux, vous dormiez, je vois.
J'avais peur de vous faire attendre et peur, surtout,
que vous ne me grondiez, dit-elle. Partons. Où
allons-nous ? A notre petite auberge ? J'aime les
endroits où je suis connue.

— Alors, n'hésitons pas, fit-il, et ils partirent.

Julietta réfléchissait. Elle pensait au baiser que lui avait donné le prince d'Alpen et comprenait comment un cadeau, en nous éclairant sur la personne qui nous le fait, peut nous éloigner ou nous rapprocher d'elle et comment plus le cadeau est le fruit d'un choix sincère plus on s'expose en l'offrant. Elle devait raconter un jour que le prince lui apparut alors sous la forme d'un paquet :

— « *Oh! le beau paquet!*

— *Oui, je suis le prince des paquets.*

— *S'il en est ainsi, et je le crois, vous devez contenir un trésor.*

— *Je suis à vous. Déliez-moi.*

— *Je veux bien. Oui, oui, je veux. Vous me plaisez, prince des paquets. Vous me tentez.*

— *Alors ne tardez pas. Je m'offre à vous. Je m'ouvre facilement.*

— *Ah! Qu'il est amusant de dénouer vos ficelles! Oh! l'agréable rumeur.*

— *Ce sont mes promesses, adorable Julietta.*

— *Vos promesses? Vos promesses ont-elles des couronnes qui brillent? Et ces couronnes sont-elles fleuries de certitudes?*

— *Des couronnes de certitude? Ne suis-je pas un prince?*

— *J'approche, j'approche, je brûle!*

— *C'est la belle vie, ma belle Julietta, c'est mon
intimité.*

— *Ciel! Je ne veux pas de ce cadeau-là. Non
non, je n'en veux pas. Adieu prince des paquets.
Voyez comme je cours vite.*

— *Fiancée capricieuse, cruelle jeune fille! Comment? Vous fuyez et me laissez défait?* »

« Oui, défait, c'est bien cela », pensa Julietta.
Elle regarda autour d'elle puis réfléchit aux conséquences de ce baiser qu'elle n'avait pas craint de
recevoir du prince. « Ce baiser d'Hector, ce cadeau
d'intimité, se dit-elle, était, à n'en pas douter, un
explosif qui a fait sauter le vaisseau de nos fiançailles. Mais de toutes les épaves ne surgit pas un
Robinson. Portée par un courant qui m'a déposée
aux rives de l'inconnu, j'organisais ma vie lorsque
sont arrivées des visites : un homme et une femme,
en pleine nuit, fallait-il s'y attendre? Bonne foi,
répondez en ma faveur. J'ai cru que ces gens étaient
des promeneurs, ou de simples naufragés, ou des
inquiets, comme tout le monde. J'en oubliais les
meurtriers et les séducteurs et je m'élançais à leur
rencontre. Mais avant que la femme ne m'ait vue,
l'homme, craignant sans doute de sa part quelque
question jalouse, m'empoigna comme un sac et me
jeta dans un grenier. Est-ce ma faute s'il fit de
moi sa Robinsonne? Sa Crusoée? Y suis-je pour
quelque chose? Et alors? C'est alors, que
contrainte à m'installer tant bien que mal, je
compris que les moyens des pauvres sont des
moyens de fortune. Je ne disposais que de ces
moyens-là pour me venger, puisque l'injustice est
une question qui demande une réponse ; pour
m'amuser, puisqu'il faut bien vivre et pour inventer ma vie puisque ma pensée m'y oblige. »
Julietta comprit encore que ce qui est caché est
toujours important pour celui qui le cache. Elle
en conclut que si les liens sont souvent plus solides

entre un être et un objet qu'entre deux êtres humains, c'est que l'objet ne parle pas, c'est qu'il n'est pas sensible aux tentations qu'il inspire, c'est qu'on peut se sentir maître de cette forme sans conscience, de cette réalité douée d'une éloquence et d'un esprit de persuasion qui nous émeut sans l'engager à rien. « Ce n'est pas comme moi, se dit-elle, moi je suis un objet qui parle. Je suis une douceur implorant ou refusant les soupirs, je peux appeler au secours et celui qui m'a cachée, en faisant de moi son secret, a fait de nous deux un couple qui n'existe que pour nous, et qu'un seul mot pourrait détruire. Je voulais inventer ma vie et voici qu'un inconnu m'invente et que mon image déconcerte mes yeux. Ah ! Je suis malheureuse dans ma forme nouvelle sans autre regard que le mien. Je veux un regard qui me polisse et me fasse briller, un regard qui me ternisse et m'use et me dévore. On ne vit bien que dévorée par des yeux. »

Si l'on considère l'inexpérience de Julietta, la franchise de sa nature et la désinvolture de ses raisonnements coutumiers, on verra, dans la tristesse de ses pensées la preuve qu'elle soupçonnait son jeu de l'avoir entraînée hors du cadre de ses fantaisies, dans un domaine qui pouvait être celui de l'indifférence et où elle craignait de voir son cœur et son imagination devenir les victimes d'un indifférent. Elle rendait Landrecourt responsable de tout ce qu'elle éprouvait et lui en voulait de la contraindre à penser à lui quand elle n'était pas sûre qu'il pensât à elle. « Il n'y a pas de fumée sans feu », lui avait mille fois répété Mme Valendor et ce proverbe qui l'avait tant agacée la poussait aujourd'hui à considérer la foi et les conceptions imaginaires aussi bien que les sentiments qui occupaient sa pensée comme des fumées s'élevant du foyer des certitudes. Elle entendit encore d'autres paroles de sa mère : « Raisonner n'est pas de ton âge, c'est quand tu raisonnes que tu embrouilles tout », et elle se rappela que Mme Valendor, par ce conseil un peu moqueur, l'engageait à se mettre en face de la réalité et à s'écarter de ce goût des émotions qui avait, assurait-elle, conduit M. Valendor au tombeau. Il avait commencé par préférer à la personne aimée les sentiments que celle-ci lui faisait éprouver, puis il en était venu à préférer à ces sentiments eux-mêmes les émotions que ceux-ci lui faisaient ressentir. « Dans l'amour, disait-il, c'est l'anxiété que j'aime. »

— Et qu'aimes-tu donc en moi ? lui demandait sa femme.

— T'imaginer, répondait-il.

Impressionnée par ces souvenirs, Julietta se mit face à la réalité. Elle admit avoir peur de n'être pas aimée et, pire encore, d'avoir été, par le pouvoir d'un geste, transformée en un secret, sans intérêt pour celui qui en était l'auteur. « Nouvelle secrète, pensa-t-elle, je perdrais toute mon importance en perdant celui qui me l'a donnée. Eh ! bien, tant pis, je resterai cachée ici toute ma vie s'il le faut et, comme cela, au moins, il sera bien ennuyé. »

Elle aurait voulu que Landrecourt l'aimât toujours en la détestant tout le temps ; qu'il ne comprît jamais les raisons qui le forceraient à l'aimer et que, sans cesse porté vers elle par l'amour, il fût sans cesse inquiet de la trouver et de la retrouver sous une forme et en un lieu qu'il ne prévoyait pas. Il dirait tantôt : « Je vous croyais perdue », tantôt : « Vous m'avez fait peur », et tantôt : « C'était toi ! » Alors elle dirait : « Oui, c'est moi. »

Ainsi l'enfant aime-t-il à étonner et à faire peur et, fier de son double pouvoir de surprendre et de rassurer, il éprouve le sentiment de la victoire en criant : « C'était moi ! » Mais en se dévoilant il continue d'être la source de l'émotion, il a créé l'impré-

visible, le doute, le mystère, on le croit capable
de tout et il inquiète la pensée.

Landrecourt en pensant à Julietta pensait aux
conséquences du mensonge qu'il avait fait à Rosie.
Par ce mensonge, il avait mis Julietta en évidence,
pour lui-même et lui seul, sur une scène interdite
aux regards et offerte à une action sans limites
de temps, dont ils étaient les uniques personnages.
Il lui avait ouvert un enclos en marge de l'ordi-
naire où elle avait installé sa chambre comme un
enfant se construit au jardin le repaire de ses vœux,
la cabane où il installe sa vie, exerce sa fierté, son
idée de l'avenir et son goût de l'autorité ; le toit
sous lequel il veut passer la nuit comme si les heures
du sommeil et du rêve devaient consacrer la réalité
de son entreprise et celle, plus importante encore
de son individu. Landrecourt en cachant Julietta
lui avait permis de se montrer à lui tout entière,
dans toute sa vérité avec les divers esprits de son
caractère et la fantaisie de ses aspirations, et tout
cela le taquinait, l'attirait, le rejetait et l'obligeait
à reconnaître qu'il ne pouvait franchir le seuil d'une
certaine chambre, qu'une distance sans mesure
séparait de toutes celles où il était entré jusqu'alors,
sans en subir le charme, sans reconnaître et ressentir la présence de l'insaisissable dans un fait
accompli. Julietta lui apprenait l'accord entre la
main et l'objet, elle lui faisait éprouver la protection des choses dont l'exigence est satisfaite, elle
lui donnait l'envie de pleurer de colère et de rire
d'attendrissement et il se disait que cette chambre
de fortune était, peut-être, la seule au monde où
la nuit, en ses voiles, ne porterait pas le deuil du
jour tombé. Mais encore, et surtout en cachant
Julietta, en appuyant sa main sur sa bouche lorsque l'avant-veille elle était venue à sa rencontre
prête à lui dire : « Je me cache », il avait formé entre
eux ce lien de l'inquiétude qui, depuis lors, les

unissait. Inquiet, il ne pouvait ni aimer, ni se réjouir, ni respirer librement ; le présent importunait
sa pensée tendue vers les révélations de l'avenir,
vers Julietta qui, seule, détenait le pouvoir de le
rassurer et de le faire souffrir ; et maintenant pendant qu'il déjeunait face à face avec Rosie et la
regardait sans l'écouter, elle lui parut vivre d'une
vie commune qui l'apparentait à d'autres belles
femmes qu'il croyait avoir, pour elle, oubliées à
jamais, alors que Julietta créait une vie privée,
un air et un parfum n'évoquant à ses yeux ni souvenirs lontains ni lointain cousinage.

« Rit-elle encore », se demanda-t-il et il crut
entendre ses éclats de rire de tout à l'heure quand
il lui avait annoncé l'arrivée du prince d'Alpen.
« Et pourquoi riait-elle ? »

Au moment même où il se posait ces questions,
Julietta sortait de la chambre de Mme Facibey.
Elle venait de lui voler la moitié de sa poudre de
riz, elle avait coupé en deux ses bâtons de rouge
à lèvres mais ses gestes avaient perdu leur légèreté
de la veille et, plus tard, lorsque les bras chargés
de livres elle montait de la bibliothèque à sa
chambre d'où elle ressortait les mains vides, on
aurait dit qu'il y avait moins de taquinerie que
de résignation dans l'audace de ses allées et venues,
et moins de rire avec moins de liberté dans sa manière d'emporter du salon toute une collection de
coffrets de nacre, sertis de bronze doré, et ornés
de vues de Vienne. Elle n'avait envie ni de lire
ni de regarder les images mais il est certain qu'elle
voulait éblouir : « Je pense à tout, se dit-elle, je
déconcerte le hasard », et, retrouvant soudain sa
bonne humeur et sa fierté elle se réjouit à l'idée
de sa proche solitude. Elle appela Landrecourt
du nom de : trouble-joie ; décida que, dès qu'il
serait parti, elle prendrait un bain et dînerait
dehors, puis elle s'en alla cueillir des fruits au potager.

Arthur, loin d'être étonné de la voir apparaître, courut à sa rencontre en s'essuyant les mains et en soufflant comme s'il l'eût longtemps attendue et comme si sa venue comblait, tout à coup, un espoir auquel il avait renoncé, puis il l'accompagna pas à pas, l'éclairant de ses conseils et s'informant de sa santé : « Ne vous inquiétez ni pour le manger ni pour le ménage, ma femme, dès demain, sera là pour vous aider. Vous avez besoin de repos, ça se voit », dit-il et il lui donna un petit melon. « C'est le dernier de la saison, votre cousin en a bien profité cette année. » Julietta comprit à ces mots que cet homme avait été faussement renseigné sur son compte. Elle en prit avantage pour lui poser, avec habileté, toutes sortes de questions concernant Landrecourt qu'elle fit semblant de connaître à merveille, ce qui prêta aux propos qu'ils échangèrent alors l'apparence d'une conversation. Elle apprit ainsi que son hôte ne voyait guère les gens des environs, qu'il avait pour amis des explorateurs, des artistes, des savants et des messieurs âgés qu'on entendait rire et chanter le soir avec des dames gracieuses, musiciennes et gourmandes qui jouaient très bien du piano.

— Dès le printemps on peut les regarder par les fenêtres ouvertes sur le parc. Ce sont de belles soirées et parfois j'écoute votre cousin faire à ses invités la lecture d'un passage de ses livres.

— Mais il est avocat? dit alors Julietta.

— L'un n'empêche pas l'autre. Rappelez-vous donc un peu : son père aussi faisait des livres et pourtant il était diplomate. Pas vrai?

— C'est vrai, c'est vrai, j'oubliais, fit-elle sur ce ton de vague tristesse qui prouve que la pensée vient d'être touchée par d'anciens souvenirs.

Julietta apprit encore que les parents de Landrecourt étaient morts en voyage et que son père avait épousé une jeune fille étrangère, une blonde dont la douceur faisait rougir. « Votre cousin lui ressemblerait davantage s'il n'était pas si brun, mais ses yeux sont du même bleu que ceux de sa mère et c'est dans son regard qu'on la retrouve. » Au dire d'Arthur, Landrecourt avait de qui tenir ; c'était un homme comme on n'en voit pas deux, un homme qui pourrait faire peur si on ne le connaissait pas.

— Peur ? Pourquoi ? demanda-t-elle.

— Je ne sais pas au juste. Un jour, quand il était jeune homme il m'a dit : « Arthur, ça ne va pas, je suis las des ressemblances », et je me suis rappelé qu'étant enfant, il abandonnait ses amis pour guetter un insecte, une araignée ou observer, à la nuit, les gros crapauds qui quelquefois se mettent nez à nez et se regardent comme des pierres qui auraient des yeux. Il les aimait, il les appelait, « ces Messieurs » et leur faisait de grands saluts en disant : « Vous me plaisez parce que vous m'étonnez. » La cloche sonnait, on l'attendait pour se mettre à table, sa mère lui demandait : « D'où viens-tu ? » et quand il répondait : « J'étais auprès de ces Messieurs », son père mi-figue, mi-raisin, lui disait : « Veux-tu me faire le plaisir de changer d'excuse. » Il aimait aussi écouter les gens parler une langue qu'il ne comprenait pas. Son père, voici quatre ans à peine, le taquinait encore au sujet de ce goût-là. Ils se promenaient ici, j'étais à deux pas et j'ai entendu votre cousin lui répondre : « Ce sont les mouvements, les positions et les postures qui m'attendrissent, jusqu'au rire ou jusqu'aux larmes, bien mieux que les paroles. — Alors, pourquoi t'es-tu fait avocat ? » lui demanda son père et votre cousin lui a répondu : « Je me suis fait avocat pour essayer d'améliorer la position d'êtres qui nous ressemblent. » Là-dessus, ils se sont éloignés et je n'ai plus rien entendu. Mais vous voyez que c'est toujours cette idée de ressemblance qui le poursuit.

— C'est curieux, fit Julietta.

— Oui, il trouve peut-être qu'il n'y a pas assez de mystère ici-bas. Il cherche ce qui l'étonne, il veut ce qui n'est pas commun.

— Peut-être veut-il être distrait de sa propre ressemblance avec toutes les ressemblances, ce doit être cela, dit-elle.

— C'est possible, mais j'en arrive à croire qu'à force de rechercher l'impossible, il finira par ne jamais se marier. Et pourtant ce ne sont pas les femmes qui lui manquent. Dieu sait même qu'il a le choix.

— Le choix? C'est sans doute ce qui le gêne, remarqua Julietta. Mettez-vous à sa place.

— Mais il ne faut jurer de rien, reprit Arthur, voici déjà un moment qu'on raconte des histoires de mariage. On raconte, on raconte, mais vous devez en savoir plus long que moi.

— Moi? fit-elle, je sais tout.

— Je ne suis pas curieux, soyez sans crainte, mademoiselle, on peut me parler, je n'entends rien.

Julietta, depuis un moment, enroulait autour de son pouce un brin de rafia qu'elle dévidait ensuite pour l'enrouler de nouveau et ce jeu machinal lui donnait un air de désœuvrement, qu'on aurait pu prendre pour de l'indifférence : « Oh! je ne voudrais certes pas commettre d'indiscrétion mais je suis étonnée, dit-elle, de vous voir ignorer certaines choses qu'hélas, je ne suis pas seule à connaître » et elle lui raconta que Landrecourt était, depuis quelque temps déjà, secrètement marié à une femme esquimau, une coquette, dont il avait plusieurs enfants pris dans les glaces.

— C'est un malheur! s'écria Arthur et ce qu'il y a de plus triste c'est que je m'en doutais. Je lui ai parlé à votre cousin, tout à l'heure, mais il était comme absent, il avait l'air...

— Glacé? dit-elle.

Il hésita : « Oui, glacé, glacé! Maintenant je comprends pourquoi. » Julietta se contenta de soupirer tristement et il s'ensuivit un moment de silence pendant lequel ils marchèrent têtes baissées.

— Une femme esquimau! Va-t-il nous l'amener ici? demanda Arthur.

— Elle, je ne sais pas, mais les enfants j'en suis sûre : il veut en faire des patriotes. Je me sens fatiguée, continua-t-elle. Le seul mot d'automne me pèse sur le cœur, il est temps je crois que j'aille me reposer.

Le jardinier la remercia de la confiance qu'elle venait de lui témoigner, il lui promit d'être discret, elle lui tendit sa paume grande ouverte pour qu'il y posât la sienne à la manière des gens qui veulent sceller un pacte et, dans la poignée de main qu'ils échangèrent ensuite elle sentit qu'elle venait de se faire un ami qui saurait rire d'avoir été trompé.

Il fit encore quelques pas avec elle puis ils se séparèrent et elle rentra sans se presser comme une jeune dame regagne sa maison pour lire et se reposer en attendant le retour de celui dont elle gouverne l'impatience et le cœur. Mais, un doute qu'avec sagesse elle écartait de sa pensée se cachait sous ce calme apparent. Elle se demandait si Landrecourt viendrait lui dire au revoir et, pour se distraire du malaise que lui causait l'incertitude, elle essaya de poursuivre la rédaction de ses mémoires. Néanmoins comme sa plume se refusait à tracer d'autres signes que des points d'interrogation, elle crut plus raisonnable de s'abandonner à l'humeur de son doute et d'attendre l'arrivée de Landrecourt en se répétant : « Il est parti pour de bon. »

Après avoir déjeuné sans beaucoup se parler, Landrecourt et Rosie se levaient maintenant de table. L'aubergiste, encouragé par Mme Facibey avait fait presque à lui seul les frais de la conversation. Il avait raconté ses débuts difficiles, son mariage, sa lutte contre les moustiques, toujours si nombreux au bord de la rivière, puis il avait parlé de sa vie de soldat, de ses faits d'armes, de ses enfants et Rosie n'avait pu s'empêcher de marquer un peu d'impatience lorsque Landrecourt avait cru bon de demander un journal.

— Un journal de province quand ce soir à Paris vous aurez les dernières nouvelles? Quelle drôle d'idée, avait-elle dit pendant que le patron tendait à Landrecourt un journal qu'il mit aussitôt dans sa poche. Moi, continua-t-elle, c'est bien simple, je ne lis jamais les journaux.

— Ma femme est comme vous, répondit l'aubergiste. Elle est lasse des affaires louches et des assassinats. Aujourd'hui il est surtout question de la disparition d'une jeune fille du meilleur monde, une gamine qui faisait partie de la Bande-aux-Mille-Mains, une bande de vauriens et de cambrioleurs. Cette gamine-là charmait les riches ménages en vacances sur la côte, c'était son rôle, et puis une fois charmés, allez, hop! elle volait les bijoux

de la femme et les billets de banque du mari. Mais
cette fois-ci, elle a dévalisé un étranger dont la
police cache le nom, un prince comme on en voit
passer tous les jours par ici, et qui certainement
n'aurait pas porté plainte s'il n'avait eu la
conscience tranquille.

On imagine l'angoisse que ressentit Landrecourt
en entendant ces paroles. Il reconnut en cette voleuse la jeune fille qui, pourtant, lui avait rendu
son porte-cigarettes et riait tout à l'heure au nom
du prince d'Alpen et il se rappela la façon dont
l'avant-veille elle l'avait menacé : « Je dirai que
vous m'avez enlevée. Comment serais-je dans
votre maison si vous ne m'y aviez conduite ? Je
jurerai que vous vouliez me séquestrer et puis que
vous avez eu peur. » « Une voleuse », pensa-t-il et
au moment de la perdre il sentit qu'il l'aimait.

— Une gamine de dix-huit ans ! continua l'aubergiste. Tristes débuts ! Pauvres parents ! Enfin
bref, ce n'est pas très intéressant.

— Ce que je rirais si c'était la fiancée d'Hector,
s'écria Rosie.

— Elle prit alors des mains de Landrecourt le
journal qu'il était en train de déplier et l'étala
sur la table : « Encore une disparition de jeune
fille », lut-elle à haute voix, puis elle poursuivit
sa lecture en une sorte de bourdonnement, une
suite de : eu, eu, eu, d'où se dégageaient de temps
en temps quelques mots, intelligibles : « On n'a pas
oublié eu, eu, eu disparition, eu, eu, eu, Julietta
Valendor, eu, eu, eu, avec sa mère, eu, eu, eu,
rien de commun eu, eu, eu, Reinette, eu, eu,
surnommée Mince-Alors, eu, eu, eu... » Mᵐᵉ Facibey
s'interrompit. « Julietta Valendor, dit-elle, en donnant une pichenette au journal, Julietta Valendor,
mais c'est le nom, c'est le nom j'en suis sûre, de
la fiancée d'Hector d'Alpen. »

Landrecourt lui fit remarquer l'invraisemblance

de ce qu'elle venait de dire : « Si la fiancée du prince
d'Alpen avait disparu, il vous en aurait parlé ce
matin, dit-il, et il ne penserait pas, aujourd'hui, à
venir acheter une maison pour y vivre en ménage. »
Mais Mme Facibey emportée par la surprise et par
la certitude qu'elle avait de ne pas se tromper,
répondit sans réfléchir : « Il m'a annoncé ce matin
que ses fiançailles étaient rompues. » Une rougeur
subite lui monta au visage, elle fit semblant de
s'étrangler, toussa, se mit à rire et, faussement
rassérénée, déclara : « Je suis folle, je m'étrangle,
Hector m'a dit que son mariage était retardé, remis,
oui, remis. Quant au nom de la jeune fille, je me
rappelle maintenant que c'est Valentine quelque
chose, et c'est à ce nom de Valentine que le nom
de Valendor m'a fait penser à l'instant. »

Ces propos embrouillés et décousus auxquels
Landrecourt, sur le moment, n'attacha pas d'importance, devaient quelques jours plus tard lui
revenir à la mémoire et lui prouver que Rosie avait
alors décidé de le fuir et que, pour le fuir, elle lui
avait menti. Elle tourna la tête du côté de l'aubergiste : « Vous me racontiez, fit-elle, que pendant la
guerre... » et tandis que l'aubergiste se remettait
au récit de ses propres histoires, Landrecourt re-
prenait le journal, et lisait en un clin d'œil les
quelques lignes concernant Julietta. Elle lui parut
alors d'autant plus mystérieuse qu'elle n'était pas
voleuse et il s'émut à l'idée qu'elle resterait seule,
chez lui, en son absence, chargée du double poids
de la présence et de l'inconnu dans cette chambre
sentimentale qu'elle avait inventée. « Mais pourquoi riait-elle ? » pensa-t-il encore. Rosie le voyant
songeur crut qu'il s'ennuyait et profitant d'un
instant où l'aubergiste était allé chercher la photographie de sa fille, elle lui demanda :

— Vous êtes triste, André ?

— Non, répondit-il, je suis jaloux.

Il eut alors vers elle un de ces mouvements de tendresse désespérée, sorte d'aveu d'amour et d'appel à la protection, comme ceux que l'on a au moment des adieux lorsque l'avenir éclaire l'évidence de tout ce qui nous attache au présent et retient notre vie à des êtres que nous embrassons encore mais qui, par notre choix, appartiennent déjà au passé. Mme Facibey ne repoussa pas tout à fait ce mouvement de tendresse mais l'écarta gentiment avec les demi-sourires et les gestes frileux de la pudeur.

— Vous m'intimidez, dit-elle.

Plus tard, ils évoquèrent des souvenirs. Ils revinrent plusieurs fois aux débuts de leurs amours, aux soirées chez leurs amis près du Jardin des Plantes, aux promenades dans les rues, la nuit, et ils parlèrent de toutes ces choses comme si de les rappeler allait les faire renaître chargées des émotions et des simplicités de leur passion d'alors.

Rosie, en se levant de table, s'attarda un instant à regarder le paysage. « Au revoir et merci, dit-elle à l'aubergiste, ce sera notre dernière visite pour cette année. »

A ces mots, le cœur de Landrecourt se serra. Malheureux tout à coup à l'idée de revoir Julietta, il prit Rosie par le bras et voulut l'entraîner n'importe où sans se préoccuper de leurs bagages et sans se soucier de la venue du prince

— Ne rentrons pas, lui dit-il, faisons une promenade.

— Une toute petite promenade, André. Il est tard et Hector peut arriver d'un instant à l'autre. Que ferait-il s'il ne nous trouvait pas? Il veut repartir avant six heures et mes valises ne sont pas prêtes.

— Je vous aiderai, venez, promenons-nous un peu, dit-il.

Il la conduisit dans la direction opposée à la

maison des Saules, vers les ruines de ce château, dont il lui avait parlé et où, le soir, pendant son enfance, il entrait à cheval avec ses parents. « Nous mettions le couvert par terre sur une dalle et, pendant que nous dînions, les chevaux regardaient par les fenêtres. Quand nous partions, il faisait nuit mais ma mère, malgré l'obscurité, cueillait les quelques fleurs qui poussent au pied des murs et elle en faisait de petits bouquets qu'avant de s'en aller elle déposait sur les tombes. Mon père qui l'attendait lui disait : " Venez donc, c'est bien assez, croyez-moi. Je n'en demanderai pas tant ", et je sentais que cette habitude qu'elle avait de s'attarder le touchait, l'impatientait et le portait à l'aimer davantage. Bien que jeunes encore, ils avaient atteint ce moment de leur vie où le bonheur, par sa durée, inquiète et où chaque geste, gardien de quelque souvenir, ravive les premières émotions. » Rosie n'écoutait pas. Elle regardait sa montre dont les aiguilles semblaient avancer plus vite que de coutume et, nerveuse, croyant que Landrecourt allait oublier l'heure, parler trop longtemps, l'entraîner trop loin et l'obliger peut-être à visiter les ruines, elle essayait d'attirer son attention tantôt par des soupirs tantôt en tapotant la vitre à côté d'elle. Enfin, rassemblant son courage, elle dit :

— Je veux rentrer, nous sommes au bout du monde.

— Pas encore, répondit-il, mais c'est au bout du monde que je voudrais vous emmener.

Il était sincère. Non seulement il craignait de la perdre, mais encore il eut le sentiment qu'elle lui appartenait et qu'il l'aimerait simplement à l'avenir, telle qu'elle était, et sans la juger. Croyant alors retrouver son amour et sa raison, il ne vit plus en Julietta que folies, incertitude et risques de dangers et il se méfia d'elle comme de tout ce qui l'attirait vers ses jeux de mystère.

— Fuyons, dit-il, et il continua sa route.

Mme Facibey crut à une taquinerie et se fâcha.

— Je ne trouve pas cela drôle, je veux rentrer, dit-elle, j'ai horreur des ruines et tout cela m'ennuie.

— Vraiment ?

— Vraiment, répondit-elle.

Il fit aussitôt demi-tour et ses pensées, comme anxieuses de reprendre un chemin qui, semble-t-il, leur était devenu naturel, firent demi-tour en même temps que la voiture et s'éloignèrent de Rosie pour se rapprocher de Julietta.

Ainsi rentrèrent-ils assez tristement à la maison des Saules.

Quelques oiseaux voletaient dans la cour où Sultan dormait couché sur la robe de chambre noire : « Sultan ! Sultan ! Viens ici, sale bête », crièrent-ils, cependant que le chien, éveillé au bruit de leur arrivée, s'enfuyait en traînant la robe. Landrecourt s'élança mais Rosie le retint :

— Laissez, laissez, dit-elle, j'en ai fait mon deuil.

Puis elle monta à sa chambre et demanda ses valises :

— Je veux être prête quand Hector arrivera, vous m'aiderez, n'est-ce pas ? fit-elle.

Il la rassura d'un signe de tête :

— Je reviens, lui dit-il, et il courut chez lui où, seul enfin, il déplia le journal qu'il portait dans sa poche.

Julietta Valendor n'avait pas été retrouvée, sa mère était en larmes, et la police continuait ses recherches. « Julietta, Julietta », murmura-t-il. Troublé, enivré par le goût de ce nom que sa lèvre prononçait pour la première fois, il fut tenté d'aller chez Julietta, de lui tendre le journal ou de l'ouvrir devant elle et de la confondre, mais il fallait d'abord qu'il aidât Mme Facibey à faire ses bagages. Encline à l'impatience, dès que la moindre chose allait à l'encontre de ses désirs,

elle avait profité de l'absence de Landrecourt pour
jeter sur son lit, sur le sofa et à terre les vêtements
rangés dans la commode et dans l'armoire de sa
chambre :

— Tout cela ne tiendra jamais là-dedans. Comment allons-nous faire? je vous le demande, lui
dit-elle quand il entra apportant les valises. Et
puis, regardez-moi, j'ai une mine de l'autre monde,
je n'ai plus figure humaine, mon coiffeur ne me
reconnaîtra pas. Ah! non, je ne veux pas qu'Hector
me voie dans un état pareil. Aidez-moi, je vous en
prie.

Elle posa son nécessaire sur une chaise auprès
d'elle, s'assit à sa coiffeuse et se mit à refaire son
maquillage. Landrecourt pendant ce temps errait
à genoux de meuble en meuble, regroupait les
vêtements épars et les rangeait dans les valises.

— Hector est en retard, c'est curieux, dit-elle
plusieurs fois, je n'y comprends rien. Il est l'exac-
titude même. Ma montre n'est pas folle, quelle
heure avez-vous?

— Il est cinq heures.

— Cinq heures? Je suis prête, vous le voyez,
je suis tout à fait prête, tout est rangé, fermé,
bouclé, et j'attends. C'est incroyable. Pourvu,
mon Dieu, qu'il n'ait pas eu un accident.

Landrecourt, qui avait alors terminé les bagages,
s'assit au pied du lit et la regarda :

— Un accident? Pourquoi, diable, voulez-vous,
ma chérie, qu'il ait eu un accident? Il a probablement été retenu à Paris et il aura essayé de vous
appeler pendant que nous étions en promenade.
Mais s'il ne vient pas, qu'importe, nous partirons.
Partons tout de suite si vous le voulez.

— Mais s'il venait?

— Écrivez-lui un mot d'explication que je cloue-
rai à la porte d'entrée.

— Un mot pour lui dire quoi?

— Eh! bien, la vérité : « Vous croyant mort, nous sommes partis. »

Elle lui répondit qu'elle n'était pas d'humeur à rire et se leva pour aller guetter au balcon de la fenêtre. Il vint s'accouder auprès d'elle et la voyant tendue, crispée, défigurée par l'attente il se dit qu'elle avait l'air d'écouter par les yeux. A tout moment elle regardait sa montre, la portait à son oreille, tapait du pied, soupirait et répétait :

— Il est mort, j'en suis sûre, cela m'étonne de lui, c'est à croire qu'il se moque de moi.

Ne sachant au juste que répondre et se méfiant de la maladresse des mots, Landrecourt prit garde à ne faire que de simples remarques qu'avec beaucoup de discrétion, il plaça au hasard des silences. C'était tantôt : « Septembre est imprévisible, un jour chaud, un jour froid », tantôt : « Le jardin avait besoin de pluie », « vraiment besoin de pluie », « grand besoin de pluie ». Mais comme le temps passait il crut opportun de varier un peu la monotonie de ses propos et, appuyant sa main sur le bras de Rosie, il lui dit :

— Écoutez, écoutez, je crois avoir entendu chanter une grenouille. A cette heure-ci ? Voilà qui n'est pas naturel.

— Chut! Chut! Taisez-vous, je vous en prie, fit-elle, je crois bien que votre grenouille est une automobile, et avant même qu'elle n'ait eu le temps de se réjouir, une voiture conduite par le prince d'Alpen débouchait de l'allée des cèdres et s'arrêtait dans la cour.

— C'est lui, c'est lui, s'écria Rosie, venez vite, venez.

— Je viens, répondit-il.

Toutefois, ne voulant pas troubler leurs effusions, il la laissa descendre seule et la suivit lentement.

Rosie, les bras grands ouverts s'élança vers le prince et lui sauta au cou :

— Hector, mon petit Hector, quelle joie de vous revoir ! Voilà qui est gentil !

— Toujours aussi belle ? fit-il en l'écartant un peu pour mieux la regarder. De plus en plus belle, je vois. De quoi vous plaignez-vous ?

Landrecourt alors apparut sur le seuil et s'avança vers eux. Le prince d'Alpen lui sourit :

— Enchanté, monsieur, dit-il.

— Enchanté, répondit Landrecourt. Ils se serrèrent la main et entrèrent à la maison.

Mme Facibey trouva bon de donner quelques explications :

— Un mystérieux ébéniste a démeublé le salon, c'est lugubre, dit-elle, venez, allons plutôt nous asseoir à la bibliothèque.

— Quelle agréable pièce, s'écria le prince qui s'arrêta un instant dans l'embrasure de la porte, et que de livres !

— Oh ! mais il en manque une quantité, remarqua Rosie. Et les albums ? Je ne vois plus les albums. Où sont-ils passés ?

Landrecourt eut l'air de ne pas l'entendre et répondit au prince :

— Oui, c'est une assez bonne bibliothèque, une

pièce idéale pour lire et travailler. Mon père était historien.

— Historien? Voilà qui est intéressant, mon père l'était aussi. Quant à moi, je préfère les mémoires et la poésie à toute autre lecture, dit le prince en s'approchant des livres dont il lut à haute voix quelques titres.

— Notre charmante amie m'apprend que vous pensez à vendre cette maison, reprit-il, mais vous ne vous séparerez pas de votre bibliothèque, je suppose? Est-ce le climat d'ici qui ne vous convient pas? Ou bien souhaitez-vous vivre plus près d'une grande ville?

— Demandez à Rosie, répondit Landrecourt.

Le prince dit alors que Mme Facibey était une enfant gâtée mais qu'il fallait en rendre ses amis responsables puisqu'ils avaient pour habitude d'acquiescer à tous ses désirs :

— Vous-même, monsieur, n'est-ce pas pour lui faire plaisir que vous songez à l'exil? Croyez-moi, jamais vous ne convaincrez Mme Facibey de vivre à la campagne. N'est-ce pas, ma belle?

Il se tourna vers elle et la prit par le bras.

— Allons, soyez sincère, lui dit-il, et ne me reprochez pas de dire la vérité. — Puis, s'adressant à Landrecourt, il ajouta : Je connais de longue date cette ravissante dame, mais elle-même ne se connaît pas.

Landrecourt éprouva de la sympathie pour le prince, il devina en lui un homme que Rosie n'avait pas découvert, mais il fut jaloux de la façon dont elle acceptait la franchise de cet ami, comme il l'était de leur intimité qui reposait sur des secrets, peut-être, et sur des souvenirs qu'il ne partageait pas. Certes le prince d'Alpen avait plus d'indépendance, plus de grandeur aussi et plus d'intelligence que Mme Facibey et il n'était pas, comme elle, de caractère à dédaigner ou à critiquer qui-

conque ne vivait pas selon les règles d'une petite
société que, sans la mépriser, il regardait avec assez
de hauteur. Élevé dans la croyance de tout ce
qu'il représentait, il était enclin à ne croire qu'en
lui-même sans pour cela se détourner d'autrui.
De son éducation, basée sur des traditions anciennes, se dégageait ce charme un peu déconcertant,
un peu intimidant aussi, qui provient d'un mélange
de réserve et d'autorité. Instruit, curieux de la
nature, curieux aussi des réussites, des recherches
et des conflits humains, il avait le goût du savoir
et le goût d'observer et, s'il aimait les jolies femmes
comme un spectacle, un ornement et un délasse-
ment, il préférait, en général, les hommes pour
la conversation. Les gens qui le connaissaient un
peu se demandaient s'il était frivole par tristesse,
triste par frivolité, ou frivole par goût. Ce n'était
ni ceci ni cela. Le prince d'Alpen était un homme
sérieux : triste, il s'enfermait car la frivolité ne
l'eût pas distrait d'une raison chagrine, et frivole
il sortait de chez lui sitôt que son humeur l'y poussait, simplement. Les femmes l'aimaient pour sa
fortune, son titre et sa belle apparence, mais lui,
détaché de ce qu'il apportait à l'amour comme de
ce qu'il en recevait, choisissait les unes et les autres,
changeait celle-ci pour celle-là, et aimait toutes
les femmes, ce qui ne manquait pas de décevoir
chacune. Marié, ce serait un homme assez sévère,
gouvernant son épouse dans un domaine clos.
Toutefois, ses nombreuses aventures avaient lassé,
sinon sa fantaisie, du moins son application à
combler les vœux d'un certain ordre : il ne s'attar-
dait plus à rechercher les nuances. Le prince d'Alpen avait donné tant de baisers qu'il ne gardait
d'aucun le souvenir précis et il y avait longtemps
que les lèvres qui se prêtaient, se donnaient ou
s'abandonnaient aux siennes n'en recevaient, en
retour, que l'immuable baiser de son plaisir à

lui. Il venait aujourd'hui au secours de Rosie
comme il se serait arrêté et dérangé sur sa route
pour remettre à l'eau un gros poisson qu'une lame
aurait rejeté loin du rivage. Il savait qu'un homme
et une femme peuvent s'attirer l'un l'autre sans
être, pour autant, destinés à se convenir ; que le
dépit, dans ce cas-là, surgit des liens qu'ils vou-
lurent établir et que leur naturel, masqué par la
passion, démasqué par la lassitude ou le moindre
incident, apparaît alors avec toutes les exigences
de la réalité, accentuant les défauts, les divergences
et les contradictions, parlant de sacrifice, éveillant
les reproches, attisant les rancunes et jetant un
jour cruel sur les meilleurs souvenirs.

— Si j'avais une maison comme la vôtre, dit
le prince à Landrecourt, et si j'en puis juger par
cette seule pièce, je ne la vendrais pas.

— C'est pourquoi vous devriez l'acheter, déclara
Rosie avec beaucoup d'assurance, pour une famille
on ne peut trouver mieux.

Landrecourt alors félicita le prince de son mariage.

— Mon mariage ? Quel rêve, répondit-il et ce
fut tout.

Puis remarquant le sourire contraint de Landrecourt, il engagea la conversation sur les multiples
mérites de la vie à la campagne et alla jusqu'à dire
que l'amour avait besoin d'espace et de très grands
paysages pour pouvoir mieux s'y perdre et mieux
s'y retrouver et que les citadins ne savaient pas
aimer comme on s'aime loin des villes. Ces propos
tenus avec légèreté charmèrent Landrecourt à tel
point qu'il en oublia Julietta.

Mais Rosie, qui ne pensait qu'à partir, interrompit le prince pour lui proposer de visiter la maison.
Il répondit que cette visite l'intéresserait vivement
et Landrecourt conseilla à Mme Facibey de conduire
le prince de pièce en pièce pendant que lui-même

irait mettre un peu d'ordre à sa chambre et réunir des documents qu'il voulait emporter. Elle accepta : « C'est parfait, dit-elle, mais dépêchez-vous. » Il les laissa seuls et courut chez Julietta.

— Quel homme charmant, dit le prince.

— Oui, charmant, charmant, mais je n'ai pas la moindre intention de vous faire visiter sa maison. Venez, montons chez moi et parlez-moi de vous pendant que je mettrai mon chapeau.

— Vous m'attristez, lui répondit le prince. Votre attitude manque de cœur, et votre beauté qui vous a valu tant de victoires semble vous avoir convaincue de la bêtise des hommes. C'est dommage. Je suis ici pour vous aider, mais ne comptez pas sur moi pour traiter M. Landrecourt comme s'il était un imbécile. Il me croit ici pour visiter sa maison et j'ai l'habitude d'être courtois même dans le mensonge. Rosie, n'oubliez pas que seuls les égards du cœur adoucissent un peu le dépit des êtres qu'on délaisse.

— Eh bien, visitons, dit-elle.

Ils regardèrent rapidement les pièces du rez-de-chaussée, puis les chambres du premier étage.

— Avez-vous envie de monter au grenier ? demanda Mme Facibey.

Cependant Landrecourt était chez Julietta. Il avait frappé à sa porte, il avait attendu et, ne recevant pas de réponse, il était entré.

— Je vous apporte le journal, Julietta Valendor, je connais votre nom, avait-il dit. Je sais que vous n'avez été retrouvée que par moi, et je viens vous apprendre que votre mère est en larmes et que j'irai ce soir la rassurer.

Ne voyant pas Julietta, il avait cru que, par taquinerie, elle se cachait et il allait l'appeler de nouveau lorsque son regard tomba sur une feuille de papier posée au bord de la chaise longue. Il se pencha et lut : « Je ne vous croyais pas si méchant, Trouble-Joie. »

« Je ne vous croyais pas si méchant, Trouble-Joie ? Qu'est-ce que cela veut dire ? » pensa-t-il, tandis que le silence lui montrait l'abandon. « Où est-elle ? »

Julietta était partie. Elle avait entendu l'arrivée d'une voiture et la voix du prince disant à Rosie : « De plus en plus belle, je vois, de quoi vous plaignez-vous ? » Incrédule elle s'était penchée à la lucarne, et, voyant alors le prince elle en avait conclu que l'histoire de sa disparition devait être depuis la veille dans les journaux, que Landrecourt avait rassuré Mᵐᵉ Valendor, et que le prince, envoyé par elle, était venu pour la chercher. « Le bonheur est peut-être là, se dit-elle, car elle reconnaissait les qualités du prince, mais c'est un bonheur qui n'est pas pour moi : une malaise m'en a prévenue. » Elle écrivit un mot d'adieu à Landrecourt, mit dans sa poche l'argent que l'avant-veille il lui avait donné pour poursuivre son voyage, prit une pomme, envoya des baisers autour d'elle, ouvrit la porte et descendit prestement jusqu'au premier étage. La rumeur d'une conversation montant de la bibliothèque la rassura, elle dévala l'escalier, traversa l'office et sortit de la maison par la porte de la cuisine. « Je n'ai pas le choix » pensa-t-elle. Elle courut à la voiture de Landrecourt, y monta, referma la portière sans bruit, se mit en route et disparut.

« Elle est partie, murmura Landrecourt. Il ne me reste que son nom. » Il jeta le journal sur la chaise longue et le billet des adieux de Julietta, soulevé par le mouvement d'air que ce geste provoqua, s'envola dans la chambre désertée et retomba aux pieds de Landrecourt. Il le ramassa, le froissa dans sa paume et sortit de la pièce.

Comme un homme oppressé par un lourd fardeau,

il descendait, faisant une courte pause sur chaque
marche, lorsque, avant d'arriver au premier étage,
il fut frappé d'abord par la voix de Rosie, puis
arrêté par ces mots : « Tous les deux. » Dans sa
chambre, dont la porte était ouverte et proche du
palier, Mme Facibey parlait au prince d'Alpen :

— Rompre avec vous ? C'est incroyable, quelle
folie ? disait-elle, mais consolez-vous, Hector, vous
alliez épouser une sotte. Peut-être ne suis-je pas
intelligente mais je prétends vous connaître et je
crois que nous nous ressemblons. Nous avons plus
ou moins les mêmes goûts. Nous aimons tous les
deux les mêmes gens, la même vie, les mêmes choses.
Nous nous entendons à merveille, Hector, nous
sommes de vieux amis. — Et, plus tendre, sur ce
ton que Landrecourt connaissait bien, ce ton
câlin que prend un enfant qui se risque et se
protège, elle ajoutait : Tous les deux, vous et
moi ? Après tout, Hector, mon chéri, pourquoi
pas ?

— Pourquoi ? répondait le prince, mais parce
que vous ne m'aimez pas, Rosie, et que moi j'aime
Julietta. Regardez donc devant vous : les hommes
les plus charmants de la terre vous appellent et
vous tendent les bras.

Landrecourt continua lentement de descendre
dans sa maison qui, maintenant, lui semblait pleine
de brume.

Une femme trouve parfois sa place dans la vie
d'un homme quand il a besoin d'être consolé. Le
prince souriait à Rosie se croyant à tort soup-
çonnée d'avoir fait un calcul, se sentit gênée et
s'accusa de maladresse. « Oh, Hector, je plaisan-
tais, reprit-elle. Vous n'avez pas pensé, je l'espère,
que je parlais sérieusement ? Cette maison déforme
tout : les gens, les paroles, les intentions et l'on
dirait que les meilleurs amis ne s'y reconnaissent
pas. Venez, allons voir ce que fait André dans sa

chambre. » Elle fut étonnée de ne pas le trouver chez lui et l'appela. « C'est drôle, remarqua-t-elle, il n'est pas là. Venez. »

Landrecourt, à la bibliothèque, avait ouvert des bouteilles d'eau gazeuse et mettait des glaçons dans trois verres.

— Ah! vous voilà. Pourquoi vous cachiez-vous? Il est temps de partir, lui dit Rosie en entrant.

Il regarda tour à tour le prince et Mᵐᵉ Facibey et leur offrit du whisky :

— Servez-vous, leur dit-il, je vais prendre les bagages et je reviens.

Le prince insista pour l'accompagner et l'aider.

— Oui, c'est cela, approuva Rosie, à deux vous aurez plus vite fait. André, n'oubliez pas d'éteindre les lumières. Vous rappelez-vous notre arrivée l'autre soir? Ce n'était qu'avant-hier cette fenêtre éclairée? Il y a de cela un siècle il me semble.

— Un siècle? Vous ne paraissez pas votre âge, répondit Landrecourt.

Ils se mirent à rire et les deux hommes riaient encore mais sans gaîté en montant au premier étage.

— Vous n'avez pas envie de vendre votre maison, j'en suis sûr, dit le prince à Landrecourt. Croyez-moi, il ne faut se soumettre aux caprices des femme que lorsqu'ils ne nous sont pas contraires. Dès que l'on raisonne on calcule ou l'on spécule.

— Pour ne pas calculer il faut être séduit, dit Landrecourt.

— C'est le meilleur moyen de transports, répondit le prince.

Landrecourt soupira :

— On se croit à l'abri du malheur et l'on s'aperçoit que le malheur vous abrite.

— Philosopher n'est qu'une façon de raisonner la mélancolie, reprit le prince d'Alpen. Il faut avoir le courage de faire valoir ses goûts : c'est plus important pour le bonheur que l'esprit de sacrifice.

Tout en groupant les bagages dans le vestibule, ils parlèrent de se revoir à Paris et Landrecourt invita le prince à faire un séjour à la maison des Saules. Il accepta d'y venir plus tard, « en plein hiver, lorsque la campagne couve le frisson des couleurs ». Mais Rosie, laissée seule, s'impatientait. Elle sortit de la bibliothèque et s'arrêta un instant devant eux : « Où dînerons-nous ? » demanda-t-elle. Le prince proposa l'auberge du Petit Tambour.

— Oui, oui, le Petit Tambour, dit-elle, et, pour les faire se hâter elle ajouta : André, je vais vous attendre en voiture. C'est avec vous que je suis arrivée, c'est avec vous que je repartirai. Nous ferons ensemble la première moitié de la route.

Elle ouvrit la porte d'entrée, s'avança dans la cour et erra un moment en regardant autour d'elle avec la même expression hébétée qu'elle aurait eue si en entrant dans sa chambre elle avait constaté la disparition de son lit, puis elle se tourna du côté de la maison.

Landrecourt et le prince étaient alors sur le seuil. Têtes baissées, les yeux fixés sur le bout des souliers l'un de l'autre ils s'incitaient mutuellement à passer le premier.

— Je vous en prie, disait le prince.

— Après vous, répondait Landrecourt.

— S'il vous plaît.

— Jamais de la vie.

— Je vous en prie.

— Je vous en supplie.

Indifférente à la courtoisie classique de ce dialogue, Mᵐᵉ Facibey l'interrompit :

— André, où est votre voiture ? demanda-t-elle.

Les deux hommes levèrent les yeux et regardèrent dans la cour.

— Où est votre voiture ? répéta Rosie. La voyez-vous ?

Landrecourt ne répondit pas mais une contraction de son front et de ses sourcils indiquait qu'il cherchait la solution d'un problème et ses lèvres s'entrouvrirent comme s'il allait parler.

— L'ébéniste, peut-être, ou bien le chien, ou bien... commença-t-elle.

— Oh, je vous en suplie, ne continuez pas, lui dit-il et, s'adressant au prince, il reprit : Le voleur s'est sans doute arrêté au premier garage sur sa route ; j'ai craint tout à l'heure de tomber en panne d'essence ; mais de quel côté est-il parti ? Voilà ce que nous ne pouvons savoir. Je me vois obligé de vous fausser compagnie. Ayez la bonté de me déposer en ville afin que je puisse faire commencer les recherches et veuillez continuer votre voyage sans moi.

Il déposa ses bagages dans le vestibule, ferma la porte de la maison et prit place à côté de Rosie dans la voiture du prince.

— Vous ne m'en voudrez pas de vous laisser seul ? lui demanda-t-elle. En restant je ne ferais que vous encombrer.

— M'encombrer n'est pas le mot, fit-il. Qui sait ? Peut-être vous rejoindrai-je dès demain, à Paris ?

Tout le long du chemin, le prince et Landrecourt ne parlèrent que de vols et de cambriolages. Rosie les interrompit sans cesse par ses exclamations : « Oh! taisez-vous, vous me faites trembler, s'écriait-elle, et pourtant je devrais être habituée aux voleurs et aux fantômes. »

Landrecourt se fit arrêter en ville devant le commissariat de police, il descendit de voiture et baisa la main de Rosie qui lui tendait les bras :

— Au revoir, ma chérie, lui dit-il. Je suis triste du souvenir que vous emportez de chez moi.

— Ne soyez pas triste, répondit-elle, je suis sujette aux bons souvenirs.

Cette réponse plut beaucoup à Landrecourt et lui donna quelques remords.

— Au revoir, cher ami, lui dit le prince. Je n'oublie pas votre invitation et, dans tous les cas, nous nous reverrons bientôt.

— Bientôt, oui, oui, bientôt, fit-il, et il resta un moment à agiter son chapeau dans la direction des voyageurs qui s'en allaient ; puis il regarda sa montre et se dirigea lentement vers la gare. De loin, parmi d'autres voitures rangées là sur la place il reconnut la sienne et n'en fut qu'à demi surpris. Dans le mouchoir de Julietta, noué à la poignée de l'une des portières il trouva les clefs, mit en marche et repartit. Mais au fur et à mesure qu'il s'éloignait un sentiment d'une nature parente du regret le contraignit à ralentir et il lui sembla que son cœur le défiait. Quelle leçon donnerait-il à Julietta en s'écartant d'elle à présent et quelle leçon se donnerait-il à lui-même en abandonnant aujourd'hui une poursuite qui lui tenait à cœur ? Il s'arrêta et appuya son front contre ses bras croisés, devant lui, sur le volant. Mais tout ce qu'il savait et devinait et désirait l'empêcha de réfléchir. Il se redressa, secoua les épaules, fit demi-tour et rentra en ville. Indifférent aux passants qui sursautaient et se cabraient sur son passage, il roulait à vive allure vers la gare, dont il voyait déjà l'horloge lumineuse, lorsque sa voiture se mit à toussoter d'abord, à hésiter ensuite et enfin refusa d'avancer. Alors il l'abandonna au milieu de la chaussée et partit en courant. Cette minute allait-elle emporter Julietta ? Aurait-il à la chercher au long d'interminables heures ? La retrouverait-il jamais ?

Sur le quai, assise sous un lampadaire, Julietta lisait un journal et croquait une pomme en atten-

dant le train. Landrecourt vint à elle, lui retira
sa lecture et, sans un mot, sans même la regarder,
il la prit par la main et l'entraîna. On aurait dit
qu'il guidait une aveugle. Ils rejoignirent ainsi
sa voiture abandonnée que des badauds entouraient. Quelques jeunes gens les aidèrent à la
pousser jusqu'au garage le plus proche et, bientôt
après, Julietta s'assit à côté de Landrecourt et
ils se mirent en route pour la maison des Saules.

— Voilà, dit-il au bout d'un long moment.

— Et votre fiancée? demanda-t-elle.

— C'est vous.

— Vous faites bien de me le rappeler, je n'y
pensais plus, j'allais l'oublier, dit-elle.

Landrecourt la regarda :

— Est-il possible que ce soit vous et que vous
soyez là? Rassurez-moi. Appuyez votre main
sur mon cœur. Je n'avais pas grand espoir de
vous retrouver.

— Pourtant, répondit Julietta, je n'ai fait que
vous obéir. Ne m'avez-vous pas, ce matin même,
suppliée de partir, de prendre votre voiture et de
la laisser devant la gare?

— Oui, je vous ai demandé de partir, mais
pourquoi avez-vous fui?

— Le prince, dit-elle. Vous ne comprenez pas?

— Non, je ne comprends pas, je ne comprends
pas du tout.

Julietta ne pouvait, en ce moment, douter
de Landrecourt. Elle lui raconta comment elle
s'était fiancée au prince et comment n'osant
rompre elle avait pris avantage d'une occasion
qui lui permettait de disparaître sans avoir à
s'expliquer.

— Alors ce n'est pas moi qui vous cachais,
c'est vous qui vous cachiez, dit-il.

— C'est l'un et l'autre, répondit Julietta.

— Ah, je suis navré d'entendre tout cela,

s'écria Landrecourt. Le prince est un homme
de cœur, vous le faites souffrir et c'est à lui que
je vous dois.

— Faut-il que, déjà, je vous console de ma
présence ? dit-elle. Quant à moi, n'est-ce pas à
votre fiancée que je vous dois ?

— Non, c'est à un oubli.

— C'est la même chose, répondit Julietta.
Ils s'appliquèrent à rechercher chacun des
incidents de leur proche passé qui les avaient
fatalement amenés à se connaître et Landrecourt devint songeur.

— A quoi pensez-vous ? demanda-t-elle.
Il lui répondit qu'il pensait aux preuves d'amour.
Julietta lui assura que l'amour se mesure aux
regrets qu'on éprouve comme à ceux que l'on
souhaite inspirer :

— Pourquoi aurais-je voulu me faire regretter
de vous ? demanda-t-elle.

Ainsi, se confiant l'un à l'autre, arrivèrent-
ils à la maison des Saules. Julietta abandonna
Landrecourt au pied de l'escalier : « Ne venez
pas maintenant, attendez un peu, laissez-moi le
temps de me préparer à vous recevoir », et sans
se retourner vers lui qui soupirait et l'appelait,
elle disparut vivement au haut des marches.

Bien que la chambre de Julietta fût une chambre sans heures, il était tard et la soirée finissait. Pieds nus, revêtue d'un peignoir blanc et portant à son décolleté un bouquet de feuillage Julietta, étendue sur la chaise longue drapée de rouge, ressemblait à la reine de l'hiver voyageant en traîneau au bord de l'horizon. La lumière des bougies et les ombres profondes, les fleurs et leur parfum, les plats chargés de fruits, de gâteaux ronds et de compotes, étaient là comme les attributs d'un pays inventé. Landrecourt, assis près d'elle, au bord de la chaise longue, l'écoutait lui raconter un épisode de leur vie future :

— Alors nous rentrerons à la maison en suivant le sillage du premier souffle frais et nous trouverons devant notre porte les empreintes de l'automne. D'une fenêtre, un enfant nous criera : « L'automne est arrivé » et vivement refermera la fenêtre. »

— Julietta, Julietta, mumura Landrecourt.

Elle le regarda et se tut. Une pensée plutôt qu'un sourire entrouvrit ses lèvres, elle posa près d'elle le petit écran japonais dont elle jouait tout en parlant et, dans un mouvement très naturel et enfantin, se redressa, mit ses bras autour des épaules de Landrecourt et lentement se laissa retomber sur les coussins en l'attirant à elle. Ils se confièrent alors tous les secrets et tous les aveux condamnés au silence et que seul le silence des baisers révèle.

Quand ils se séparèrent, leurs traits et toute leur attitude exprimaient le recueillement.

La tête inclinée, les paupières baissées, Landrecourt appuya ses coudes sur ses genoux et se cacha le visage dans les mains. Julietta au même instant et sans ouvrir les yeux porta sa main gauche à ses lèvres et de sa main droite reprit le petit écran japonais dont elle se couvrit la figure. Ils restèrent longtemps ainsi à méditer sur leur naufrage.

— Tout le monde est mort, chuchota-t-elle.

— Non, répondit-il, mais nous sommes passés d'un côté de notre vie où il n'y a plus que nous deux.

Elle s'étonna ensuite qu'il ne fût pas encore marié puis elle lui posa des questions sur ses amis et lui demanda qui étaient ces messieurs âgés qu'Arthur entendait rire, le soir, et faire de la musique avec de belles dames qui chantaient.

— Ce sont mes vieux oncles, des étrangers qui viennent attendre ici le passage de certains oiseaux. L'un d'entre eux porte toujours un cadran solaire dans une de ses valises.

Julietta décida qu'ils seraient ses intimes :

— Je les ferai prisonniers, déclara-t-elle.

— Eh bien, vous ferez leur bonheur. Jeunes, ils étaient tyranniques ; vieux, ils veulent être tyrannisés. — Puis il regarda la chambre et ajouta : Ils aimeront tout cela beaucoup. On croirait qu'en vous installant c'était à eux que vous cherchiez à plaire.

— Rien n'est encore tout à fait à mon goût, dit-elle. Je suis souvent gênée, même par les objets. Ainsi ce qui me gêne dans les tableaux, et surtout dans les natures mortes et les portraits, c'est qu'ils ne soient peints que d'un côté de la toile. On

devrait, en les retournant, voir l'autre face des
choses et le dos des personnages avec le décor ou
la vue qu'ils avaient sous les yeux pendant qu'on
les peignait. Je regrette que, sur ce portrait, le
chien et son héros ne puissent être vus tantôt de
face et tantôt de dos. Ce serait plus normal et
beaucoup plus sérieux. Ma mère n'a jamais compris
cette idée-là et, malgré mes supplications, elle
défendit au peintre qui, lorsque j'avais six ans,
fit mon portrait déguisée en libellule, de me peindre
de dos. « Les gens sont faits pour être vus de face,
affirme-t-elle, et la preuve c'est qu'ils nous insul-
tent en nous tournant le dos. Que vois-tu dans un
dos ? C'est pauvre, il n'y a pas de détails, ce n'est
pas intéressant. »

Landrecourt en conclut que Mme Valendor
était une femme de tête.

— Une femme de tête, oui, mais ce n'est pas
tout, dit Julietta, ma mère est aussi très attachée
aux convenances. Dire en bâillant : « Je n'ai pas
fermé l'œil, je n'ai fait que rêver », est sa façon de
faire savoir à son entourage qu'elle a, durant la
nuit, souffert d'indigestion. Le sentiment qu'elle
s'inquiète de moi pendant que nous parlons d'elle
m'est désagréable, continua-t-elle, et maintenant
que vous êtes là pour me défendre, je suis triste
de ne pouvoir la rassurer.

Il lui offrit alors de la conduire au village et
d'éveiller le médecin de chez qui l'on pouvait, à
toute heure, téléphoner n'importe où.

— Est-ce bien loin ? demanda-t-elle. J'aimerais
me promener à votre bras, dans la nuit.

Julietta donnait à Landrecourt trop de raisons
de l'aimer. Son amour pour elle, comme une conver-
sion, le dépossédait de son être ancien et de son
expérience ; dépaysé dans cet état nouveau, attendri jusqu'au désespoir et sans autre appui que celui
d'une certitude qui engageait son avenir, il lui dit :

— Je n'ai plus qu'un seul cœur.

— Je vous en donnerai mille! répondit-elle. Les plus gais consoleront les plus tristes et vous aurez vos sages et vos fous.

Ils s'embrassèrent, elle lui demanda un manteau et il sortit de la chambre. Julietta se leva, elle remit son costume de voyage et ils s'en allèrent à pied, comme elle l'avait voulu, silencieux, empesés par une ferveur et par un recueillement que les sursauts brusques du vent dans cette nuit de septembre traversaient de frissons.

Le docteur en leur ouvrant sa porte fut tout ébahi de les trouver là, immobiles et muets, à son seuil, puis, remarquant l'expression grave du visage de Landrecourt et la pâleur, les yeux brillants, l'air de grande faiblesse de cette jeune fille revêtue de ce manteau d'homme, il crut que Landrecourt lui amenait une malade : « Quel bon vent vous amène? » leur dit-il, et il s'effaça pour les laisser entrer.

Depuis la disparition de sa fille, Mme Valendor trouvait convenable de ne jamais lâcher son mouchoir et croyait faire preuve d'à-propos en lisant *Albertine disparue*. Dans sa chambre à coucher maintenant décorée de photographies de Julietta à tous les âges, ce livre était posé sur sa table de chevet. Mme Valendor, à peine éclairée par une lampe voilée d'un abat-jour et de plusieurs fichus de soie, était au lit et dormait lorsque la sonnerie du téléphone retentit et l'éveilla. Elle prit à tâtons le récepteur et cria : « Julietta ! Quoi ? Où es-tu ?... Ah ! Où ? Qui ? Je ne connais pas ce nom-là. Oui, je t'écoute. Mais non, mais non, je ne peux pas tomber, parle, je suis au lit. Où croyais-tu donc me trouver à cette heure-ci ? Ah... Oh... Non ? Tout cela est très joli mais... Ne t'emballe pas. Eh bien ! tu en as de la chance et lui, ce monsieur, il en a du courage. C'est tout ce qu'il faut, dis-tu ? Ah ! ma pauvre tête... Le prince ? Inutile, il a rompu. Laisse-moi donc tranquille avec ta chance. Quoi ? Oui, oui, ah ! ma pauvre tête. Oui, oui, j'arrive. »

Elle reposa le récepteur, le reprit aussitôt et, sans dévoiler le lieu où se cachait sa fille, prévint la police que Julietta était retrouvée. Elle ne se rendormit qu'à moitié, se leva de bonne heure, donna des ordres, poussa des cris, passa la matinée dans l'agitation la plus grande et vers onze heures, partait pour la gare et allait monter en taxi lorsqu'elle se trouva face à face avec le prince d'Alpen qui, justement, venait chez elle prendre des nouvelles de Julietta. C'était l'heure de sa promenade et il était à pied. « Je n'ai pas le temps d'avoir de secrets pour vous, lui dit Mme Valendor, ma fille est fiancée à un M. Landrecourt, c'est chez lui qu'elle se cache depuis samedi dernier et je vais, de ce pas, la rejoindre. »

Le prince d'Alpen laissa tomber un très petit bouquet qu'il tenait à la main et continua sa promenade. Le soir même il fit préparer ses bagages et partit. La mi-septembre était la saison de l'année où il avait pour habitude d'aller tirer le cerf dans les forêts, sur les hautes montagnes de son pays. Il écouterait le soir quelques jeunes et belles cousines parler de diadèmes et il se sentirait chez lui.

A l'heure où le prince d'Alpen prenait la décision de partir, à l'heure où Mme Valendor se mettait en route pour aller retrouver Julietta, Mme Facibey, dans son appartement à l'hôtel attendait le coiffeur. Elle allait et venait de sa chambre à son salon et tantôt s'arrêtait devant un miroir, caressait le col châle de son déshabillé, tantôt souriait aux corbeilles de fleurs que des admirateurs, prévenus de son retour, lui avaient envoyées. Consciente du temps perdu, anxieuse de se libérer des mélancolies du passé elle tendit au présent ses bras grands ouverts et se plongea dans un bain parfumé comme pour se laver à jamais des mornes et gluantes empreintes du souvenir.

Sur le quai de la gare, Mme Valendor, sans perdre des yeux le porteur qui la précédait, acheta la première édition d'un journal du soir, puis elle monta dans le train, choisit un compartiment et, avant même de s'asseoir, déplia le journal. Le porteur, après avoir déposé les bagages dans le filet, attendait son pourboire et la regardait fixement. Il toussa. Le sourire aux lèvres, l'air éberlué, elle abaissa son journal :

— Eh bien! fit-elle, qu'attendez-vous?

D'un geste du menton, il montra les valises, et regarda ensuite le creux de sa main.

— Ah! ma pauvre tête, dit-elle, ah! oui, je savais bien que j'oubliais quelque chose.

— Quelque chose? Quelqu'un, rectifia le porteur.

— Oui, quelqu'un, vous avez rasion, répondit Mme Valendor. J'ai la tête brouillée. Tenez, voici, prenez, excusez-moi.

Le porteur la remercia et sortit.

Toujours debout au milieu du compartiment et le dos au couloir, elle avait repris sa lecture et la contemplation de sa photographie soulignée de ces mots : « Une heureuse mère », lorsqu'un gros monsieur d'une soixantaine d'années, rose, jovial et soigné, portant lui-même un sac de voyage aux

serrures bien astiquées, entra dans le compartiment.
Il voulait évidemment s'asseoir à l'une des places
de coin, près des fenêtres, dont Mᵐᵉ Valendor
barrait l'accès. Il attendit un moment, salua le
dos de la voyageuse et dit à tout hasard :

— Je vous demande pardon.

Mᵐᵉ Valendor se retourna :

— Oh! fit-elle, je vous demande pardon.

— Je vous en prie, je vous en prie, répondit le
gros monsieur. Quelle place désirez-vous occuper?

— Celle que vous voudrez, répondit-elle.

Le gros monsieur, assez surpris, recula d'un pas,
se cabra et les doigts écartés montra les deux places :

— Mais, madame, dit-il, c'est à vous de choisir

Avant qu'elle n'ait eu le temps de répondre,
le train partit brusquement et la projeta, titubante,
contre la poitrine de ce gros monsieur qui ne put
mieux faire pour la soutenir que de la serrer dans
ses bras.

— Je suis confus, lui dit-il en l'aidant à s'asseoir.

Elle rajusta son chapeau :

— Il n'y a pas de quoi, fit-elle, sans vous, je
serais tombée, et elle sourit à cet homme aimable
qui, maintenant assis en face d'elle, la caressait
des yeux.

On voyait qu'il la trouvait jolie, élégante, parfaite d'âge et bien tournée et, tandis qu'il contem-
plait tour à tour chaque détail de son costume,
ses narines palpitaient un peu aux effluves du doux
parfum que répandait le mouchoir qu'elle agitait
pour s'éventer. Consciente d'être admirée, feignant
de s'intéresser au paysage, elle tourna le journal
de façon que le gros monsieur ne pût faire autrement que d'y remarquer son portrait. C'est ce qui
se passa et le regard ébahi du voyageur allait et
venait de Mᵐᵉ Valendor à la photographie lorsque
leurs yeux se rencontrèrent.

— Je ne me trompe pas? demanda-t-il.

— Non, répondit-elle, c'est moi.

Ils engagèrent conversation, firent connaissance et se plurent beaucoup. Il l'invita au wagon-restaurant, elle accepta et dès la fin du déjeuner, après s'être raconté bien des choses, tantôt simples, tantôt intimes, ils abordaient les confidences qu'on se fait entre amis de toujours. Le gros monsieur pelait une poire en regardant Mme Valendor.

— Attention, dit-elle, vous allez vous couper.

Il posa son couteau sur l'assiette :

— On doit vous faire beaucoup de compliments, dit-il.

— Pas tellement, je vous assure.

— Ah! je ne vous crois pas, s'écria le gros monsieur.

Mais elle insista :

— Pas tellement, pas tellement, je vous assure, c'est pourtant vrai.

— Il me semble vous connaître depuis vingt ans et vous aimer, vous aimer, comme au premier jour, dit-il.

— Moi aussi, il me semble vous connaître comme au premier jour, il me semble vous connaître sur le bout des doigts, répondit-elle.

Il lui prit les mains et déposa de petits baisers au bout de ses dix doigts, après quoi il coupa la poire en deux :

— Choisissez, dit-il.

— Eh bien! voyez-vous, dit Mme Valendor comme si elle revenait soudain à la réalité, il y a dans cette histoire de ma fille une chose qui me peine, et qui me peine beaucoup, et c'est qu'elle m'ait menti.

— Menti? Comment cela?

— Écoutez-moi : elle ne voulait pas du prince d'Alpen, bon. Elle s'est enfuie, bon. Elle a cru me faire peur, bon. Son imprudence a bien tourné, parfait. Mais alors, pourquoi chercher une excuse à sa fuite ? Pourquoi me raconter cette histoire de porte-cigarettes oublié dans le compartiment ? Ce n'est pas à moi qu'il faut raconter des histoires de porte-cigarettes en or qu'on laisse traîner sur une banquette ! En or, insista-t-elle, en tapotant et mettant sous le nez du gros monsieur les bracelets d'or encerclant son poignet.

Mais le gros monsieur qui, étant très bon, estimait que la crédulité est une forme de la bonté, encouragea Mme Valendor à faire confiance à sa fille.

Comme ils regagnaient leur compartiment, une enfant de cinq à six ans marchant à quatre pattes les arrêta dans le couloir. Mme Valendor se pencha pour la prendre par le bras et l'écarter un peu : « Pardon, petite fille », dit-elle. Au même instant, des appels répétés : « Clémence ! m'entends-tu ? Clémence ! où es-tu ? Clémence ! viens ici tout de suite », leur firent tourner la tête et Mme Valendor stupéfaite, reconnut la vieille dame qui voyageait avec elle trois jours auparavant.

— Je vais retrouver ma fille, lui annonça-t-elle aussitôt.

— Bien sûr, bien sûr, répondit la vieille dame, nous avons l'une et l'autre charge d'âmes. J'emmène ma petite-fille se reposer à la campagne. Clémence ! viens ici, viens là. Nous irons tout à l'heure vous faire une petite visite. Clémence ! et tenant l'enfant par la main, elle rentra dans son compartiment.

— Que le diable l'emporte, grommela le gros monsieur. Qui est-ce ?

— Une vieille folle, répondit Mme Valendor, pendant que la petite fille demandait : « Mémé qui c'est, cette dame ? » et que la grand-mère répondait : « Une pauvre folle, mon enfant. »

Debout l'un près de l'autre dans le couloir de leur wagon, Mme Valendor et le gros monsieur

fumèrent une cigarette, échangèrent leurs adresses,
se promirent de se revoir, se jurèrent de ne pas
s'oublier. L'avenir les tentait. Ils s'y voyaient
rajeunis, et Mme Valendor, sans le vouloir, compara
ce nouvel ami, qui lui était devenu si cher, à un
bon oreiller ou à un lit de plumes roses où se jouait
le soleil du soir.

— Je me demande ce que ma fille fait à cette
heure-ci? dit-elle.

— Elle vous attend, elle va vous embrasser,
alors que moi, hélas! au prochain arrêt, dans dix
minutes, je vous quitte.

Julietta et Landrecourt, eux aussi, pensaient à l'avenir et s'y voyaient sans âge. Exemplaires et dépaysés, ils flânaient par la ville en attendant l'arrivée de Mme Valendor. Julietta se pressait aux côtés de Landrecourt avec un air d'abandon qui avait beaucoup de grâce.

— Le bonheur rend malade, je ne m'en remets pas, dit-elle.

Les passants les remarquaient et leur souriaient comme on sourit aux amoureux qui par leur abandon illustrent un monde intime. Ils s'arrêtèrent à une devanture. Un jeune homme assez triste se tint un moment derrière eux et les regarda dessiner deux cœurs entrelacés dans la buée que leur souffle déposait sur la vitre, puis il s'éloigna tête penchée comme s'il souffrait d'un souvenir.

Cependant, la vieille dame et sa petite-fille étaient venues rejoindre Mme Valendor et le gros monsieur dans leur compartiment et gênaient les nouveaux amoureux qui n'osaient plus qu'à peine se parler.

— Je suis désolé de vous quitter, chuchota le gros monsieur.

— Moi aussi, répondit Mme Valendor.

— Les vieux amis se retrouvent toujours, aussi longtemps qu'ils sont jeunes, remarqua la vieille dame, puis elle gronda sa petite-fille qui tantôt marchait à quatre pattes, tantôt jouait à dénouer les lacets de ses souliers.

Comme le train ralentissait, le gros monsieur tira de sa poche son porte-cigarettes et le glissa sous lui.

— Hélas! dit-il.

— Déjà! murmura Mme Valendor.

La vieille dame alla dans le couloir se pencher à une fenêtre. Mme Valendor se leva ; le gros monsieur s'effaça pour la laisser passer et dès qu'elle fut sortie, il prit son chapeau et son sac et la suivit jusqu'à la portière du wagon.

— Au revoir, au revoir, lui dit-elle.

Il la regarda, descendit puis, la tête levée et l'air grave et drôle, il agita son index :

— Prenez garde, prenez garde, je suis très amoureux.

— Oh! amoureux, quel grand mot! s'écria-t-elle, tandis qu'il s'éloignait à pas rapides.

Mélancolique alors, elle regagnait sa place lorsqu'elle fut arrêtée, dans le couloir, par la petite fille qui, suspendue au bras de sa grand-mère, appelait : « Mémé, Mémé, regarde, Mémé, regarde donc », et cherchait à lui montrer le porte-cigarettes oublié, semblait-il, par le gros voyageur. Mme Valendor s'en empara vivement, descendit sur le quai et courut vers la sortie : « Monsieur! Monsieur! » Toutes les femmes se retournèrent, mais aucun homme ne parut entendre. « Eh! Monsieur! Monsieur! » cria-t-elle jusqu'au moment où, à bout de souffle, elle tira le gros monsieur par la manche et lui tendit la boîte. Il leva haut les sourcils, glissa la boîte dans sa poche et prit les mains de Mme Valendor :

— Oh! fit-il, est-ce possible? Ce n'est pas à moi qu'il faut raconter des histoires de porte-cigarettes en or qu'on laisse traîner sur une banquette.

— Lâchez-moi, lâchez-moi, voyez donc, le train part, lâchez-moi, dit-elle et elle se débattit.

— Vous lâcher? Vous? Jamais, jamais de la vie, répondit-il.

— Comment jamais de la vie? Vraiment? demanda-t-elle.

Et nez à nez ils riaient aux éclats lorsque les deux valises de Mme Valendor tombèrent devant eux sur le quai. Ils se ressaisirent, ils crièrent : « Merci! Merci! » mais ne virent plus qu'une petite main gantée de gris s'agiter en signe d'adieu ou de bénédiction à l'une des fenêtres du train qui déjà roulait vite.

DU MÊME AUTEUR

Aux Éditions Gallimard

SAINTE-UNE FOIS.

LA FIN DE VILLAVIDE.

FIANÇAILLES POUR RIRE.

LE LIT À COLONNES (« L'Imaginaire », nᵒ 401).

LE SABLE DU SABLIER.

LE RETOUR D'ERICA.

JULIETTA.

MADAME DE.

L'ALPHABET DES AVEUX. *Illustrations de Jean Hugo.*

LES BELLES AMOURS (« Folio », nᵒ 1602).

HISTOIRE D'AIMER (« L'Imaginaire », nᵒ 364).

LA LETTRE DANS UN TAXI (« L'Imaginaire », nᵒ 378).

MIGRAINE.

LE VIOLON.

L'HEURE MALICÎOSE.

CARNETS.

POÈMES. *Préface d'André Malraux* (« Poésie/Gallimard »).

LE LUTIN SAUVAGE.

SOLITUDE, Ô MON ÉLÉPHANT.

MADAME DE — JULIETTA (« Folio », nᵒ 294).

LOLETTE. *Édition établie par Patrick Mauriès avec le concours de Martina Cardelli* (« Le Promeneur »).

MÉMOIRES DE COCO. *Édition établie par Patrick Mauriès avec le concours de Martina Cardelli* (« Le Promeneur »).

PROMENADES ET AUTRES RENCONTRES. *Édition établie par Patrick Mauriès* (« Le Promeneur »).

ARTICLES DE MODE. *Édition établie par Patrick Mauriès. Illustrations de Christian Lacroix* (« Le Promeneur »).

Impression Bussière Camedan Imprimeries
à Saint-Amand (Cher),
le 22 janvier 2003.
Dépôt légal : janvier 2003.
1er dépôt légal dans la collection : avril 1980.
Numéro d'imprimeur : 030426/1.
ISBN 2-07-036294-9./Imprimé en France.